Prologue

門鈴響起的瞬間，鄭泰義停下了手中的動作。筷子上夾著的醬煮黑豆就這樣掉了下來，滾出盤子外，留下一長串黏膩的痕跡。黑豆還沒來得及停下，門鈴聲又再次響起。鄭泰義拿起筷子敲了敲餐桌，神經緊繃地看向了玄關的方向。在他聽見樓梯間傳來的細微腳步聲時，心底就湧上了一股不祥的預感。

不對。其實早在凌晨下起滂沱大雨，因為膝蓋痠痛而痛醒的那一刻起，心情就一直處於很糟的狀態了。雖然他之前也很常因為陰雨綿綿的天氣而膝蓋抽痛，但像今天這樣痛到無法忍受的日子，感覺就一定會發生什麼不好的事。

在鄭泰義隨意擺完幾道菜，正準備要吃第二口時，外頭便傳來了一陣腳步聲。這是棟建了二十幾年的聯排住宅，隔音差到就連野貓跑進來的聲音都能直接傳到頂樓。

而鄭泰義的家跟頂樓差了三層樓，對於有人走進來的聲音自然是聽得更加清楚。所以當他在早上七點這個曖昧的時間點，聽見樓梯間傳來有人上樓的聲音時，馬上就湧起一股不是很好的預感。

而隨之響起的門鈴聲，便直接驗證了那股不祥預感。

照理來說，不應該有人會找上門來。跟鄭泰義同住的哥哥早在四天前就離開了家，至今依舊下落不明；更何況假若真的是哥哥回來了，對方也會直接用鑰匙開門，而不會按門鈴。

厚實又沉重的腳步聲就這樣停在了門口。還沒等鄭泰義做出反應，外頭的人又再次按下了門鈴。與此同時，還伴隨著一陣步伐移動的聲響。沉甸甸的腳步聲聽上去就像軍靴會發出的聲音。

一想到「軍靴」這個詞，鄭泰義心中的那股不祥預感就越來越明顯。此時，門鈴已經連續響了第四次。明明早餐也才吃一兩口而已，鄭泰義卻頓時喪失了食欲，他不得已地放下手中的筷子。

而門外那名不速之客似乎也沒有要離開的意思，仍舊不停地按著門鈴。

霎時，一名既不喜歡直接敲門也不出聲，每次都堅持只按門鈴的人物浮現在鄭泰義的腦中。而他心中的鬱悶感瞬間又加深了幾分。

「……」

在門鈴連續響起第十二次時，鄭泰義總算走向玄關，解開門鎖，打開了大門。

大門打開的瞬間，外頭的人自動後退了一步。沉甸甸腳步聲的源頭是一雙一塵不染的軍靴，而軍靴的上方是一套筆挺的黑色軍服。

其實更準確地說，對方穿的並不是軍服而是制服。只不過眼前這名男子工作的地方，基本上也與軍隊無異。

鄭泰義看著對方衣領上那顆小小的銀色徽章，不自覺地湧上了厭惡的情緒。不是因為看不慣對方別著徽章到處走動的行徑。而是每當這名男子身穿正裝，別著那顆徽章來到他家的時候，向來都沒有好事發生。

話雖如此，但鄭泰義其實也只看過三、四次對方這副正經的模樣而已。

男子脫下黑色手套與黑色帽子，朝鄭泰義露出了一個爽朗的笑容。

「好久不見了，你應該沒發生什麼大事吧？」

距離鄭泰義最後一次見到眼前的這名男子已經是三年前的事了。而這三年來，他實在是發生了太多的事。先是拆除地雷，拆到一半差點被炸死；後來動手術時還發生了排斥反應，又再次去鬼門關前繞了一圈；而向來不太容易暴走的他，還差點殺死了人；最後搞到兵都還沒當完一半，就不得不退伍的慘況。

鄭泰義用著複雜的表情看著眼前的男子，一邊嘆氣一邊說道：「我發生過的事叔叔早就知道了吧。反倒是一聲不吭就突然出現的你才更像『大事』呢……進來吧。」

鄭泰義總算找到了剛剛那股不祥預感的來源。

雖然他也不討厭眼前的這名男子，但看見對方穿著一身正裝出現在這，就是有種無法安心的感覺。不過轉念一想，對方肯定是要來找哥哥的，他又何必擔心這麼多呢。

然而即便理智上可以這麼想，但鄭泰義還是像看到害蟲似的跟對方保持著適當的距離。而對方在看到鄭泰義的動作後，沒有露出絲毫不悅，反倒愉快地繞過鄭泰義，自顧自地走進屋內。

鄭泰義隨手關上了大門，跟在男子身後疑惑地問道：「話說叔叔是什麼時候回來的啊？」

「兩個小時前，我是從機場直接過來的。」

「這樣啊……不過你怎麼不先打通電話呢，哥哥不在耶。」

男子像是不在意身上筆挺的制服會皺掉似的，隨意癱坐在沙發上。

當他聽完鄭泰義的話後，先是停頓了一下，接著又盯著對方問道：「他不在嗎？那他什麼時候會回來啊？」

「我也不知道。哥哥四天前離開後，就再也沒有聯絡過我了。不過叔叔是為了要找哥哥才回來的嗎？那你白跑一趟了。」

「就沒有方法能聯絡得到他嗎？」

「如果他那麼容易就能被聯絡上的話，還叫鄭在義嗎？」鄭泰義坐在男子對面的小板凳上，漫不經心地說道。

跟鄭泰義比起來，他的哥哥是個生活很規律的人。如果預計要在外面過夜的話，都會提前跟鄭泰義報備一聲；只不過有些時候，他也會一聲不響地離開。像這次就是後者。

有時候短則三四天就會回來，但偶爾也會發生整整兩個多月都完全聯繫不上的狀況。因此鄭泰義對於哥哥什麼時候會回來基本上是毫無頭緒。

更何況這次的情況特別不一樣。

四天前，鄭泰義的哥哥只留下一句「人如果過得太幸運的話，也很無趣啊。我也得體驗看看什麼是『不幸』才行」，便頭也不回地離開了。

一想起哥哥說出這句話時那令人費解的微笑，鄭泰義便不自覺地陷入沉思之中。雖然對方向來都是個難懂的人，卻不曾講過如此令自己毫無頭緒的話。

只不過……

「怎麼會。」叔叔用指尖有節奏地輕點起額頭，一邊為難地嘟噥道。

鄭泰義見狀也跟著小聲碎念起：「還說什麼想要體驗看看不幸。在這個不速之客出現之前就剛好跑走的傢伙，是還想體驗什麼鬼不幸啊！再這樣下去，我看他一輩子連不幸的『不』都體驗不到吧。」

鄭泰義有個跟自己在差不多時間點出生的雙胞胎哥哥。雖說兩人都是從同個媽媽的肚子裡生出來的，但鄭泰義的哥哥非但長得跟鄭泰義一點也不像，甚至還聰明到異常嚇人。基本上「天才」這個名詞，還遠遠不足以形容他的智商。

如果鄭泰義的哥哥不是一個沒有野心、對周遭事物也不感興趣，既悠哉又懶散的人的話，或許地球上會有一整個大陸直接消失掉也說不定。

鄭泰義的哥哥在各個方面都很突出。從人文學到科學技術，甚至連才藝都比他人還要卓越，這也導致聯合國人力資源培訓機構拚命地想挖角進來。

相較之下，鄭泰義就是一個再平凡不過的普通人罷了。

雖然跟哥哥相比，鄭泰義「普通」了許多，但他不管做什麼事都不至於會低於平均值。甚至在某些領域上，他也會被稱讚非常優秀。

然而鄭泰義之所以能夠有今天的成就，一切都是歸功於他自己的努力。這點跟不費吹灰之力，就能達到他人人生巔峰的哥哥完全不同。只不過鄭泰義卻從來不曾羨慕過對方的好腦袋，即便聰明一點能讓自己的人生變得更加輕鬆，他卻不想擁有哥哥的這項技能。

因為他羨慕的向來都不是對方的腦袋、才能、本領，而是運氣。

鄭泰義的哥哥鄭在義，他的運氣絲毫不遜色於他的聰明大腦。若要形容對方有多幸運的話，簡單一句「從吉星誕生的人」也不足以形容他的好運。

即便碰上了嚴重車禍，他依舊能成為唯一一個毫髮無傷的天選之人。除此之外，鄭在義在求學階段從來都不曾跟父母要過零用錢。因為他光是靠運氣，就能自己「賺」到錢了。

物欲很低的鄭在義偶爾急需用錢卻又沒錢的時候，就會跟周遭的人借個幾塊錢去買張彩券。而每每彩券的中獎金額，都恰巧是他所需要的那個數字。

這就是鄭在義的運氣。

雖然鄭在義的生活中充斥著一堆不合理又誇張的好運，但跟在他身旁的鄭泰義卻沒能沾染到對方的好運。

鄭泰義的運氣就跟一般人一樣。說不上特別幸運，但也不至於倒楣，就是一個普通人該有的程度。

而對平凡的鄭泰義來說，他自然是曾經眼饞過哥哥的運氣。雖然小的時候常常會嫉妒到無法自拔，但隨著年紀越來越大，他自然而然也就釋懷了這件事。只是偶爾還是會不禁羨慕一下對方身上那永遠也學不來的好運罷了。

對鄭泰義而言，鄭在義是他唯一會羨慕的對象。雖然他從對方身上感受到了嫉妒與羨慕，但他其實不討厭自己的哥哥。

天資聰穎的鄭在義除了懂得運用自己的長處之外，就連運氣也好到驚人。但他不會自視甚高，反倒相當和善。縱使偶爾會比較冷漠又善變，讓人摸不透他到底在想些什麼，但總體而言，鄭在義就是一位再普通不過的哥哥。

像一般人一樣溫柔，像一般人一樣值得信賴。

鄭泰義原本還以為他們之間的感情很好。一起生活了二十幾年，就算哥哥有著令人費解的一面，但或許天才本身就是比較難以理解。

然而，或許對方根本就沒有鄭泰義認為的那麼喜歡他也說不定。

在哥哥離開家的前一晚，一如往常地看著令鄭泰義摸不著頭緒的工程圖。偶爾像是突然想起什麼似的，在工程圖的一旁寫上了化學式跟分子模型，接著便又陷入了沉思當中。

鄭泰義站在哥哥的身後，看著那張複雜難懂的工程圖，腦中盡是一片空白。

看來哥哥又進到我無法理解的世界了啊。鄭泰義看著陌生的化學式和並排的數字，一屁股坐到了哥哥身旁的沙發上。比起那個猶如天書般難懂的工程圖，鄭泰義選擇了既簡單又好理解的人文書籍後，便開始閱讀起來。

這是一個跟平常一樣，既寧靜又安逸的夜晚。

或許是看到累了，鄭在義把工程圖推到一旁，躺在木地板上盯著天花板發呆，嘴裡似乎還深深地嘆了口氣。

沒過多久，鄭在義便猛然地從地板上爬起，坐到正在看書的鄭泰義身旁。

「這裡……」他一邊舉起鄭泰義的小指，一邊伸出自己的小指，「其實這裡有著一條紅線。我們是在同個肚子、同個時間點被生出來的。對於這點既是理所當然，卻又別無他法……但現在就剪斷它吧。」

「……你到底在說些什麼？」

雖然鄭在義平時是在他無法理解的領域裡工作，但對方從來都不曾講過令自己難以消化的話。

他本來就知道哥哥的頭腦異於常人了。但此刻他卻不禁懷疑，或許哥哥的頭腦不只異於常人，甚至還不正常也說不定。

鄭在義用著跟平時一樣沉著的眼神，伸手比出了剪刀的形狀，朝著自己跟鄭泰義小指間的空隙大力地剪了下去。就像要把兩人之間那條看不見的紅線給剪斷般。

隨後，鄭在義又像沒事般地再次看向了天花板，徒留鄭泰義盯著自己的小指發呆。

「哥哥……你是不是討厭我啊？」鄭泰義懷疑問道。

無論他怎麼回想，都想不透自己究竟是做了哪件事，才導致對方突然說出想要剪斷彼此緣分的這種話。

聽到鄭泰義的提問後，鄭在義只是露出一個不明所以的表情，「怎麼會？」雙方的對話就結束在這。

鄭泰義歪著頭直勾勾地盯著對方看。然而無論他再怎麼看，都無法看出鄭在義的內心究竟在想些什麼。對方看上去既不像在說謊，也沒有打算要繼續回答的意思，別無他法的鄭泰義最終也只好看回手中的書。

現在回過頭看，或許那句話的意思是「我怎麼會喜歡你」也說不定。

然而無論鄭泰義再怎麼好奇，能夠解開他心中疑問的人只留下一句「我要去體驗不幸了」，便離他而去。

鄭泰義原先還認為對方是身在福中不知福。只不過在他看見哥哥竟然選在如此巧妙的時間點離開後，他不禁在想，或許對方真的比自己想像的還要更幸運也說不定。

鄭泰義看著眼前的不速之客，雖然他並不歡迎對方的到來，但久違來訪的客人都說肚子餓了，他也只好再盛一碗飯放到餐桌上。

縱使鄭泰義早就已經喪失了胃口，還是乖乖地坐到叔叔的對面。

「你怎麼吃得那麼簡陋啊？」

叔叔看著眼前的大麥飯、清湯，還有幾樣小菜不禁笑了出來。

「一個貧窮的年輕人是能吃得多好。看來叔叔在軍隊裡每天都吃山珍海味啊？」

「廢話，生活已經夠辛苦了，如果連飯都難吃，其他人難道不會暴動嗎？還有我們不是軍隊。」

「但我怎麼聽都覺得那裡跟軍隊沒什麼差啊。甚至有些時候似乎還比軍隊更嚇人呢。」

「話是這樣說沒錯，但全球還是有一堆人巴不得要進來。況且我們組織就連名字都很帥氣，聯合國人力資源培訓機構。」

「我之前就說過了吧？那麼長的名字我背不起來。」

「不過好久沒吃這麼純樸的飯菜，沒想到還滿好吃的。」

鄭泰義聽著叔叔口中那句不知道是稱讚還是抱怨的話，深深地嘆了一口氣。拿起擺在餐桌上的湯匙，躊躇了許久卻仍舊沒有胃口。

正當他打算多舀些湯來配飯時，卻無意間瞄到了對面那雙拿著碗筷的手。

鄭泰義從以前就覺得叔叔拿筷子的姿勢既端正又好看，而這也讓他不禁想起了手一樣很漂亮的哥哥。

鄭泰義抬頭看向了叔叔。對方那張清秀到有點溫柔的臉龐，看上去就跟哥哥一模一樣。但其實這並不奇怪，因為按照遺傳來看的話，對方的確就是他們的親生父親。

只不過鄭泰義的臉上卻絲毫看不見對方的半點影子。

「哥三週年的忌日是在下個月嗎？」

明明叔叔不可能猜得到他正在想些什麼，卻剛好提及鄭泰義父親的事。

「對啊，農曆二十號，你會來嗎？」

「應該有些難度吧。」

仔細一想，鄭泰義最後一次見到叔叔是在三年前父親的葬禮上。雖然在那之後無論是父親的忌日，還是什麼重大節日都看不見叔叔的身影，但那也是因為對方本來就是個大忙人。

在鄭泰義眼裡，叔叔就是一個既麻煩又討人厭的傢伙。但對方實際上是一個無論去到哪個國家、哪個地方，都會被以禮相待的大人物。

「雖然不知道哥哥什麼時候會回來，但他要是有回來，我再叫他聯絡你吧？」

如果是急事的話，最快的方式還是叔叔直接派人去找哥哥的下落。但問題就出在鄭在義只要鐵了心不想被找到的話，那無論是誰想找他，最終都只能摸摸鼻子放棄。

「不用了……反正我也沒有那麼多時間。」兩三下就吃完一碗飯的叔叔一邊用手擦了擦自己的嘴角，一邊看向了眼前的鄭泰義。

頓時，鄭泰義心中那股好不容易忘掉的不祥預感又再次湧起。

「鄭泰義。」

「叔叔……雖然我不知道你要找哥哥幹嘛，但你應該知道我跟他差很多吧？就算你現在把哥哥五歲時就解出來的化學式拿到我面前，我也看不懂啊！」

對方看著鄭泰義慌忙地解釋自己跟鄭在義的差別，開心地笑著說道：「你應該知道你跟在義，原本有一個是我的兒子吧？」

鄭泰義沒有想到叔叔會突然提起這個話題。雖然在這個情況下，無論對方說些什麼，肯定都屬意料之外，但鄭泰義著實沒想到叔叔會突然提及這件事。

「從遺傳上來看，我們兩個都是你的兒子吧。我知道這件事啊，所以呢？」

其實這並不是個祕密，早在鄭泰義還小的時候，他就聽父親說過了。

當時兄弟倆的年紀都還很小，或許是覺得他們已經懂事了，兄弟倆的父親當下就跟他們坦白自己無法生育的事。除此之外，還提到自己能夠順利生下他們，都是多虧自己弟弟的幫助。

其實在兄弟倆的父親對兩人講完這件事之後，一切都沒有改變。

父親一樣是父親，叔叔一樣是叔叔；同樣一個現象，或許只有一個事實，但真相卻能有好幾個。

當時兄弟倆的父親還不忘叮嚀兩人：「就算之後叔叔說了什麼奇怪的話，你們也不要懷疑，就照他說的去做吧。」

兄弟倆很聽叔叔的話，這不單單是因為父親的叮嚀，最主要還是因為叔叔是個有趣又善良的人。雖然有些時候會做出令他們感到困擾的行為，但基本上也都無傷大雅。

可是親愛的父親啊，叔叔三不五時就在講些奇怪的話耶？鄭泰義在心中埋怨道。

「不對，不是兩個而是一個。在哥知道你們是雙胞胎後，他就跟我約好要把其中一個人給我了。若是按照原定計畫，你們一出生馬上就要被迫分開，變成堂兄弟的關係了……但畢竟你們從出生前就黏在一起了，我實在是不忍心把你們拆散，所以你們最後才會一起長大。」

看吧，叔叔又在講奇怪的話了。

似乎是看出鄭泰義的不屑，對方馬上收起嬉皮笑臉，不斷強調著這件事的真實性。雖然鄭泰義依舊覺得叔叔看上去很詭異，但對方畢竟不是個會說謊的人。

而且直覺告訴他，或許當初父親指的就是這件事。

畢竟父親可能也不想親口告訴兒子們，自己曾經想過要把其中一個兒子送給自己弟弟的事吧。

鄭泰義仔細回想，當時父親沉默了一下之後，還默默地補上了一句：「如果那一天來臨時，記得要把叔叔當作爸爸來對待喔！」

父親口中的「那一天」，指的就是叔叔提出要求的時候嗎？

鄭泰義不知道答案。只不過若這是父親已經答應過的事，他覺得自己也沒有必要特地去反駁些什麼。更何況如果哥哥在場，鄭泰義相信對方一定也會做出跟自己一樣的決定。

鄭泰義向來都不是一個堅持己見的人。換句話說，他很容易就能接受現況。

「好的，叔叔……我的堂哥剛好出門了。如果他回來的話，我再叫他聯絡你可以嗎？」

對方一聽完鄭泰義的話，馬上放聲笑了出來。

看著叔叔大笑的模樣，鄭泰義似乎能從中看見哥哥的影子。如果叔叔直接表明自己是哥哥的親生父親，鄭泰義相信大家也絕對不可能起疑。畢竟這兩人就連個性也有幾分相像。

鄭泰義不禁想著，不知道哥哥這次回來後，發現自己的父親換了個人會不會嚇一大跳。但向來不曾流露過任何驚訝情緒的鄭在義，也許根本就不會有什麼反應也說不定。

「我沒有多餘的時間去找不在這裡的傢伙。那麼從今天起，你就是我的兒子了，跟我走吧。雖然分部裡也會發一些基本的生活用品，但重要的東西你還是要自己帶喔！」

叔叔摸著下巴笑著說道。

然而聽見這句話的鄭泰義卻完全笑不出來。

明明能夠在同一天、同個時間點內聽見一連串奇怪的話，算得上是一段非常罕見的經驗，但鄭泰義一點也高興不起來。

「你是說我嗎？」

「對啊，鄭泰義。我的兒子。」

鄭泰義的肩膀頓時多了一個沉重的負擔。他神色凝重地看著眼前的叔叔，露出了不滿的表情。

先不提對方突然主張自己作為生父的權利有多荒謬。最重要的是，一個沒有太太、沒有女朋友的人，為什麼會突然需要一個兒子？

「我可以不要去嗎？」

「兒子，你就當作在盡孝道嘛。」

「爸爸，可是我不想耶。我可以當一名不孝子嗎？」

聽完鄭泰義的話後，叔叔愉快地笑了起來。

其實叔叔跟鄭泰義的父親相差很多歲，兩人之間的差距與鄭泰義跟叔叔間的年齡差幾乎一樣。因此對鄭泰義來說，比起叔叔，對方更像是只大自己幾歲的哥哥。

而那個像是大哥哥般的叔叔帶著一抹淺淺微笑，朝鄭泰義走了過來，並且以迅雷不及掩耳的速度捶了對方的頭。力道卻大到不像是一個可愛的玩笑，反倒更像是純粹的暴力。

「哎唷！」鄭泰義抱著自己的頭，沒好氣地瞪著對方。

叔叔的臉上依舊帶著滿滿的笑意，同時悠悠說道：「臭小子，你也不想想是誰讓你退伍的，不感謝我就算了，居然還想忤逆我？你真的有夠欠揍耶！」

「啊！很痛啦！叔叔，你打得太大力了啦！」

就連下手很重的這點也跟哥哥一模一樣。果然要當他兒子的人應該是哥哥才對。

雖然鄭在義的個性與暴力沾不上邊，但偶爾為了叫醒在恍神或是被鬼壓床而動彈不得的鄭泰義時，還是會不免俗地出手。每當那個時候，鄭泰義都會被哥哥的狠勁嚇到。

暴打完鄭泰義一輪的叔叔像是沒事般地揉了揉自己的手，坐回原本的位置上。

而鄭泰義則是摸著自己剛被打完的頭，不高興地碎念著，「我才在想明明離退伍還有好長一段時間，他們怎麼會這麼輕易地就放我走……原來這一切都是叔叔在暗中幫忙啊？」

「嗯，是在義跟我說的。他說你因為身心靈滿身瘡痍，所以每天都在軍隊裡以淚洗面呢。」

「哪有到……那種程度啊。」

即便軍中同袍時不時就挑釁鄭泰義，導致他那段時間過得特別煎熬，甚至還差點死在了軍醫院裡，但哪有到滿身瘡痍……好啦，或許真的有那麼嚴重也說不定。

打從鄭泰義發現自己跟軍校時期的死對頭分到同個部隊的那一刻起，一切便漸漸地偏離正軌。這件事最終不但導致鄭泰義差點殺死一個人，就連他自己也差點被對方殺死。

但隨著鄭泰義的退伍，兩人自然也沒了交集，這件事也就被鄭泰義淡忘。如今卻被迫再次回想起這段過往，鬱悶的鄭泰義只能默默地嘆了口氣。

四個月前從軍隊裡退伍後，鄭泰義就一直處於無業遊民的狀態。雖然偶爾遇上陰雨綿綿的天氣仍舊會誘發他的腿疾，但基本上已經別無大礙，他也該去找一份工作來做了。

「那你為什麼會突然需要一個兒子啊，你是打算把我送去哪？」鄭泰義有氣無力地問道。

叔叔也跟著收起了笑容，「有個兒子好辦事啊，剛好我也需要點人手。不久前剛跟歐洲分部的人打完一架，頓時少了一堆人，現在正好需要有人來填補那些人的空缺呢。」

「……」

「……好啦，其實這只是個藉口，我需要的是一個運氣很好的人。」

話講到一半，叔叔突然停了下來。而一旁的鄭泰義依舊保持著沉默，靜待叔叔繼續把話講完。

不用叔叔明講，他也能猜到那句「需要有人來填補空缺」的話只是個藉口。就像叔叔說的，有一堆人巴不得要進去那個鬼地方，如果只是單純要填補空缺，叔叔沒有必要特地跑來這個地方。

可是「運氣很好的人」自然也不可能是指鄭泰義。而這點叔叔應該比誰都還要清楚。

「半年後，我們分部的總管要進到美洲本部裡，而總管底下的兩位次長想要角逐那個位置。即便我不在乎這件事，但我還是得幫直屬上司爭取到總管的位置。因此未來半年內，我們分部裡會不斷發生內鬥。所以我需要一個運氣夠好、可以活很久的下屬。」

「但我的運氣並不好啊。」

「嗯……那就『以雞代雉』，怎樣？」

「什麼怎樣，你覺得有誰聽到別人形容自己是『以雞代雉』心情會好的？」

雖然鄭泰義的語氣上多少有些不滿，但他其實並不覺得難過。如果鄭在義的能力是雉的話，那他能夠成為雞來代替對方就該偷笑了。

至於叔叔剛剛說的那番話，其實鄭泰義只聽懂了一半。那就是不管怎樣，只要被捲進去就肯定沒好事。

派系之爭的問題本身就夠令人頭大了。更何況對方工作的那個地方基本上與鄭泰義再也不想沾到邊的軍隊一模一樣。

「叔叔是在亞洲分部嗎？」

「對啊。」

「拚命想進去那裡面，運氣又好的人應該多到數不完吧。你就隨便從中抓幾個進去吧。」

「你都聽完了機構內部的陰暗面，現在才反悔怎麼行啊！」

「哪來的陰暗面？這應該早就是公開的祕密了吧。你就自己想辦法對抗他們，順利地升官吧。」鄭泰義揮了揮手，示意不想再聊下去後，便開始收起了桌上的空盤。

叔叔一把抓住了鄭泰義的手，臉上充滿著嚴肅的神情。看見對方這副模樣，鄭泰義暗自嘖了一聲。按照這個情形來看，叔叔應該不會輕易地就打退堂鼓。

「叔叔……你不是也很清楚嗎，我做不來啦。」鄭泰義一邊嘆氣，一邊嘀咕。

「那你說說看你不行的理由。如果你能夠說服我的話，我就去找其他人。」叔叔認真問道。

「你不是早就知道了。」

「我知道嗎……？」

鄭泰義實在是猜不透對方到底在想些什麼。

按照對方說的條件來看，根本就不一定要是他。如果對方要的是鄭在義那還比較說得過去，但像鄭泰義這樣的普通人，應該遍布整個地球吧。

「叔叔，我很討厭軍隊。我已經受夠那種既專制又封閉的地方了。」

「但我們不是軍隊啊，我們只是比較重視體能鍛煉罷了。機構內的階級制度跟氛圍也全都跟軍隊不一樣。雖然常常會遇到機密事件，因此會比較封閉一點，但我們至少不像軍隊那麼專制。你進來後也就只有九位長官而已。一位總管，兩位次長跟六位教官。而其中的總管跟次長，你平常也不會遇到。至於剩下的其他人，就是跟你階級一樣的同伴。好了，你還有其他理由嗎？」

「……我的身體很虛弱耶。」

「我知道你已經康復了。」

「我只是不用再去醫院回診罷了，現在每到陰天，我的膝蓋還是會不停抽痛。」

「那裡的每個人都這樣啦。不是中槍過，就是斷過幾根骨頭。好，還有其他理由嗎？」

「重點是我並不符合你所說的那些條件。我既沒有運氣，能力也很普通啊！」

聽完鄭泰義的話後，叔叔的眼神頓時多了幾分笑意。

他用著微妙的表情看了鄭泰義好一陣子後，緩緩地開口說道：「我需要一個下屬來完成我所吩咐的事，同時還得存活得夠久。鄭泰義，我比你想的還要更看重你。雖然我自認已經夠了解你了，但我還是把你從軍校到現在的紀錄全都看了一遍。你啊，掌握著能存活很久的關鍵呢！」

「什麼關鍵？」

「很會察言觀色。」

「……」

鄭泰義還以為他們已經開始聊起了正事，沒想到對方口中卻突然冒出一個沒頭沒腦的詞。虧他還很期待對方會說出什麼稱讚自己的話，鄭泰義頓時就像洩了氣的皮球，臉上只剩下失望的神情。

「叔叔……察言觀色算什麼啊。」

「怎樣，失望了嗎？」

「比起失望，其實……對啦，我超級失望。」

叔叔看著鄭泰義邊搖頭邊碎念的模樣，不自覺地輕笑了幾聲，「你幹嘛失望呢。除非像你哥那麼幸運，要不然對大多數的人來說，為了生存下去最重要的就是要懂得察言觀色，也就是直覺。一個人的直覺好壞，決定了自己的生死。」

叔叔的語速越來越慢，就像是回想起了那些無數次生死交關的往事。

鄭泰義不再回話。雖然他高中畢業後就進到了充滿男人跟火藥味的軍隊裡，但他從來不曾碰上會讓自己喪命的事。因為他唯一在做的就只有訓練而已，他不像叔叔一樣時不時就被迫得到鬼門關前報到。

而鄭泰義唯一一次差點死掉的經歷也跟投身於戰場無關，那不過是誰都有可能會遇到的意外罷了。

只不過鄭泰義似乎稍稍能夠理解叔叔口中的「直覺」是指什麼了。

「所以呢？」

「什麼？」

「你還有什麼理由嗎？」叔叔比了個手勢，示意對方繼續講。

而叔叔的臉上全是不以為然的神情。如果剛剛那些理由真的有說服到他的話，他就不會浪費口舌一一反駁鄭泰義了。

鄭泰義看向了叔叔，而對方也看著鄭泰義。叔叔沒有要催促鄭泰義的意思，只是靜靜地等著他開口。

鄭泰義有時候會被自己的哥哥嚇到。不是因為對方的聰明才智與好運氣，而是因為對方比他想的還要更了解自己。

雖然因為彼此的生活不同，所以沒能一直黏在一起。但兩人也一起度過了二十幾年的歲月，基本上該知道的也早就知道了。可是鄭在義偶爾卻能精準說出鄭泰義心底那些連他自己都沒意識到的傾向與想法。

鄭在義不需要特地觀察對方，就能輕鬆掌握對方的本質；而這點叔叔也一樣。

雖然鄭泰義沒有主動提過也沒有透露過任何跡象，甚至他跟叔叔也不常見面，但鄭泰義總覺得叔叔似乎已經察覺到了。就算對方還不知道，他似乎也不會被鄭泰義即將要說出口的話嚇到。

「……去到有一群男人在的地方太危險了。」鄭泰義沉悶地說道。

叔叔看著鄭泰義略顯不悅的臉，若有似無地挑了挑眉，接著露出一個感興趣的笑容問道：「誰？」

還沒等鄭泰義反應過來，叔叔馬上追問下去，「你是說你嗎，還是指其他人？」

鄭泰義皺著眉頭，思考了一下後回道：「如果硬要說的話，應該是我吧。」

「你嗎？為什麼啊？你怕那邊的人會撲倒你？」叔叔打趣道。而一旁的鄭泰義則是不滿地瞪著對方。

「是我怕自己會撲倒那裡的人。」鄭泰義一邊嘆氣，一邊碎念。

「沒想到你吃得那麼開耶。只要你願意也做得到的話，就盡情撲倒他們吧。那個地方只要不是上司，都可以用蠻力來讓對方乖乖聽話！」

「……只要夠強，就可以這樣隨意撲倒別人嗎？」鄭泰義無語地看著對方，而叔叔只是面帶笑意地攤了攤手。

有時候鄭泰義會分不清對方到底是在開玩笑還是在講正經話。

鄭泰義不滿地嘖了一聲後，焦躁地抓了抓自己的頭髮，同時不忘瞪著眼前笑得開心的叔叔。

「你明明早就知道了，幹嘛還裝傻啊！」

「有嗎，我只是順著你的話講而已啊。雖然我早就猜到你可能喜歡男生，但除了這件事之外還有嗎？」

「光是這件事就讓我累得夠嗆了。」

「打倒嘴巴很壞的同袍後再退伍的這件事就讓你那麼累？」

對方語音剛落，鄭泰義馬上惡狠狠地瞪著叔叔。只不過這個動作並沒有持續太久，鄭泰義便垂下眼，疲倦地嘆了口氣，將頭靠在牆壁上。

看吧，他果然什麼都知道。

由於鄭泰義多少也猜到對方早就知道了，所以並不覺得意外。

叔叔伸手拿出了放在櫥櫃裡的水杯，緩緩地將水壺裡的水倒進杯子之中。隨後，他就像在品嚐著香氣四溢的熱茶般，莊重地喝起了白開水。

「鄭泰義，對於你剛剛說的那件事，如果你用其他面向的藉口來當理由的話，我或許會被說服。但單憑你剛剛講的那個理由，我是無法接受的。」

「其他面向的藉口是指什麼？」鄭泰義懶得再跟叔叔鬥嘴，無力問道。

聽完對方的提問後，叔叔馬上露出頑皮的表情，「像是你會怕其他人撲倒你這類的藉口啊。」

「叔叔，這個玩笑一點也不好笑。」鄭泰義再次嘆了口氣。

「我沒有在開玩笑。」話是這樣說，但對方的語氣中卻滿溢著輕浮。

不過一會兒，叔叔又恢復嚴肅，「所以呢，你還有其他的理由嗎？」

鄭泰義深深地嘆了口氣。沉默好一陣子後，他像是放棄一切般開口說道：「……半年？」

叔叔馬上露出開心的神情，「好，那就半年。直到我們選出下一位總管為止。在那之後你想怎樣都隨便你，看你是要離開還是要繼續待下去。不過就算你離開了也不用擔心，因為馬上又會有一堆人搶著要挖角你。畢竟在我們機構內待過可是件非常輝煌的事呢！」

「好，那就這樣吧。」鄭泰義無力地癱軟在椅子上。

他累到就像剛跑完一趟全程馬拉松。然而卻絲毫沒有跑完馬拉松時該有的喜悅。雖然說沒人猜得到未來會發生什麼事，但他還真的沒想過會突然遇上這麼大的變化。

那股不斷蔓延的不祥預感，最終導致了這個慘況。

這麼看來，叔叔那句「因為你的直覺很準，所以選擇了你」。或許是真的也說不定。

1

聯合國人力資源培訓機構亞洲分部

聯合國人力資源培訓機構。一個專門培訓與開發人才的組織，志在爲政府機關及私人團體提供有用的人力資源。

他們傳承了一九四六年所創立的國際人才培訓機構，所以又被稱爲UNHRDO（United Nations Human Resource Development Organization）。

聯合國人力資源培訓機構不以營利爲目的，而是注重於派遣、提供多方面的人才。他們的本部及主要機構皆位於美國的紐約市，而其餘各大機構：歐洲分部、亞洲分部、澳洲分部、非洲分部、南美洲分部，各自位於德國柏林、中國香港、澳洲坎培拉、南非約翰內斯堡、巴西聖保羅。

（後略）

當兩人抵達香港國際機場後，馬上就有臺轎車停在機場外等著他們。負責駕車的男人壯碩到不像是專門在開車維生的人，對方默默朝叔叔點個頭後，便將叔叔的行李放到後車廂裡。鄭泰義只帶了一袋不算大的旅行袋，在他將自己的旅行袋放到叔叔的行李旁後，也跟著坐進了車內。

叔叔不知道從哪裡生出了一本薄薄的手冊，裡頭簡略地解釋了聯合國人力資源培訓機構是個什麼樣的地方。雖然這種宣傳手冊上不可能出現鄭泰義需要的情報，但他還是仔細地把這本手冊給看完了。而內容也不出他所料，是本沒有任何營養價值的東西。

鄭泰義早在出發前就先上網查過這個機構的相關資料了。在他拿著兩三下就看完的手冊搧風的同時，車子也駛離了機場。

叔叔伸手抓過鄭泰義手上的冊子，看了幾頁後不由自主地笑了出來。看來叔叔也認為這本手冊在浪費紙漿啊。

「你就把它想成是專門在培訓人才的機構就好了。」

「少講得那麼好聽，明明就是把人訓練好後再賣給其他國家。」

「反正也有一堆人等著要被我們賣掉啊，這不正好是『一個願打，一個願挨』嗎？」雖然鄭泰義並無意指責，但叔叔即便聽到了略帶責備的話語，依舊不在意地笑著回答。

鄭泰義接過叔叔還給他的手冊後，將視線集中在手冊裡的照片上。上頭除了有氣派的建築物，還有充斥著各種最新技術的會議室，其中還有一群人朝著鏡頭露出既嚴肅又可靠的表情。

「這群傢伙裡有合你胃口的人嗎？」叔叔靠了過來，看著手冊裡的照片笑著問道。

鄭泰義露出嫌惡的表情，搖了搖頭，「我不是大眾派的人……看到這種充滿男人味的傢伙，會讓我抱不下去。我喜歡那種散發著肥皂、牛奶味，身體軟綿綿又可愛的男生。但我想這個行業裡應該是找不到那種男生了吧。」

「肥皂、牛奶味……在中國，猥褻未成年一樣是犯罪哦！雖然只要進到分部管轄範圍內，基本上就算是治外法權了。但我們裡面也沒有未成年啦，你想怎樣就怎樣吧。」

「……叔叔，你不要瞬間就把人變成毫無道德底線的罪犯好嗎？只要是還不到二十歲的人，我就不會用有色眼光看他們。」

叔叔輕笑了起來。

鄭泰義直勾勾地盯著對方，緩緩說道：「如果叔叔年輕個二十歲的話，或許你剛好就是我的菜。」

叔叔臉上的笑容頓時消失。他眨了眨眼，用古怪的表情盯著鄭泰義看。

過了一會兒，他才無奈地聳肩換了個話題，「雖然你可能還摸不著頭緒，不過對於那個地方你有什麼好奇的嗎？」

「這個嗎……至少也要多少了解一點才能產生好奇心啊，我現在連自己要好奇什麼事都不知道。但我想住著住著應該就會慢慢了解吧。」

鄭泰義把手冊放到膝蓋上，視線轉向了窗外。不管是哪個都市，從機場到市中心的路途都長得十分類似。寬闊得沒什麼東西可以看的高速公路。

「哥哥之前短暫工作過的地方是美洲本部嗎？」

「你是說在義嗎？對啊，畢竟他是心智派的嘛。本部的人到現在都還在等他回去呢。」

鄭泰義將視線從窗外換到叔叔身上，「心智派？本部跟分部的差別是這個嗎？」

「雖然不是絕對，但大致上可以這樣區分。本部基本上是聰明人的聚集地，就算身體上有什麼殘疾，只要頭腦夠聰明就進得去；而分部則是以體力為主，雖然不是每個會打架的人都可以進來……反正你就把分部想成是專門在培養像馬蓋先那樣會打架又聰明的人吧。」

「馬蓋先嗎……但我沒信心能成為像他那樣的人耶。」

「只要在裡面待上幾個月，自然而然就能變成馬蓋先了！」

鄭泰義看著越講越開心的叔叔，總算想到了一些好奇的事，「那分部間基本上都沒什麼差嗎？」

「對啊，每個分部的訓練過程都一樣。所以有些時候還會按季來調派人手呢！唯一的差別應該就是每個分部的氛圍吧。南美洲分部的人頭腦都怪怪的、非洲分部的人很難以理解、澳洲分部的人很討厭，而歐洲分部的人則是該死的欠揍。」叔叔開心的語氣與講述的內容形成了巨大的反差。

「你們跟歐洲分部的人關係很差嗎？」

「本來競爭關係都是這樣啊，本部跟分部的關係很糟，而各個分部間的關係也好不到哪裡去。只不過亞洲分部跟歐洲分部特別水火不容。每年我們都會舉行一次為期半個月的集訓，而每一次總能引發腥風血雨……很值得一看喔！」

「……」

叔叔之所以會說歐洲分部的人很欠揍，或許只是因為這樣貶低對方，才能挑起一波更大的腥風血雨。

該怎麼說呢，叔叔表面上雖然看起來很溫柔，但他腦子裡想的跟外表有著很大的落差。有時候就連跟叔叔滿熟的鄭泰義也會被他的反差嚇到。

鄭泰義將身體癱靠在汽車椅背上，這軟到恰到好處的椅背讓他的心情頓時好了起來。這幾天因為叔叔而忙到不可開交，連好好睡一覺的時間都不夠。若是現在閉上眼睛的話，或許真的會累到睡著也說不定。

叔叔似乎是察覺到鄭泰義正在犯睏，他輕聲說道：「到時候還要忙著適應環境，你應該只會更累吧。雖然我也想叫你趁現在多睡一下，但不久後就要抵達碼頭了，你要是現在睡著的話，醒來時一定更累。」

「碼頭？」鄭泰義看向了窗外。

車子不知不覺已經駛入了市區，空曠的道路上頓時多了許多高聳的建築物。頭頂上盡是雜亂無章的招牌，而眼前則是一排排跟鄭泰義家一樣老舊的房子。繁華的街道上，只要稍稍抬起頭，就能看見斑駁的牆壁，以及曬滿衣服的長竿。

「分部在香港島上嗎？」

「不是耶。」

「那我們幹嘛來碼頭啊？」

「因為我們要搭船才能到啊。」

「……該不會是在澳門吧？」

叔叔頓時放聲大笑。徒留滿臉尷尬的鄭泰義在一旁盯著他看。

從九龍半島的方向搭船出海，除了香港島之外，他就只想得到澳門了。

叔叔搖了搖頭，「UNHRDO的亞洲分部位於離島上。那是個比香港島還遙遠的島嶼。雖然行政區劃是隸屬於香港，但那裡實際上是治外法權的區域。」

「唉……為什麼有種以前的人為了怕犯人逃跑，所以被迫把他們關在孤島上的既視感啊。」

「或許亞洲分部就是想達到這種效果吧。」

叔叔笑著看向了鄭泰義，「這裡隔週休二日，放假週的禮拜五下午五點到禮拜天的下午五點都是自由時間，你若想放風可以選那個時候出來玩。那幾天為了分部的部員們，會特地加開去香港島跟九龍半島的船。」

「照你這樣說……」

「嗯？」

「看來不是UNHRDO的亞洲分部在那座島上，而是那座島上只有UNHRDO的亞洲分部吧。」

「沒錯！」

鄭泰義露出了苦笑，無奈地搖了搖頭。

穿過繁華街區，繞過高聳飯店後，映入眼簾的是一望無際的碼頭。鄭泰義看著大海對面的香港島，猛然轉過頭看向了叔叔，「話說回來，我有件好奇的事。」

「什麼事？」

「在那裡我要怎麼叫你啊？」

叔叔揚起嘴角，臉上頓時摻雜了身為上司時該有的表情，「鄭昌仁教官，叫我教官就可以了。」

從九龍半島出發到離島大概需要花一個多小時的時間。

鄭泰義原以為這裡是座小小的無人島，殊不知面積卻比想像中的還大。甚至從離島的碼頭下船後，還要再搭車往島的裡面開去才能抵達目的地。

或許是因為正值日落時分，路上密密麻麻的樹林顯得更發陰鬱。

「就算現在突然出現毒蛇猛獸，我也不意外呢。」鄭泰義低聲說道。

一旁的叔叔點了點頭，「這裡真的有毒蛇喔，所以晚上走路的時候要小心一點。」

鄭泰義無言地看向對方，對方見狀再補上一句：「不過你也不用太擔心啦，這裡的毒蛇沒有毒到能瞬間致命，只要你馬上接受治療就沒事了。」

看來我真的不該來的。鄭泰義心想。

就算只有短短半年，但只要夠倒楣，這半年就足以喪命好幾次了吧。看來只能等到下個禮拜放假去香港的時候，趁機逃跑了。

叔叔像是突然想起什麼似的補充道：「對了，未來一個多月內你應該都不能離開這座島喔！半個月後因為要跟歐洲分部一起舉辦集訓，所以你們得先閉門進行特訓。而集訓期間自然也是不能外出。不過一個月很快就過了，你就好好適應這裡的生活吧。」

先不去懷疑叔叔到底有沒有讀心術，鄭泰義此刻最想做的就是掐死眼前的人。幸好鄭泰義還殘存著一些理智，他最終只是悻悻然地瞪著叔叔的脖子。此時，他突然感覺到有人在看他。

鄭泰義抬起頭，透過後視鏡跟司機四目相交。對方察覺到鄭泰義的視線後，馬上彎起了眼角，似乎正在對著鄭泰義微笑。

對方是抵達機場時，馬上前來迎接他們的那位司機。他從機場一路開到了碼頭，沒想到渡海之後，他還在為他們倆開車。

……該不會連船都是那個人開的吧。鄭泰義暗自心想。

對方身上隱隱散發著鄭泰義再熟悉不過的氣息。雖然叔叔多次澄清過分部不是軍隊，裡面的人也不是軍人，但鄭泰義總覺得眼前的這名司機有著軍人的氣息。只不過，或許這座島上的每個人都散發著這種氣息也說不定。

想到這裡，鄭泰義一邊嘆著氣一邊撇過了頭。剎那間，他連想要掐死叔叔的力氣都消失了。

「居然馬上就要跟那欠揍的歐洲分部一起進行腥風血雨的集訓，我還真是選了一個『超棒』的時機進來呢。……其實叔叔很討厭我吧？」

「怎麼會。」叔叔笑著回答。

鄭泰義覺得自己就像即將被送入虎口的羊。

對於集訓這類的訓練，他自然是再熟悉不過了。畢竟這幾年間，他每天都在做著諸如此類的訓練。甚至四個月前，他還是軍官的身分呢。

鄭泰義不禁好奇起這個地方會進行什麼樣的訓練。依照他過往的經驗，無論訓練再怎麼累，只要沒死，最終都一定會習慣；就算再怎麼痛苦，只要不停反覆，最後終究會無感。

……雖然鄭泰義因為敵不過自己易怒的個性，而闖了個大禍。但那也只是他個人的選擇罷了。

鄭泰義焦躁地抓了抓自己的頭髮。

他從來不曾後悔過自己所做的選擇。即便是在他差點把同袍打死的瞬間，他也不覺得後悔。畢竟在此之前，他已經忍了對方整整五年半的時間，他覺得自己也算是仁至義盡了。

而這個選擇最終導致鄭泰義被迫離開他以為會待一輩子的軍隊。

但他依舊不覺得後悔。只是偶爾想起當時的狀況與心情時，還是會噁心到反胃就是了。

跟鄭泰義一起並列躺在軍醫院裡的同袍是個不曾落後於他人的人。或許正因為如此，當對方第一次看到有人跑在自己前面時，馬上就顯露出了噁心的真面目。

對那名同袍來說，鄭泰義的性傾向就是最好的獵物。

嘖。鄭泰義不悅地咂了咂嘴。即便車內的空間不大，他還是伸了個懶腰。短短一天不到的時間，他就已經把海陸空的交通工具都體驗過一輪了。全身上下僵硬到不行，若是有操場的話，他恨不得馬上下車去跑個幾圈。

說時遲那時快，車子停了下來。

外頭的天色早已轉黑，車子兩旁被高聳的樹林給環繞住。他們停在林間小道上，司機下車後，叔叔簡短地說了聲：「我們到了。」

鄭泰義跟著下了車，看著矗立在自己眼前的建築物。

「哎唷，只不過才這點距離而已，我居然就累了。看來我還真的是老了啊！畢竟都年過四十，的確也不年輕了。」最後下車的叔叔嘴裡不停念叨著什麼。

鄭泰義盯著眼前的建築物好一陣子後，開口問道：「叔叔。」

「嗯？」

「亞洲分部……就只有這棟而已嗎？」

「對啊，只有這一棟。是不是很簡約啊？」

「那宣傳手冊上那棟氣派的大樓跟華麗的對練場在哪？」

「啊，那是美洲本部的啦！我沒跟你說過嗎？我們分部的設施是所有分部中最簡陋的。但也因為這樣，所以特別適合鍛鍊體能！」

「這根本就是詐欺吧？」

「反正又沒有人是因為那本手冊才進來的。」

的確就像叔叔說的，大家都是衝著機構的名氣進來的，根本沒有人會在意宣傳手冊上印了什麼照片。對於硬是被叔叔拉來的鄭泰義來說，名聲越響亮自然也是件好事。

可是眼前的這座建築物，簡陋到就像鄉下才會出現的平房廢墟。外牆不僅布滿了裂痕，甚至連油漆都剝落了，外露的管線也全是生鏽的痕跡。

論誰來看，這裡都像是被廢棄數十年的學校或者是公家機關。

等一下，如果只有這一棟的話……

「這裡總共有幾個人啊？」

「一名總管、兩名次長、六名教官、九十六名部員、五名雜務官，總共一百一十名……等等，我應該沒算錯吧？」叔叔一邊數著手指，一邊說道。

「這裡怎麼可能塞得下一百一十個人！」

「沒問題啦！就算裡面停了一臺小型車，再讓十幾個人進去也不成問題。」

「那他們是在哪裡吃飯、睡覺跟訓練啊……？」鄭泰義露出一個難以理解的表情。

此時，司機拎著叔叔的行李徑直地走進建築物裡。打開門的瞬間，耳邊馬上響起老舊鐵門才會發出的刺耳聲響。氣氛毛骨悚然到彷彿下一秒就會出現鬼魂般。

叔叔看著鄭泰義震驚的臉大笑好一陣子後，才稍微嚴肅地說道：「這棟建築物總共有地下七層，總面積是兩千坪。雖然不算太大，但要塞一百多人也算綽綽有餘吧。」

鄭泰義再次露出一個無語的表情並看向了叔叔。一百多個人共用兩千坪的面積，還不算大嗎……

「可是這麼小的島嶼上，怎麼可能蓋得了總面積兩千坪的地下七層樓啊！」

「就是因為有辦法，所以才會挑這座島。你以為亞洲分部是隨便找一座島嶼，就在那上頭成立分部嗎？」叔叔一邊往前走，一邊愉快說道。

鄭泰義站在原地滿臉狐疑地看著叔叔的背影。對方走到敞開的大門門前，轉過頭望向了鄭泰義。鄭泰義這時才緩緩地拿起行李，跟著走了過去。

鄭泰義停在距離叔叔兩三步遠的地方，叔叔見狀主動朝鄭泰義走近。鄭泰義隨即露出詫異的表情，連忙又後退了一步。

叔叔用手揉了揉對方的頭髮，「你可不要死啊。」

「……什麼？」

「法律管不到這裡。在這個地方，弱者連傾訴委屈的權利都沒有。有些時候，即便在這裡殺了幾個人出去也不會有事。」叔叔講到一半突然停了下來。

鄭泰義靜靜地看著對方，不久後便露出一個無力的微笑，「叔叔，你也太過分了吧……這種事你怎麼不早說，我都被帶到虎口前了，你才跟我講這件事。」

「就算我提前告訴你，結果還是不會改變。你一樣會被我拉來。」叔叔笑著回答。

「那我也只好靠著叔叔說的『直覺』拚命活下來了啊。要是發生什麼憾事，記得幫我收屍。」鄭泰義嘆了一口氣，聳了聳肩說道。

「哈哈，這個地方也不至於那麼無法無天啦！」

「我到底是要小心一點，還是不用啊？」

「不管怎樣，凡事謹慎一點總是好事。」叔叔邊說邊邁開步伐。

這次他沒有停下來等鄭泰義，而是頭也不回地就往建築物裡走去。鄭泰義跟在對方身後，慢慢地搖了搖頭。

此時此刻，他突然又羨慕起運氣從來不輸人的哥哥。

雖然叔叔有說，這裡的辦公室、會議室、教室、對練場、實驗室、宿舍、餐廳等，全都位於地下。但叔叔一進到建築物後，卻不打算走去地下，而是沿著四處有破洞的木頭地板前進，往走廊盡頭的謎樣老舊門扉徑直地走了過去。

然而，發現鄭泰義跟在身後時，他停住腳步，轉過身來。正當鄭泰義疑惑地看向四周時，他身旁的門悄悄地打了開，一名年輕男子從門裡走了出來。

「托尤！」叔叔似乎很慶幸遇見了對方，大聲地喊著那人的名字。

那名男子看著站在自己面前的鄭泰義，逐漸放緩了腳步。直到他聽見叔叔的呼喊之後，才轉頭看向了叔叔，並朝對方彎腰行禮。

「你在忙嗎？」

「沒有，我只是出來抽根菸而已。」

鄭泰義總算發現了這裡跟軍隊的差別。分部的官方語言是他雖然會講，但不是很想用的英文。一想到這，鄭泰義不禁又嘆了口氣。

此時，叔叔的食指突然指向了鄭泰義，嚇得他連忙停下嘆氣的動作。

「那你順便把他給帶下去，帶他去清見曾經用過的那間房間。他才剛來，你就幫他跟同伴們建立一段友好關係吧！」

「啊，是的。」男子不耐煩地抓了抓耳垂，沒多說些什麼，只是點頭答應了叔叔的要求。

叔叔語音剛落，只有簡單地揮了個手，就直接往那扇老舊的門走去。走廊上頓時只剩鄭泰義跟那名年輕男子。

男子用眼神把鄭泰義從頭到腳掃視了一遍後，便走進身旁的門裡。同時晃了晃手指，示意鄭泰義也一起進來。鄭泰義不服氣地也從頭到腳掃視了男子一遍，才慢慢地走了過去。

而男子只是淡淡地笑了一下。

木門裡是一臺電梯。雖然木門的外觀看起來像廢墟裡會出現的老舊推拉門，但真的拉開後卻沒有發出絲毫的聲響，這讓鄭泰義不禁覺得有些訝異。

當兩人走進電梯後，電梯裡的設備也完美得讓他挑不出任何毛病。

「看來他們把預算都花在要怎麼讓這棟建築物看起來更老舊上吧……」鄭泰義觀察著電梯裡的內部構造，喃喃自語道。

直到最後，他才把視線移到盯著自己看的男子身上。對方的五官看上去雖然像中國人，但黝黑的皮膚以及瘦小的骨骼使他看起來並不像純正的漢族。

男子以一種好奇卻又不失禮數的眼神盯著鄭泰義看，接著便以食指輕輕點了自己的胸脯兩下，開口說道：「我叫托尤，托尤清伊。」

「……我是鄭泰義，叫我泰義就好。」

「泰一……OK。」雖然對方的發音並不標準，但鄭泰義懶得糾正對方。

「你是從其他分部過來的嗎？還是新來的？」

「我是新來的。不過聽你這麼一說，看來分部裡的人也很常來來去去啊？」

「雖然不到很頻繁，但這種情形也不算少見。你說你是新來的，但你看上去已經很有架勢了呢。你之前是在做什麼啊？總不可能只是個普通的上班族吧？」

「我是無業遊民。」

雖然鄭泰義一臉嚴肅地回答了對方的提問，但名為托尤的年輕人似乎是把鄭泰義的回答當作玩笑話，爽朗地笑了出來。

「至少你不是從歐洲分部過來的，那就歡迎你來囉。」

鄭泰義回握住了托尤伸出的手，好奇地看著對方，「看來你們跟歐洲分部的人關係不是很好啊？」

雖然不久前才聽叔叔提過，但親眼看見對方隨口就說出「至少你不是從歐洲分部過來的」，還是不免讓他覺得有些反感。

鄭泰義心想，這該不會就像軍中時期，他們小隊與金少尉旗下小隊那種水火不容的關係吧。

「關係不是很好？下個月初你就知道了。下個月起，歐洲分部要跟我們一起進行集訓，所以那群臭小子也會來這裡。如果你能神不知鬼不覺地將一兩個歐洲分部的傢伙活埋的話，我們整個分部的人都會罩你的。」托尤的語氣聽起來不像在開玩笑。

看來他們之間的關係比鄭泰義小隊跟金少尉小隊的關係還差。

「謝謝你的好意。」

「不用客氣，我們就是要互相幫忙才能活下去啊。」

托尤大笑著走出剛好停下的電梯，鄭泰義跟在對方身後一起走了出去。他馬上就被眼前的景象嚇到。

兩人停在地下五樓。映入眼簾的是一條狹長的白色走道，地上鋪了一層地毯，所以走起路來不會發出任何聲音。眼前的走廊與剛剛一樓的走廊截然不同，論誰都想像不到那個老舊到看起來快要崩塌的廢墟底下，居然會有一個如此乾淨整潔的空間。

「怎樣，是不是嚇到了啊？」似乎不是第一次看到這種反應，托尤輕笑了幾聲。

「你是不是以為這裡會出現滿滿的老鼠跟蟑螂，甚至四周還懸掛著蜘蛛網啊？」

雖然沒有托尤講得那麼誇張，但這的確更接近鄭泰義想像中的樣子。

「這裡有BOQ嗎？」鄭泰義跟在托尤身後，走在這比想像中還長的走廊上問道。

托尤轉過身看著鄭泰義，彷彿總算解開疑惑似的笑了出來，「看來你是軍官啊，那你是哪個部隊的？」

「……」

「不想說嗎？好吧，反正每個人都有不想說的事。我們這裡不是BOQ，而是名為私人室的房間。三人一間，位於地下六樓。而現在這層樓有自由對練場、讀書室，還有多媒體室。你可以趁自由時間在這裡看書、看電影，或者是打發時間。」

「不過我想先放行李耶。」

托尤看著鄭泰義手上那不算大的行李袋，似乎是覺得好笑，反而滿臉笑意地搶走了鄭泰義手上的行李。

「是嗎？那我來幫你拿，你就先去跟大家好好培養感情吧。畢竟我們之後還要一起共患難，總該先聊一聊吧？」

「……」

「下午五點後就是自由時間了。照理來說大家都可以去忙自己的事，但我想大多數的人都聚集在自由對練場吧！」

雖然鄭泰義更想先放好行李，看完自己的新房間後，再去見那些即將要一起共患難的同伴們。但眼看拎著自己的行李就往前走的托尤，他也只能乖乖地跟在對方身後。

或許先去跟同伴們打聲招呼是這裡不成文的規定吧。

令鄭泰義比較放心的是，除了九名的上司之外，其他人都是跟自己平起平坐的同伴。就算對方會因為鄭泰義是新來的而仗勢欺人，只要原則上彼此都是平等的關係，那即便鄭泰義要反擊也比較不會綁手綁腳。

雖然應該只是玩笑話，但在這裡似乎殺一兩個人也不會出事。鄭泰義覺得比起殺人，自己被殺的機率肯定更大。因此他也只能盡全力去保護好自己的安全。

更何況鄭泰義就讀軍校時期，無論是基礎軍事訓練還是實務經驗的成績全都介於中間值。在沒有信心可以打贏所有敵人的前提下，鄭泰義認為自己最好還是不要強出頭，靜靜地過完這半年就好。

在兩人繞過轉角的同時，鄭泰義得知了多媒體室跟讀書室的位置。除此之外，他還發現了佇立於走廊角落裡的食物販賣機。

雖然他們偶爾會與其他人擦肩而過，但沒有人會特別在意托尤與鄭泰義這個突兀的組合。頂多只是警戒地多看兩眼陌生的鄭泰義罷了。

「取名為亞洲分部，我還以為裡面只會有亞洲人。但看來不是啊？」鄭泰義看著經過自己身旁的歐美人，小聲問道。

「不管是哪個分部，裡面都混雜著許多不同的人種。這裡之所以會叫亞洲分部，只是因為位於亞洲罷了。不過跟其他分部比起來，這裡的確最多亞洲人，裡面有近半數的部員都是亞洲人！」

在兩人閒聊的同時，他們總算抵達了目的地自由對練場。

打開了比正常的門還要大上兩倍的鐵門之後，映入眼簾的是跟體育館一樣大的空間。除了一些看上去很危險的鍛煉器材之外，裡頭的設施基本上都與一般的體育館無異。

對練場裡大概聚集了四、五十個人。裡頭不乏有人聚在一起聊天，以及乾脆直接躺下睡覺的人。但絕大多數的部員還是在健身器材上，拚命鍛煉著自己的基礎體能。

「明明是自由時間，沒想到會有這麼多人聚在這裡耶。」

「如果不想死的話，我勸你最好趁這個月多鍛煉一些體力。雖然也只剩下半個月的時間了……但你要是打輸歐洲分部的人，你可是會先被我給打死。」托尤伸出拳頭恐嚇完鄭泰義後，環顧了下四周，便朝著聚集了六七人的角落走去。

這幾個人表面上雖然聚在一起，但彼此間卻隔著一定的距離。鄭泰義心想，或許他們只是同一組組員的關係吧。

對方似乎也察覺到了朝著他們走來的托尤與鄭泰義，一一停下手邊的事，看向了兩人的方向。更準確地說，他們是盯著陌生的鄭泰義看。

「托尤，你不是說要去抽菸？怎麼那麼快就回來，你是忘了帶菸盒嗎？」

「對啊，平常一抽就要抽掉三根的人，怎麼那麼快就回來了啊！」

兩人一搭一唱地損著托尤，眼神卻緊盯著鄭泰義看。然而除了這一群人之外，在他們附近的所有男人都朝鄭泰義投向了好奇的眼光。

「有人叫我帶這個新來的傢伙跟你們培養感情，所以我就把他帶來了。他是我們的新組員。」

當托尤跟其他人解釋的同時，鄭泰義裝作若無其事地看向了四周。

這裡的年齡層大多分部在二十幾歲至三十歲初頭。角落裡看來最年輕的人像是才剛成年，在另一邊練腹肌的人裡，看來年紀最大的四捨五入後大概也有四十歲。而絕大多數的部員似乎都是二十幾歲的年輕人。

單以體力而言，雖然三十歲的人是絕對比不過二十幾歲的年輕人。但戰鬥技術看的不光光只是體力而已，所以年齡大小倒也不是非常重要。

如同托尤所言，這裡有一半的面孔都是東方人，而剩下的則是白人跟黑人。雖然不知道精準的比例，但單就眼前的狀況來看，黑人似乎比白人還要多一些。

不過裡頭也充斥著許多混血臉孔，要準確劃分到底是哪個人種比較多應該是有些難度。

或許是因為不想打輸他人，這裡的每個人都練得很壯。這對鄭泰義來說反而是件好事，因為他們並不符合自己的理想型；不過轉念一想，他不禁還是覺得有些感慨。

鄭泰義只能安慰自己，無論如何他也只會在這裡待半年而已，如果遇上了喜歡的人反倒更麻煩。還不如就這樣清心寡欲地度過這半年吧。

「他是泰一，二十……應該是二十五歲吧？」

一名男子從堆了好幾層的軟墊上跳了下來，同時朝鄭泰義走來。男子身後的其他男人見狀便開始竊笑，而介紹著鄭泰義身分的托尤則是後退了兩步。

鄭泰義看著走到自己面前的男子，開始分析起周遭的聲音與氛圍。

看樣子情況應該不算太糟。無論是男人們的笑聲，還是充滿好奇心的眼神，全都沒有摻雜著敵意與嘲弄的意思。他們看上去只是在享受著這小小的餘興節目罷了。

鄭泰義眼前的男子非常高大，比起東方人，對方看上去更像混血兒。男子嘴角夾帶著一絲笑意，開始觀察起鄭泰義。

……看來這傢伙是他們的老大啊。鄭泰義在心裡苦笑了一下。

無論是鄭泰義以前待過的軍隊，還是現在這個地方。只要聚集了一堆男人，就一定會產生一些極為相似的不成文規定。而其中一項就是：在同伴之間找出一個老大。

話雖如此，但並不是推舉對方成為檯面上的隊長。畢竟他們還是有自尊心的，所以彼此間並沒有明確的排名。頂多只有最受推崇，不管他說什麼，大家都會乖乖聽話的人；以及最沒人緣，不管講些什麼，都只會被冷嘲熱諷的人罷了。

但也許這不只是男人的天性，而是所有人類都是如此。

「你呢？」鄭泰義一邊笑，一邊用下巴向對方示意。

男子聳了聳肩回答，「我嗎？我是卡洛鷺澤。七個月後就三十歲了。還有什麼好奇的嗎？」

「你現在之所以在暖身，該不會是因為我吧？」

名為卡洛的男子頓時大笑起來。

不知道是對方的習慣或是想要威脅，在朝鄭泰義走來的途中，他先是折了手指，接著又轉了轉腳踝，同時還不忘轉一下脖子。最後才朝鄭泰義攤開雙手，無害地說道：「沒有啦！我只是打算要去運動罷了。怎麼了，難道你怕了嗎？但我看你好像沒在怕耶？」

「因為我是個表裡不一的人。」聽完鄭泰義嘟囔的內容，卡洛再次大笑了起來。

對方似乎認為鄭泰義在說笑，殊不知這句話裡卻夾雜著幾分真意。一來鄭泰義真的被人說過表裡不一，二來他的確開始害怕了。

形容得誇張一點，對方的手看起來就跟鍋蓋一樣大。而連接手跟肩膀間的肌肉看上去也十分結實；拳擊褲下的腿同樣非常健壯。眼看這種人緩緩地靠近自己，有誰不會害怕的？

「好喔，表裡不一的朋友。那你願意幫我暖暖身嗎？」

雖然魁武的身形與健壯的體格跟會不會打架是兩回事，但鄭泰義還是不想跟對方硬碰硬。因為不管怎樣，吃虧的一定是自己。鄭泰義本身就對打架不在行，更何況他也沒有打算取代對方成為領頭羊的角色。

然而鄭泰義還來不及開口拒絕，卡洛馬上就朝鄭泰義撲了過來。對方一隻手箝制住鄭泰義的手腕，另一隻手抓住鄭泰義的肩膀，同時抬起腳將他壓到地板上。

轉眼之間，對方便完成了這一連串的動作。

鄭泰義看著天花板一下出現在眼前，隨即又離自己遠去。還沒等他反應過來，他的後背馬上就撞到了地板上。雖然鄭泰義馬上使出了柔道技術中的護身倒法，但胸口還是傳來了一股不小的刺痛感。

卡洛看著倒在地板上的鄭泰義，一邊皺著眉頭一邊笑著問道：「你是怎樣，未免也太弱了吧？你這樣真的能跟別人對打嗎？趕快起來啊！」

卡洛的身後頓時傳來了眾人吵雜的笑聲，以及揶揄的口哨聲。鄭泰義看著眼前的男子。對方並沒有混血兒獨有的英俊外表，卻有著西方名字及深邃五官。雖然他拚命想要掙脫對方的束縛，但男子卻紋風不動。

卡洛的雙手抓住了鄭泰義的肩膀與手臂，同時還用膝蓋固定住了鄭泰義的大腿。卡洛將自己的重心全都壓在了鄭泰義身上。

若想掙開對方的束縛，除非是格鬥術高超，又或者是擁有神力的人，要不然是絕對不可能掙脫得了的……但這裡指的是一般情況下。

「你叫我起來？」

「對啊！如果你有辦法起得來的話就試試看吧。」

「好，那我就不擇手段囉！」

鄭泰義語音剛落，馬上抬起唯一可以移動的右腳，用力地朝卡洛的陰囊踢了下去。

「啊！」

這聲慘叫不僅僅是從卡洛的口中發出。就連原本在一旁看好戲的所有男人都瞬間露出了恐懼的表情，並且從口中發出了與卡洛相同的感嘆詞。

氣氛就這樣凍結了幾秒後，隨之而來的是近乎於慘叫聲的怒罵。

「身為男子漢大丈夫，你怎麼可以如此不要臉！」

「你未免也太卑鄙了吧！」

被攻擊的當事人還躺在地板上無法動彈的同時，一旁的男人們便暴跳如雷地指著隨即從卡洛身下逃出來的鄭泰義破口大罵。

而鄭泰義只是不屑地冷笑一聲，「只要能撐起我的身體，用什麼方法很重要嗎？更何況真正卑鄙的是體型跟我差了那麼多，卻還想找我單挑的人吧！」

似乎是被鄭泰義的話給氣到，剛剛坐在卡洛身旁的男人馬上從軟墊上跳了下來。殺氣騰騰地捲起袖子，朝鄭泰義走來。雖然對方比鄭泰義還要矮一些，但身材卻十分精壯，氣勢上一點也不輸鄭泰義。

怎麼還有啊。鄭泰義看著眼前的男子，心想或許對方就是卡洛的直屬手下。再這樣搞下去，也許今天的「歡迎會」沒有見血就不會結束吧。鄭泰義開始擔心起這座島上有沒有正規的醫療設備。

眼看鄭泰義一邊嘆氣，一邊將手伸進外套口袋裡。男子見狀馬上放緩了腳步，並露出戒備的神情。

「既剛剛的卑鄙手段後，你現在打算直接用武器了嗎？」男子喊道。

鄭泰義不理會對方的話，只是徑直地朝男子走了過去。頃刻之間，男子停下了動作。

這是唯一的機會。鄭泰義迅速地抓住了男子的衣領，雖然對方想抬起拳頭反擊，但鄭泰義早已將外套口袋抵住了對方的下巴。趁男子還沒反應過來，鄭泰義連忙使出剛剛卡洛用在自己身上的招式。他抬起腳狠狠重擊了對方的胸口，男子隨即倒在地上。

當鄭泰義將自己的膝蓋壓在對方胸口上時，周遭頓時安靜了下來。鄭泰義明顯感受到眾人眼神裡散發著一股敵意。

哎呀，這下真的得見血了吧。鄭泰義默默地嘆了口氣。

被鄭泰義壓在身下的男子怒瞪著眼前的人，緩緩開口，「要不是你沒膽地拿出武器讓我分心，現在被壓在下面的人就是你了。」

「我知道。」鄭泰義一邊嘆氣一邊回道。

或許可以把對方的這句話當作是敗者的辯解。但鄭泰義明白對方本來就沒有打算要把他往死裡打，要不是因為對方心軟只打算隨便恐嚇他一下，他也不可能如此輕鬆地就把對方壓倒在地。

男子使勁想要拉開鄭泰義壓在自己肩上的手，並且漸漸加重了力道。似乎是打算單靠蠻力來將鄭泰義的手給移開。

在力氣方面，鄭泰義沒有信心能贏過對方。就算他拚了老命地硬撐，最多也只能再撐個一分鐘罷了。或許不到幾秒後，雙方的情勢就會完全相反。

該死，我還不曾被圍毆過，不知道會不會很痛……唉，肯定超痛的吧。只希望他們能及時把我送去醫院就好了。鄭泰義看著周遭越來越凶狠的目光，不禁暗自咂嘴。

隨後鄭泰義便對著眼前的男子幽幽說道：「你又不知道我口袋裡裝了些什麼，你怎麼敢乖乖地被我壓在身下啊？難道你被割喉也不會死嗎？」

語畢，鄭泰義便將外套口袋貼在男子的下巴上。男子隨即感受到下巴處傳來了一陣刺痛感，他驚恐地瞪大雙眼。

鄭泰義看著男子的表情，笑著說：「可是……光靠一隻原子筆應該無法割喉吧？」

鄭泰義拿出口袋裡的原子筆後，便從男子的身上離開，隨意癱坐在地板上。男子先是看著天花板發呆了好一陣子，接著才猛然地跳起，並對鄭泰義大吼道：「你這傢伙不只卑鄙，居然還敢耍花招啊？看來我今天得好好教你怎麼做人了。」

「這個想法不錯，不過讓我先來吧，阿爾塔。」卡洛總算有餘力將手從胯下移開，他低沉地說道。

而一旁的鄭泰義則是露出了哀傷的表情。

明明自己才剛下定決心要靜靜地待完這半年，為什麼一進到亞洲分部，馬上就得擔心自己可能送命的問題啊？如果硬要抓戰犯的話，那錯肯定是出在帶他來這個地方的人身上。

雖然這不全然是托尤一個人的錯，但鄭泰義還是擺出沉悶的表情，怒瞪著一旁的托尤。而混在人群中看好戲的托尤，一發現鄭泰義在看自己，馬上皺起了眉頭。

「不過你是靠誰的關係進來的？」

當鄭泰義喪氣地看著地板發呆時，卡洛早已捲起袖子走到他面前。卡洛似乎想先確認鄭泰義背後的靠山是誰，再決定自己下手的力道。

還沒等鄭泰義說出「我沒有靠關係」，托尤就搶先回答道：「鄭教官。是鄭昌仁教官帶他來的。」

「鄭教官？」

卡洛回頭看了一眼托尤，隨即又問鄭泰義，「你怎麼會認識鄭教官？」

「……如果我說我跟他很熟的話，你就不會打我了嗎？」

卡洛猶豫了一下，「你先說說看。」

鄭泰義怎麼看都覺得對方不可能輕易地就放過自己，他只好嘆了口氣老實答道：「他是我叔叔。」

「你說鄭教官……是你的親叔叔嗎？」卡洛不自覺地提高了音量，周遭的人也開始鼓噪了起來。

鄭泰義表面上雖然沒有表現出來，但他其實對大家的反應感到十分訝異。原來叔叔在分部裡是這麼有名的人嗎？看來教官這個職位比他想的還要更具一席之地吧。

「泰一……鄭泰一。那你跟鄭在一是什麼關係啊？聽說鄭在一也是鄭教官的姪子？」卡洛露出嚴肅的表情，用錯誤的發音念叨著鄭泰義的名字。

隨即，鄭泰義又從對方口中聽見自己哥哥的名字。雖然一樣也是錯誤的發音，但卻絲毫不減鄭泰義的訝異之情。

鄭泰義從沒想過會在這種情況下聽到哥哥的名字。不，他其實更不能理解為什麼哥哥的名字會出現在對方口中。難道是因為卡洛之前曾經在本部待過，所以才認識哥哥的嗎？

「他是我哥哥。」

「哥哥？鄭在一居然是你的親哥哥？你是說那個即便本部拿著一大筆錢跟權力求他留下，但合約結束後依舊馬上離開的天才研究員嗎？那個幸運到不管做什麼事都能成功的鄭在一嗎？」

鄭泰義看著興奮大喊的卡洛，皺著眉頭稍稍後退了幾步。

因為兄弟倆從不干涉彼此的工作，所以他是第一次聽到這些事。不過依照鄭在義的個性來看，這的確很像他會做的事。

看來哥哥比我想的還要更出名啊。鄭泰義心想。

「對，他是我哥哥……那你可以放我一馬嗎？」鄭泰義偷偷期待著或許哥哥的幸運可以分一點給自己。

原先還在跟其他人聊著鄭在義的卡洛，一聽見鄭泰義的話，馬上轉過頭看向對方。隨即聳肩說道：「你在講什麼啊，這是兩碼子事吧？」

「你這傢伙既沒有力氣，也沒有技術可言。那當初為什麼不早點乖乖投降，而是要這些卑鄙的伎倆，自討苦吃呢？」卡洛一邊折著手指，一邊假裝同情地看著鄭泰義。

「但是這些卑鄙的伎倆的確讓我順利打倒了你們啊。」

「……」卡洛沒有回話。

剛剛那名被鄭泰義拿原子筆抵住的男子，面露凶光地走到他的面前。而其他男人們也露出似笑非笑的臉聚集到了鄭泰義身邊。

不知不覺，哥哥的話題被他們拋到了腦後；而鄭泰義那小小的希望也早就被拋到了九霄雲外。

唯一值得慶幸的是，氛圍沒有鄭泰義原本想的那麼險惡。看來不需要擔心醫療設備的問題了。

雖然被眾人圍毆這件事還是沒有改變就是了。

鄭泰義只被狠揍了七八下，雖然其中有兩下痛到讓他差點就昏厥過去，但除此之外的其他人只是意思意思輕拍幾下而已，這的確稱不上「圍毆」這麼誇張。

等鄭泰義再次回過神後，他早已坐在剛剛揍他的男人們之間，開始喝起酒來。

「難道沒有下酒菜嗎？」

「源浩之前出去的時候有買肉乾，他剛剛已經下去拿了。」

「喂！那裡有人的酒杯空了。坐他旁邊的人是在幹嘛啊，怎麼可以讓酒杯空了！」

鄭泰義又發現了一個這裡與軍隊不同的地方。

他默默地吃著旁邊不知道姓名的男子遞來的豆果子餅乾，陷入了沉思。雖然剛剛才揍完他，馬上又裝作沒事般地說著「為了歡迎新成員的加入，我們一起去喝酒吧」的男人們很怪；但乖乖地坐在他們中間，喝著酒、吃著東西的自己也正常不到哪裡去。

到底怪的是這群男人們，還是這個小組；是這個分部本身就很怪，還是UNHRDO整體的人都很怪；又或者是覺得這一切很奇怪的自己最奇怪呢？

鄭泰義百思不得其解。

「我們真的可以喝酒嗎？如果我們喝醉的時候，發生了緊急狀況要怎麼辦？」鄭泰義嘀咕道。

坐在鄭泰義對面，名為慶仁焦的男子聳了聳肩笑著說：「緊急狀況是指什麼啊？」與慶仁焦並肩而坐的托尤幫忙回答，「畢竟泰一是從軍隊來的嘛！難免還留有一些死板的習慣。」

「原來如此。」慶仁焦此時才像理解般地點了點頭。

坐在旁邊獨飲著的卡洛開始解釋，「這裡又不是軍隊，我們不用時時刻刻維持在緊繃的狀態。分部裡不可能會出現敵人，除非你被其他人討厭，才有可能會被同伴們拿刀報復。所以行程結束後喝點小酒也無傷大雅。但要是喝到爛醉，無法參加隔天清晨的訓練，就會被教官罵了。」

「聽說你們偶爾會接受外部委託，去外面做些危險的事。你們就不怕外面的人會因此種下殺機，偷跑進來攻擊你們嗎？」鄭泰義小酌了一口，疑惑問道。

其實鄭泰義也不清楚他們究竟是受誰委託，又做了多危險的事。他只是憑藉著之前從叔叔跟哥哥那裡聽來的話，隨意推敲出了UNHRDO是個收錢在幫別人做事的組織罷了。

「這件事你是從哪裡聽來的啊？」

「內部消息只要被傳出去，自然而然就會流入別人的耳裡吧。」

「對了，你是鄭在一的弟弟嘛！但看來你只聽一半而已。我們的確會為了累積實戰經驗而出去，但我們不會接受私人委託。雖然這裡動輒就會出現鉅額的交易，但我們頂著聯合國機構的名聲，總不能私下接受他人的委託吧？所以不可能會有外部的人跑進來尋仇啦！不過比起外部的敵人，我們更需要擔心的是……」

卡洛突然壓低了聲音，接著便用混雜著興奮和憤怒的語氣說道：「就是歐洲分部那群臭小子們！他們不久後就要厚著臉皮跑來了！」

又來了。鄭泰義已經數不清今天到底聽過幾個人在罵歐洲分部了。明明大家都是成年人，還隸屬於同個本部，究竟是為什麼要搞到如此劍拔弩張呢？

「看來你們之間的關係很差耶！聽說分部間會交換部員，這不就代表大家最終都會是同伴嗎？那你們的關係怎麼還那麼糟啊？」鄭泰義嘟噥說道。

下一秒，所有的人都安靜下來。鄭泰義嘴裡含著酒，靜靜觀察著大家的反應。

「也對啦，你應該還不知道。那我來告訴你吧！雖然分部間會彼此交換部員……」

「……」

「但歐洲分部跟亞洲分部間，不會互相交換部員。」

「為什麼？」

「雖然有可能會先交換到本部或其他分部，最後再換到彼此的分部。但我們之間不會直接進行交換。」

鄭泰義分了兩次才吞下口中的酒。他拚命強忍住想要皺眉的衝動。

這也難怪當初托尤會對他說出「至少你不是從歐洲分部過來的」這句話。他總算能理解兩個分部之間的關係有多差了。

但雙方的關係竟然差到連上級長官都不會讓他們直接進行部員交換的話，事態就真的有點嚴重了。這已經不能算是他們之間的私仇，而是早已鬧上檯面的敵對狀態。

「明明都隸屬於同個本部底下，你們之間究竟是有什麼深仇大恨啊……」鄭泰義說道。

一旁的慶仁焦雙手緊握住酒杯，「本來跟其他分部或美國本部關係就不會太好。跟本部還算可以，但分部間不管怎麼說，關係實在算不上好。因為實戰訓練的對象就是彼此，所以每到集訓時就得把對方當作真正的敵人在攻擊，最終難免會鬧出人命。為了替自己死去的同伴復仇，下一次集訓一定會有人抱著必死的決心去跟對方火拼。而我們跟歐洲分部的『關係』就是這樣建立起來的。」

「所以有些時候不是故意，而是蓄意殺人的嗎？」

在場沒有人回話。但這份沉默與彼此臉上略帶苦澀的神情已經給出了肯定的答案。

「但我們也沒有誇張到一看到其他分部的人，就會想衝上去殺了對方……反正就是這樣啦。沒想到你一進來就得看到這副慘況呢。」

「……所以那個集訓是一年一次嗎？」

「對啊，無論是跟歐洲分部還是其他分部都是一年一次。基本上每三個月就得依序跟歐洲、澳洲、南美洲、非洲分部的人見面。」

如果我半年後還想活著出去的話，那至少得經歷過兩次集訓啊……鄭泰義苦澀地在心裡悄悄埋怨著叔叔，卻感到不對勁似地歪著頭思考。

等一下，好像有哪裡不太對勁。UNHRDO總共有五個分部，那每一次集訓一定會有一個分部沒被分配到啊？難道多出來的那個分部是要跟本部對打嗎？……可是本部的性質又跟分部不一樣。總不可能讓一群聰明到接近天才的人跑來跟他們決一死戰吧？

思索不出答案的鄭泰義最終只好問身旁的人，而他馬上就獲得了解答。

「我們會拆一半的人派出去。像這次歐洲分部裡只有一半的人會來我們分部，而我們則有一半的人會被派去澳洲分部，澳洲則是有一半的人會去南美洲。就是以這種方式來輪流，每次都會換不同的順序與對象。」

「原來如此。那要怎麼決定誰留下來、誰去啊？」

「禮拜六出發的話，禮拜五晚上會抽籤。」

「……都火燒屁股了才決定人選的話，難道不會買不到機票嗎？」

「我們都是搭專機，所以不用擔心買不到機票的問題。至於簽證的問題分部也會幫我們處理好，所以只要記得帶護照就可以了。」

鄭泰義回想起當初剛到島上時，看見的那座猶如廢墟般的建築物。他實在是無法把老舊廢墟跟專機這麼現代化的東西聯想在一起。

「不過為什麼要決定得如此倉促啊？提前決定好，我們不是還能先做好心理準備嗎？」

「如果提前得知自己會被派走還是留下的話，大家就不會認真訓練了啊！」

「為了不要被其他分部的人打死，大家應該還是會拚命地練習吧？」

「基本上只要不是跟歐洲分部進行集訓，就不至於會鬧出人命。」

說好的肉乾還沒來，男人們的抱怨與怒罵卻隨之而來。

「所以問題就是出在歐洲分部的人身上啊！」

「上次尚瓦跟克洛伊不是被打死了嗎？而吳爾、小允跟清見則是還躺在醫院裡，至今都無法歸隊……」

「上次殺了尚瓦的人這次還敢來的話，我絕對要把他的頭給砍下來。」

聽著眾人殺氣騰騰的言論，鄭泰義疑惑發問：「那歐洲分部的人也是透過抽籤來決定人選的嗎？」

「照理說是這樣沒錯啦，畢竟分部間的管理方針都一樣啊！只不過對方應該不會派最容易被尋仇的人過來吧……還真是一群卑鄙小人！」

如果每個分部的管理方針都一樣的話，那就代表亞洲分部也不會派最容易跟別人結怨的部員過去……雖然剛剛那句話充滿著自相矛盾的論點，但為了保命，鄭泰義不敢隨便回話。

「那個傢伙，會來嗎？」阿爾塔突然開口問道。

瞬間，在場的人都心照不宣地停下了動作。

全場只剩下吃完了豆果子餅乾，開始吃起果乾的鄭泰義還滿臉疑惑地看著大家。

男人們的表情裡混雜著各種情緒。有憤怒、不安、恐怖，以及與之類似的情感。

「痛恨著那傢伙的人可不是只有一兩個，歐洲分部的人怎麼敢讓他來啊！再怎麼蠢也不至於把自己的部員給推入火坑吧？」坐在鄭泰義身旁的男子咬牙切齒地說道。

不知道是不是討厭那傢伙的人都聚集在這裡了，每個人的臉上都露出了極為相似的表情。

此時卡洛嘀咕道：「不對，歐洲分部的高層反倒會派那傢伙過來才對。那傢伙光是在別人的地盤上都敢打殘三個人、殺死一個人了，如果是在自己的地盤上他又會有多囂張？」

「如果那個臭傢伙敢來的話，我絕對要殺死他！」

「……你們在說誰啊？」

大家瞬間又安靜了下來。

鄭泰義不禁慶幸好險自己現在吃的不是豆果子餅乾。若是在這鴉雀無聲的氛圍裡只剩下自己吃餅乾的聲音，那著實十分尷尬。畢竟自己總不能把吃到一半的餅乾吐出來跟大家一起保持沉默吧。

鄭泰義大致理清了脈絡。歐洲分部裡有個足以成為全民公敵的傢伙存在，而那傢伙最棘手的地方在於大家即便使出了吃奶的力氣，依舊無法輕易地將那傢伙打倒。最終導致了大家雖然都看那傢伙不順眼，卻又不得不看他臉色的現況。

「所以被那個『臭傢伙』打過的人，是都聚集在這個小組裡嗎？」鄭泰義像是自言自語般地嘀咕道。

從剛剛的對話中，鄭泰義得知了每個分部旗下總共有六個小組。將亞洲分部的部員總數九十六人分成六組的話，一組是十六人；剛好分部裡的六位教官都可以各自負責一個小組。

叔叔曾經說過有兩位次長在爭總管的大位，所以亞洲分部內其實早就發生了派系之爭。這樣看來，在他們議論歐洲分部有多糟之前，小組之間早就形成了三對三的對立局面……但現在的當務之急不是分派系，而是整個亞洲分部都得跟敵人一起進行長達半個月的集訓。

「當然不是啊，那傢伙哪會管你是哪一個小組再決定要不要動手。他只是單純想看到我們所有人跪倒在他腳下的樣子罷了，那個瘋子！」原本冷靜的阿爾塔越講越激動，最終甚至高聲謾罵了起來。

被對方氣勢嚇到的鄭泰義默默地將身體轉到了另一邊，殊不知坐在另一邊的人也跟著大罵了起來。

「那種瘋子到底是怎麼進來UNHRDO的啊？我在進來之前還做了快兩個小時的人格測驗耶！」

這人剛說完，周遭的人群馬上激動附和道：「我也是！我也是！」

鄭泰義仔細一想，雖然無法從他們的外貌、個性與口氣上看出端倪，但他們各個都是突破了激烈的競爭，才進到聯合國人力資源培訓機構裡的優秀人才。

但我沒做過那種測驗耶。鄭泰義將這句話跟果乾一起吞進了肚子裡。

按照叔叔的說法，他們都是「被槍打過、骨頭斷過好幾根」的人。雖然鄭泰義非常好奇像他們這樣的人去做人格測驗究竟會測出什麼結果，但現在的重點好像不是這個。

「不過……大家不是都很擅長用刀槍來攻擊敵人嗎？既然這樣的話，那個『瘋子』能夠進來應該也不算太奇怪吧？」其實他根本就不知道他們講的那個「瘋子」到底是誰。

縱使鄭泰義試圖站在中立的立場來分析狀況，但其他人完全不吃他這一套。

坐在鄭泰義旁邊的男子溫柔地摟住了他的肩膀，輕聲說道：「你錯了。雖然大家都曾經拿著刀槍戰鬥過，但我們的思維跟那個瘋子完全不同。當你面對一個無冤無仇的人，你可以毫不猶豫地就扣下板機嗎？基本上沒有人做得到，就連我們也做不到。對方又不是不共戴天的敵人，難免還是會猶豫的吧？可是那傢伙不一樣。他會直接殺了對方。」

「……」

男子的臉上盡是嚴肅的神情，彷彿在說著這既不是玩笑，他也沒有誇大其詞。剎那間，鄭泰義覺得有些毛骨悚然。對方嚴肅的眼神以及低緩的語氣，描繪出了一個披著人皮卻沒有絲毫人性的惡魔。

……如果想要順利度過這半年，鄭泰義覺得自己最好還是不要跟那傢伙走得太近。因為叔叔曾經提過的「直覺」正在告訴他，不要去深究那個人到底是誰，就這樣跟對方保持著井水不犯河水的關係就好。

「不過……既然他是所有亞洲分部部員的敵人，那只有我們這一組在這裡討論著對策也沒什麼用吧。更何況他聽起來也不像一個好對付的人。」鄭泰義不想繼續討論這個駭人的話題，而其他人似乎也抱持著同樣的想法。

雖然大家的臉上依舊殘留著鬱悶的神情，但他們還是把話題給岔開了。

鄭泰義吃著最後一塊果乾，默默地嘆了口氣。他都已經把果乾吃完了，說好要去拿肉乾的人卻還沒回來。而大家似乎也仗著肉乾就快來了，所以即便沒有下酒菜還是打算繼續喝下去。

雖然坐在這裡喝酒，聽他們東拉西扯地亂聊也很有趣，但鄭泰義已經想去休息了。只不過他眼前的這群傢伙看上去卻不像是會乖乖放他走的人。

其實鄭泰義相當喜歡這一群人。雖然還沒熟到可以判斷這個人跟自己合不合得來，但至少這群人的個性看起來都不差。沒發生什麼意外的話，他似乎可以在這裡度過一段相當愉快的時光。說不定還能藉機交到幾位知心好友也說不定。

話雖如此，但鄭泰義還是很不喜歡這種場合。雖然他也很享受喝點小酒，跟大家一起玩樂的感覺，但時間一長難免就成了種酷刑。更何況他現在只想安靜地好好休息。

正當他還在苦惱的時候，坐在角落的托尤突然站了起來。對方的手裡拿著菸盒，似乎是打算去外面抽菸。

「我想去一趟廁所。托尤，你就順便帶我去吧！」鄭泰義放下手中的酒杯，起身走向了對方。而托尤則是「嗯？」了一聲後，輕輕點頭表示答應。

「托尤！你最多只能抽三根菸就得回來囉！」

「鄭泰一，你可不要走到迷路啊！」

鄭泰義無視身後傳來的調侃，徑直地跟在托尤的身後走了出去。

才剛踏上走廊，托尤的嘴裡馬上叼起了一根菸。或許是想要一解剛剛沒能順利抽到菸的憂愁，縱使嘴中的菸還沒點著，但托尤依舊叼得很開心。

「看來這裡面不能吸菸啊。」

「雖然分部裡也有吸菸室，但不在這一層。比起特地跑去樓下的吸菸室，我還寧願去外面一邊呼吸新鮮空氣，一邊抽菸呢！至於廁所則是在這裡。」當兩人繞過轉角後，托尤指著走廊中間的位置說道。

然而鄭泰義卻沒有看向他指的方向，而是緊貼著對方的後背，並且用手臂環繞住托尤的脖子。

「這間廁所我剛剛經過的時候就看到了。我真正想知道的不是這間，而是我私人室裡的廁所。雖然會麻煩到你，但也請你跟我一起下去樓下，幫我介紹我的房間跟格局囉！」鄭泰義貼在托尤的耳邊輕聲道。

然而鄭泰義逐漸收緊的手臂，卻與他的語氣形成了極大的反差。鄭泰義的動作似乎在警告著托尤不准發出聲音與反抗，要不然他就會立刻勒住對方的脖子。縱使自己現在的行為看起來就像同伴們口中那卑鄙的歐洲分部部員，但鄭泰義此刻已經累到管不了那麼多了。

托尤張開嘴似乎想說點什麼，但最終又像是放棄般地嘆了口氣，「好啦，我知道了。你先放手，我馬上就帶你下去。只不過你不是沒有帶行李出來嗎？你先回去拿吧，我在這裡等你回來。」

「如果我回去拿行李，跟他們坦白我要去睡覺的話。你覺得他們會乖乖放我離開嗎？」鄭泰義帶著半信半疑的語氣質問著對方。

而這次果然也被鄭泰義的直覺命中，托尤支支吾吾地不知該如何回話。

鄭泰義笑著拍了拍對方的背，「算了啦！反正裡面也沒裝什麼貴重的東西，我明天再來拿就可以了。我們就先去私人室吧！你不是說過是三人共用一間嗎？你不要露出那種表情。錯就錯在你沒有先帶我去私人室，而是帶我來對練場。我剛剛被打的地方到現在都還在痛耶！托尤，你剛剛打我的地方好像是在這個位置嘛……」

鄭泰義一邊皺眉，一邊揉著自己的肩膀。

見到此景的托尤也只好聳肩說道：「好啦，那我現在就帶你去你的房間。」

托尤無視了剛好抵達的電梯，直接走向了電梯旁的逃生梯。他表示走樓梯反倒還比較快。

地下六樓雖然只跟樓上差了一層樓，但格局卻截然不同。狹長的走道上，兩旁散布著猶如Z字型般相互交錯的房間門；走廊上鋪著比五樓還更柔軟的卡其色地毯；牆壁上掛滿了優雅的玻璃油燈，以及多幅精緻壁畫；走廊的盡頭擺著一個復古邊櫃，而櫃子上佇立著優美的花瓶與精心裝飾過的花束；復古邊櫃的一旁則有一個小小的玻璃桌，和兩張單人水牛皮沙發。

「……好像來到了五星級飯店。還真期待房間裡會長怎樣！」

走在鄭泰義前面的托尤笑著說：「其實房間內也跟飯店差不多，差別只在沒有每間房間裡都有浴室罷了。」

「既然都裝飾得這麼華麗，為什麼不乾脆每間房間裡都裝一間浴室啊？」

「聽說是因為管線的問題所以才不能裝。或許不是每間房間都有空間可以安裝管線吧。」

「所以大家都是共用浴室、共用廁所嗎？」

「對啊，不過東邊跟西邊各有一間寬敞的浴室跟廁所，所以不太會有人擠人的問題。無論你什麼時候去，那裡都沒什麼人。」

「無論什麼時候……？」鄭泰義懷疑地問道。

托尤像是看穿了對方的想法，笑著回答：「對，無論什麼時候。」語畢，托尤的臉上露出了「反正男人不都是這樣嗎？」的表情，一邊哼歌一邊往前走。

走著走著，兩人剛好路過了浴室。明明現在是自由時間，但浴室裡卻空無一人。只剩下豪華的盥洗設備，以及大型浴池孤零零地坐落在此。

「那之後就讓我來使用這些設施好了。」鄭泰義看著浴池裡清澈的熱水說道。

突然，他像是想起什麼似的開口詢問：「那上司們也都是在這裡洗澡嗎？像是總管、次長、教官那些人。」

「怎麼可能啊！上司們連住的樓層都跟我們不同。他們不但住在距離地面最近的地下一樓，甚至他們連房間裡都有衛浴設備呢！」

鄭泰義的腦中頓時浮現了叔叔的身影。他現在之所以得面對這些糟心的事，歸根究底就是因為叔叔。如果下次見面不恨恨地勒住對方的脖子來渲洩情緒的話，他心中的怒火將會無法平息。

「那鄭昌仁教官的房間在地下一樓的哪裡啊？」

「怎樣？你已經開始想念自己的叔叔囉。你就搭我們剛剛下來的那座電梯上樓，走出電梯後右轉的第二間房就是了。」托尤用著玩笑般的語氣說道。語音剛落，他隨即又介紹起位於浴室旁邊的廁所。等他介紹完這些基礎設施後，他馬上又踏入了狹長的走廊。

而跟在托尤身後的鄭泰義只要一想起自己的叔叔，就不由自主地嘆氣。在兩人走了好長一段路之後，托尤總算停了下來。

「這間就是你的房間。」他邊說邊用手指敲了敲房門，示意這間就是鄭泰義未來要住的房間。而這間房間剛好位於走廊的最底端。

「這間房間原本是我們這組的一位日本人跟其他組的兩位俄國人共用的房間。但其中一個已經死了，而另外兩個都還在療養中……不過我猜他們應該是不會回來了吧。」

托尤一邊說一邊打開了房門。或許是因為房門根本就沒被鎖上，托尤輕輕一轉就打開了。

房間內部十分寬敞，即便住了三個人也會嫌太大的程度。裡頭擺了三張雙人床；鑲在牆壁上的嵌入式衣櫃；還有收納櫃、書桌、書櫃等小型家具。

「你可以自己買一些吃的喝的放進衣櫃旁的冰箱裡。雖然容量不是很大，但放幾瓶啤酒跟兩三道下酒菜還是沒問題的。如果只是要簡單洗個手的話，角落裡有個洗手檯，你去那裡洗就可以了。不過我勸你最好還是不要太常用那裡的水，因為有些人會懶得跑去廁所，所以在那邊小便。」

「……雖然不知道是誰做了這麼缺德的事，但我只希望那個人不是我的室友就好了。」

鄭泰義對沒什麼人會去浴室洗澡的這點感到很滿意。雖然他也不是一個多常洗澡的人，但人少使用起來絕對是更加方便。可是他沒想到這裡的人除了不愛洗澡之外，居然會髒到直接在洗手檯裡小便。他倒是想看看到底有哪個瘋子會這樣做。

托尤聳了聳肩說道：「在新人加入之前，你應該都得自己住了吧！除非那兩個療養中的傢伙回來……不過我想前者應該會比較快發生。」

「看來那兩個人傷得很重啊？」

「雖然他們要繼續做這行的確是有些難度，但也沒有嚴重到會影響日常生活。而且他們的賠償金跟資遣費多到只要不過於揮霍的話，數十年內不工作也不是問題！畢竟他們是因為內部訓練才受傷的嘛，所以分部給錢也是沒在手軟的。」

「是嗎？」鄭泰義點了點頭。

若是能順利度過這半年的話，他應該就能輕鬆進到其他知名企業或公家機關賺取高薪；就算途中受傷了分部也會給付高額賠償金，他完全不需要擔心錢的問題。

甚至這半年內他還能住在跟五星級飯店一樣高級的地方。他總算知道大家為什麼會汲汲營營想進到這個機構裡了。

托尤似乎是覺得自己該介紹的都介紹完了，又或者是他再也忍受不住想要抽菸的衝動，他一邊走向房門一邊說道：「房間鑰匙你去一樓的辦公室找雜務官要。部員福利跟內部生活都是心路負責的，你就去找他拿鑰匙跟寫著生活守則的單子吧。如果你還有什麼需要的東西一樣去跟那個人拿。至於生活上的一些簡單問題，這種小事問我就好。我的房間在十五號……要我帶你去嗎？反正我剛好要上去抽菸。」

「不用了，你先上去，我之後再去就好了。不過這個時間雜務官還會在辦公室嗎？」

「應該會有人在值班吧。你去了就說你要找心路，他們就會幫你叫他過來了。」

「好，謝啦！」

托尤簡單揮了揮手表示不客氣後，便走出了房門。獨自被留在房間裡的鄭泰義深深地嘆了口氣，無力地跌坐在旁邊的椅子上。

房間內除了基本的家具之外，看不見其他人的個人用品。過世部員的東西被清空也算合情合理，但他沒想到另外兩位療養中部員的物品居然也被收拾過了。

鄭泰義簡單翻找了一下各個位置的衣櫃跟抽屜，有兩個人的位置上還留有一些衣服、書本等小東西在。唯一一個被清得一塵不染的位置，看上去應該就是那位過世部員曾經用過的位置。

就算那兩位療養中部員回來的機率再怎麼渺茫，鄭泰義也不想隨便占用別人的位置。最終，鄭泰義也只好摸摸鼻子去用過世部員的位置。

因為剛剛沒有把行李帶出來的緣故，鄭泰義也不能趁現在趕快整理行李。

然而，他帶的東西也沒有多到需要花時間特地整理的程度。畢竟在叔叔的催促之下，也沒有什麼時間可以好好打包，他既沒有任何非帶不可的重要物品，再來最多也只會待上半年而已，所以他最終只帶了一些馬上就會用到的東西罷了。

尤其這裡還會主動提供小至牙刷、內褲，大至制服、便服等生活必需品，他實在也不需要特地再多帶些什麼東西過來。

若硬要說那個行李袋裡裝了什麼重要東西的話……那就只有鑰匙了。那是一把沒有掛上任何吊飾就被丟進行李袋裡的平凡鑰匙；同時也是半年後他就會回去的家的鑰匙。

在出門之前，鄭泰義特地打掃了家裡一番。打掃家裡的時間甚至還比整理行李的時間多了好幾十倍。為了不知道什麼時候會回家的哥哥，他也不忘留下一張紙條給對方。

想到這裡，鄭泰義突然好奇起哥哥現在正在做什麼。雖然對方幸運得就算他搭的飛機失事，鄭泰義應該也不需要擔心。然而無論對方正在做什麼，只要鄭在義願意，他們就一定能再次見到面。

因為只要是鄭在義所希望的事，無論是什麼內容，最終都一定會實現。

鄭泰義走到床邊，躺在整理得有條不紊的床鋪上。雖然身體已經累到不行，但思緒卻異常清晰。

有好一陣子都得自己一個人住了啊。儘管自己住既方便又安靜，但對於剛到新環境的鄭泰義來說，不便的地方反倒更多。尤其是有什麼小事想要請教別人的時候，還得大費周章地跑到隔壁去問其他人。

一想到這，鄭泰義緩緩地從床上坐了起來。

反正他也不打算鎖門，房間的鑰匙就不用拿了。但是他很需要那張寫著生活守則的紙。畢竟他現在就連要在哪裡吃飯、明天要做些什麼事都不知道。

那個雜務官是叫心路嗎？鄭泰義抓了抓頭，起身走向了房門。

未來的半年感覺就像千年一樣漫長。鄭泰義下定決心等會兒一定要順路去叔叔房間報復對方一下才行。

鄭泰義苦惱地咂了咂嘴。

雖然今天是第一次來到這個地方，但他還真沒想過自己居然會在一個跟國小操場一樣大的地方迷路。

＊

＊

＊

事件的開端是電梯。鄭泰義清楚記得托尤帶他一起搭的那臺電梯在哪。只要從樓梯間走出來，簡單轉一個彎就能看見那臺老舊到不行的電梯門。雖然剛剛繞了一下路才抵達房間，但他對於走過的路是過目不忘的類型。

然而缺點在於那臺電梯實在是離他太遠了。明明一走出房門，輕輕轉個頭就能看見一臺電梯佇立在自己的面前。他著實找不到其他理由放著眼前的電梯不搭，跑去搭那臺要繞好幾個彎才會到的電梯。

反正同棟建築物的構造是能相差到哪裡去。就算有些小地方上會有所落差，但依照建築規畫來看，這種類型的建築物通常每層樓都會長得差不多。

鄭泰義打算上樓後，就按照剛剛走過的原路走回另一臺電梯的位置。

「該死，哪有人會把房子設計成這個樣子啊！這裡跟樓下到底哪裡長得像了？」鄭泰義一邊咒罵，一邊苦惱地拉扯著自己的頭髮。

他活到現在還沒看過樓層間構造相差如此之大的建築物。走道的位置不太一樣他勉強還可以接受，但居然連廁所的位置都跟六樓天差地遠，這點鄭泰義就真的無法苟同了。

既然已經蓋出了這麼沒有效率又莫名其妙的構造，那為什麼地下六樓的管線就不能拉到每個人的房間裡？

鄭泰義已經在這層樓徘徊十幾分鐘了。雖然途中他也有看到兩臺電梯，但這些都不是他在找的那臺老舊電梯。他找的是從樓梯間走出來，簡單轉一個彎就能看見的電梯。

……就算構造設計得再怎麼奇怪，應該不至於每層樓電梯與樓梯的位置都不同吧？如果真的有那種建築物存在的話，他打算一狀告上建築學會。

「媽的，為什麼連個人影都沒有啊。」自從來到這層樓之後，鄭泰義口中的髒話就不曾停下來。

其實仔細一想的話，島上一百多名的部員此刻應該都在地下五樓或六樓，基本上若是沒有什麼緊急的事，他們根本就不會來到地下一樓。所以在這裡遇不到其他人反倒是件再正常不過的事。

當鄭泰義還在軍隊的時候，他最有信心的事就是看地圖了。不，他其實連看都不用看。

鄭泰義的方向感很好。即便是在大半夜，昏昏沉沉地在森林行軍途中發現了閃到腳的部下，他也能憑藉看過地圖的記憶，背著對方走一條比去程還要近的捷徑回去。

然而建築物裡根本就沒有地圖，構造也跟他剛剛看過的完全不同，他最終只能憑著方向感來亂繞了。

叔叔還真的是很會折騰人。為什麼偏偏要住在這麼奇怪的建築物裡啊！鄭泰義在心中埋怨道。

雖然他試著停下腳步來推測自己現在所處的位置，但他既不知道這棟建築物的完整構造，也不知道外牆究竟在哪。縱使他試著回想起自己曾經走過的路線，最終還是跟眼前的構造搭不起來。

鄭泰義只能一邊嘆氣，一邊選擇最糟糕的方法——漫無目的地在這層樓裡亂晃。

他看著眼前的走廊，頓時湧上了似曾相似的感覺。他曾經在地下六樓看過眼前這種猶如Z字型般相互交錯的房間門。鄭泰義暗想，該不會這些房間就是長官們的私人室了吧？……也許自己誤打誤撞就走到目的地了呢！

然而還沒等鄭泰義開心起來，他便看見視線盡頭有著一扇玻璃製成的推拉門。

看來不是這裡啊。

依照剛剛在地下六樓看過的同一扇門來推測，這應該是浴室門。推開玻璃門後，照理來說應該還會有一扇磨砂玻璃門。走進門裡馬上就會看到一道跟人一樣高的矮牆，繞過去後裡面就是更衣室了。而更衣室再往裡面走一點就能看見浴室。

「不過……長官們的房間裡不是都有附設浴室嗎，為什麼還要另外安裝公共浴室啊？還是這間根本就不是浴室？」鄭泰義停在了玻璃門前。

他心中頓時湧起一股好奇心。反正他也不趕時間，現在唯一要做的事也就只有找到叔叔的房間而已。即便最後真的找不到，他隨便搭一臺電梯去地面，又或者是回到地下六樓就可以了。

「反正我都迷路了，那就乾脆來洗個澡吧！」鄭泰義自暴自棄地一邊碎念，一邊打開了玻璃門。

裡面就像他在樓下看到的那樣，還有一扇磨砂玻璃門。推開門後，繞過矮牆便能看見裡頭的更衣室。

以及……一名男子。

或許是被突然推開門走進來的鄭泰義嚇到，男子就像石像般瞪大眼睛盯著眼前的不速之客。

「呃……啊……那個、這……」

男子用清澈的雙眼抬頭望著鄭泰義。對方因為被嚇到而瞪大的眼睛似乎只要輕輕一推就會掉出來似的。

鄭泰義看著眼前的男孩——雖然對方看上去像未經世事的男孩，但只要進到了這棟建築物裡，對方理應已是一名成年人才對——不知道是不是因為剛洗完澡所以只穿了件褲子，衣服還被他拎在手上。然而對方的頭髮卻沒有絲毫被淋溼的跡象，看起來更像是準備要去洗澡。

鄭泰義看著眼前的景象，腦子頓時一片空白。

他感覺自己好像做了什麼虧心事。雖然他明明什麼事也沒做，只是不小心撞見對方換衣服罷了，但心中卻莫名湧上了想跟對方道歉的衝動。

此時，他的視線停留在對方白裡透紅的肌膚上。似乎只要輕輕碰觸對方身上那柔軟白皙的皮膚，就能感受到男子肌膚上的細毛；或許在觸碰的同時，他還能聞到男子身上淡淡的肥皂味，又或者是嬰兒的牛奶味呢。

一想到這，鄭泰義突然覺得非常慌張。他總算知道自己為什麼會湧上想要道歉的念頭了。

鄭泰義的腦中頓時閃過叔叔笑著說「猥褻未成年也是犯罪喔！」的那張臉。但是既然分部裡沒有未成年的話，這就不算犯罪了吧？

或許是鄭泰義慌張的模樣太過明顯，對方漸漸恢復了冷靜。

「我好像是第一次看見你……請問你是？」男子小聲問道。

鄭泰義再次慌張了起來。沒想到對方連聲音聽起來都很年輕。

除了聲音之外，對方那緩慢又略帶疏離的語氣聽起來也有種少年般的青澀感。就算對方此刻承認自己是未成年，鄭泰義似乎也不覺得意外。

為了掩蓋住慌張的神情，鄭泰義下意識地想用手遮住嘴巴。殊不知他笨拙的動作反倒使自己看起來更加慌張。

如果就這樣問對方年齡的話，是不是很沒禮貌啊。

「那個……你幾歲？」可是既然都想到了，那就順便問一下吧。鄭泰義心想。

男子似乎意識到了鄭泰義剛剛為什麼會露出如此慌張的表情，他不悅地開口答道：

「二十二歲。不過你到底是誰？」

二十二歲其實也很小耶。如果就這樣對他下手的話，應該不算犯罪吧？……不對，重點不是這個。

「那個……那你是在這裡工作嗎？」

一想到看來這麼清純的少年，或該說是青年生存在這種裡面充滿著凶神惡煞、外面都是毒蛇的環境裡，鄭泰義不禁起了惻隱之心。

然而對方的表情已經明顯寫滿了不悅，略帶憤怒的臉龐似乎在說著「你現在到底想怎樣」。看到一個陌生的男子突然衝入浴室，甚至問對方話也不答，還拚命問著一些不相干的問題，論誰都會產生這種反應吧。

「你是進到教官底下的新部員嗎？但我沒聽到消息，還是新來的教官或者是雜務官呢？」男子露出冷冷的表情問道。

鄭泰義此時才像大夢初醒般尷尬地抓了抓自己的脖子。看來對方已經被自己惹怒了啊。

「因為我……迷路了。我原本是要來找鄭昌仁教官的。」

「鄭昌仁教官嗎？走出去後右轉直走到底，看見死路後繼續右轉直走到底，往右邊看你就能看到一臺電梯了。在電梯處右轉後，看見的第二間房間就是鄭教官的房間。」

「嗯……好的。」

雖然對方回答得很不甘願，但的確起到了很大的幫助。只要大概知道叔叔房間的位置，就不會再像大海撈針般毫無頭緒了。

「那……謝謝你！」鄭泰義尷尬地向對方道謝。

雖然男子的神情依舊相當不悅，但他還是聳了聳肩表示不用客氣。對方赤裸的肩膀似乎還白到隱隱發亮。

明明已經可以離開了，但鄭泰義就是捨不得邁開腳步。他還想要再多看幾眼自己眼前的這位漂亮青年。對方看起來就像精緻的人偶，讓人不由自主地發出驚嘆。

男子一邊將手中的衣服丟進一旁的藤編籃裡，一邊解開了皮帶。正當他要脫下褲子的時候，他才發現了還站在原地發呆的鄭泰義，男子不悅地皺眉問道：「你還不走嗎？」

鄭泰義瞬間滿臉通紅。明明他也沒做什麼，但就是下意識地覺得有些不好意思。

「我、我現在就走。下次見。」鄭泰義揮了揮手後，徑直地走出了浴室。

他依照男子說的方向走出門後直接右轉，途中沒有回頭也沒有停下腳步。一直到看見了死路之後，他的腦袋才總算冷靜了下來。鄭泰義抬起手摸了摸自己的兩頰，這才發現自己連耳根子都發燙了。

他不知所措地愣在原地好一陣子後，才又甩了甩頭繼續往右邊前進。

鄭泰義向來不是一個情緒化的人，甚至他還常常被罵說冷漠到像木頭一樣。而這或多或少也跟他不會把情緒寫在臉上有關。

但鄭泰義此刻不用照鏡子就能感受到自己的表情究竟有多慌張。

「該死……叔叔為什麼不提早跟我說分部裡還有這種人啊。」鄭泰義故意把罪怪到不在場的叔叔頭上。

其實這不是他第一次這樣了。鄭泰義之前也曾經腦袋突然當機，慌張到支支吾吾說不出話來。然而那段往事已經模糊到他自己都快想不起來了。

當時的鄭泰義還只是個乳臭未乾的高中生，但已經跟男女都發生過性關係了。他也是在那個時候才意識到自己更喜歡男生，尤其是那種既柔軟又好抱的男孩子。

正是那個時期，他在去朋友家玩的時候遇見了他的初戀。對方是放暑假剛好借住在朋友家的朋友堂弟。那個人有著白皙柔嫩的肌膚、水汪汪的大眼以及可愛到不行的表情。在鄭泰義眼裡對方看起來就像棉花糖般柔軟又甜膩，令他一眼就愛上。

而當時的情形就跟剛剛一模一樣。

發燙的臉蛋、不斷加速的心跳、一片空白的腦袋、顫抖著的呼吸。雖然這個情形有隨著他常常跑去朋友家跟對方打照面而不再那麼嚴重，但每當見到對方還是會不由自主地心跳加速。

因為太喜歡對方，鄭泰義每分每秒都在想著要怎麼樣才能偶然地觸碰到對方身上那柔軟的肌膚。然而還沒等他找到機會，朋友的堂弟就回家了。為這段還沒來得及萌芽的初戀劃下句點。

在那之後鄭泰義就一直被這種類型的男孩子給吸引，既可愛又討人喜歡，看上去隨時會像棉花糖般融化的青澀少年。

然而這種男生真的是少之又少。別說是成年後了，就連鄭泰義學生時期也沒見過幾個。偶爾若是能在夜店裡看到這種類型的男生，他就要偷笑了。可是鄭泰義做夢也沒想到自己居然能在這種偏僻的鬼地方，遇到跟自己理想型如此吻合的對象。

「怎麼辦……」鄭泰義苦惱地低聲碎念著。

怎麼辦，居然會在這裡遇到自己夢寐以求的對象。

然而鄭泰義根本就是庸人自擾。在不打算強姦與脅迫對方的前提之下，只要那個人是異性戀一切就沒得談了。就算鄭泰義真的好運到遇上了一位同性戀，他最多也只會在這裡待上半年而已。

「我該怎麼辦才好。」鄭泰義茫然地咕噥道。

與此同時，他再次走到了走廊的底端。鄭泰義看著眼前的死路不由自主地嘆了一口氣後，轉身看向了走廊的右側。就像男子說的那樣，一臺老舊電梯就這樣出現在鄭泰義面前。而電梯旁還能看見通往樓梯間的門。

「右轉後的第二間……是嗎？」鄭泰義依照男子告訴他的內容，再次邁開了步伐。沒過幾秒，叔叔的房間就映入了他的眼簾。

叔叔不在房間裡。不，正確來說的話應該是不在這個空間裡。

還在胡思亂想的鄭泰義連房門都懶得敲，直接就走進了房裡。而本該出聲喝斥他的人卻不在位置上。

正當鄭泰義疑惑著叔叔門都沒鎖是跑去哪裡的時候，他聽見了房間深處傳來的水聲。鄭泰義馬上就意識到叔叔應該是在房間附設的浴室裡洗澡。

他看了看書桌上擺放的私人物品，確認過是叔叔的東西後，便徑直地往房裡走去。鄭泰義坐在書桌前的椅子上緩緩地環顧了四周，叔叔的房間跟他的私人室看起來非常不同。

除了家具跟電子產品之外，最大的差別莫過於是這間房間裡遍布著各式各樣的藏書。尤其是那占據了整面牆壁的書櫃裡還塞滿了五花八門的書籍。

鄭泰義伸手摸了摸書櫃。身為一名愛書族，叔叔的家中——叔叔幾乎一整年都會待在分部裡，所以回家的次數可以說是屈指可數——收藏著許多古書收藏家們看到都會垂涎三尺的珍貴書籍。甚至叔叔的家中還曾經出現過偷書賊，由此可見裡頭究竟充滿了多少厲害的書本。

鄭在義之前三不五時就會跑去叔叔家，在裡頭待上好幾天只為了看書。雖然後來因為把叔叔家中的藏書都看完了而越來越少去光顧，但在此之前鄭泰義很常會去叔叔家把哥哥叫回來。

即便鄭泰義不像哥哥跟叔叔一樣愛書成癡，但他喜歡看書的程度也早已能夠分辨哪些書是珍貴稀有的書籍。像他現在手中所碰到的這本書，就是他一直心心念念想看卻又買不到的書。

他驚訝地挑了挑眉並把那本書給抽出來。這是他千方百計想要買到，最終卻因為連原文書都絕版而不得不放棄的那本書。

雖然不知道叔叔是從哪裡搞來這些書的，但這對我來說自然也是件好事。鄭泰義一邊在心中讚嘆著叔叔，一邊翻開了書頁。

然而他的心思卻無法集中在書本上，腦海裡全被剛剛遇見的那名男子給占據。

「真是的，我又不是青春期的少年了，現在到底是在幹嘛啊……鄭泰義，打起精神吧！」他一邊摸著自己再次發燙的臉頰，一邊不滿地咂嘴。

眼看兩頰的熱度沒有消散的跡象，他試圖輕拍自己的雙頰來讓自己冷靜下來。

這個分部到底是怎樣，怎麼會讓如此年幼又瘦弱的男孩來到這座恐怖的島上啊？不過，既然他出現在這層樓的話，應該就不是部員了吧……想到這裡，鄭泰義頓時抖了一下。

這裡是地下一樓，會出現在這裡的基本上都不可能是部員，而是……該不會那名瘦弱的男孩其實是總管、次長或教官吧？

鄭泰義的表情瞬間僵硬了起來。他的大腦呈現一片空白，即便眼睛直盯著手中的書看，卻沒有一個字能讀得進腦海裡。

此時，一道非常細微的聲音傳進了鄭泰義的耳裡。雖然聲音本身並不大，但在寂靜的房間裡卻顯得十分明顯。他轉頭看向了聲音發出的方向，書桌上跟手冊一樣大的螢幕正在微微地發著亮光。有人透過筆電打了電話過來。

鄭泰義隨即看向了浴室，裡頭不再傳出淋浴時的水聲。正當他以為叔叔可能要出來時，他馬上又聽見了水溢出來的聲音以及叔叔愉悅的哼歌聲。

看來叔叔泡進浴缸裡了吧，鄭泰義心想。

然而迴盪在他耳邊的電話鈴聲卻沒有絲毫要停下的跡象。鄭泰義見狀無奈地把書放在書桌上，走向浴室輕輕敲了敲玻璃門，「叔叔，有人打電話給你。」

「打給我？這個時間嗎？啊，我知道是誰了！那你就幫我接一下，順便記下電話的內容吧。我還要再泡一下才會出去。」叔叔的語氣中聽不出絲毫的驚訝之情，看來他早在鄭泰義進房的那刻起就察覺到有人來了。

雖然鄭泰義自認自己進房時沒有發出任何聲音，但叔叔果然還是感受到了不尋常的動靜。

「也對啦……」鄭泰義嘆了口氣，「既然你都知道有人來了，幹嘛不趕快洗一洗出來啊！」

浴室裡傳來了叔叔的笑聲，「因為知道是你，我才繼續慢慢洗呀！」

這就是叔叔的真面目，讓人氣得牙癢癢卻又無法反駁些什麼。

鄭泰義一邊咂嘴，一邊走回了書桌旁。然而電話鈴聲卻在此時停了下來，「叔叔，電話掛掉了耶！」

他朝著浴室大喊完之後，再度拿起書桌上的書。

洗澡……那個男孩現在應該進到浴室裡了吧……

鄭泰義的臉隨即又紅了起來，就連耳根子也在隱隱發燙。男孩白裡透紅又柔軟的身體一但浸泡到熱水中，應該馬上就會呈現誘人的淡粉紅色吧。而那細緻又好看的肌膚上肯定隨時都會散發著淡淡的香味，讓人情不自禁地想緊緊環抱住他。

「看來我真的病得不輕啊……明明只是短暫見過一次面而已，為什麼會迷成這樣啊！」鄭泰義用手朝著發燙的兩頰搧風，不由自主地嘆了口氣。

其實他也說不上是喜歡對方，又或者是看上了對方。畢竟雙方根本就不認識，怎麼可能會馬上產生愛慕之情。然而那名男子的一切就是無法從鄭泰義的腦海裡消散而去。

正當鄭泰義開始拿起書本搧風時，耳邊再次傳來了細微的電話鈴聲，以及眼前隨之亮起的螢幕畫面。

鄭泰義原本想出聲呼喚叔叔，但想了想又覺得對方根本不可能會那麼快出來，於是只好作罷，直接按下了接聽鍵。雖然叔叔叫他記下通話內容，但他的手邊完全找不到紙跟筆，鄭泰義只能暗自希望對方要講的內容不會太過複雜。

「你好。」電話一接起，螢幕中馬上顯示出對方的身影。

由於拍攝的範圍並不大，所以鄭泰義只能得知對方正在一間房間裡，以及那人身後隱約露出的嵌入式衣櫃。

而占據畫面三分之一的全是那人的身體。

對方只露出了脖子以下的上半身。那人身穿淡藍色的襯衫，襯衫袖口只露出了白皙修長的右手。手中握著一個馬克杯，纖長白淨的手指使馬克杯看起來頓時小了一寸。對方就連指尖上的指甲都潔白得像玻璃般一樣好看，令人不自覺想發出讚嘆。

「——你是誰？」耳邊出現的是生硬又冰冷的機械人聲。

對方就像安裝了變聲器，聲音聽起來極不自然又呆板。

那人放下了手中的馬克杯，規律地用手指敲打著杯子的邊緣，「鄭昌仁教官呢？」

「啊……他現在還在浴室裡。如果你有什麼急事的話，我可以幫你傳話給他。」鄭泰義盯著對方猶如玻璃般白皙透明的右手回答道。

然而對方並沒有回話。

當鄭泰義開始在心中讚嘆起對方修長又好看的手居然是真實存在的時候，那人突然開口：「所以？」

「什麼？」

「在那間房間裡接起這通電話的你，到底是誰？」

不知道是不是自己的錯覺，鄭泰義總覺得對方好像稍稍放下了戒備。

然而每當他聽見對方生硬的機械人聲，以及看見那優美到很不真實的手輕輕撫摸著馬克杯的模樣時，就會像著了迷似的看到出神。

鄭泰義猶豫著要講自己的哪一個身分。不過在不知道對方是誰的前提下，他最終還是選擇了最無傷大雅的回答，「我是就算有人進到房間裡，他也依舊悠哉洗澡的房間主人的姪子。你要講什麼就直接說吧，我會幫你轉告給他的。只不過我手邊沒有可以記下來的東西，你最好講簡短一點，要不然我會忘記喔！」

對方聽完鄭泰義的話後，先是稍稍停頓了一下，接著便發出輕快的笑聲，「原來如此，看來你是他的小姪子吧！那你的名字是……？」

「……鄭泰義，你呢？」

鄭泰義馬上就意識到了，對方知道自己是誰。

不，更準確地說對方清楚知道著鄭昌仁的家庭關係。他除了知道鄭昌仁有兩個姪子之外，還知道其中一名姪子是那位鼎鼎大名的大人物。

然而鄭在義是鄭昌仁姪子的事早就傳遍了整個分部，就算對方知道這件事也不算太奇怪。

男子沉默了幾秒後開口答道：「伊萊。」

鄭泰義點了點頭。伊萊，好險這個名字很好記。

名為伊萊的男子就這樣安靜了好一陣子，隨後他便伸出了一直藏在鏡頭外的左手與自己的右手交叉在一起。

眼看鄭泰義情不自禁地開始嘆氣，伊萊才打破沉默地問道：「怎麼了？」

「也沒什麼啦……你有聽別人稱讚過你的手很漂亮嗎？」

「手？」伊萊有些詫異地反問。

他鬆開了交叉在一起的雙手，沒有刻意伸直的指節看上去也像名畫般既優美又好看。

伊萊先是握緊了手，接著又緩緩地將手攤開。隨後他再次將自己的雙手交叉在一起，感興趣地問道：「我還是第一次聽到有人這樣說。你喜歡我的手嗎？」

「對啊，很漂亮。」

「哈哈，是嗎？那等我死後，我的手就摘下來送給你吧。只不過作為交換，你也要把你的手摘下來給我。要不然沒有雙手的屍體看上去不是很可憐嗎？」

「……不用了。反正你的手跟我也不搭，就算我裝上了你的手，看起來一定也很突兀。」鄭泰義微微皺起了鼻子。他沒想到對方會把玩笑話講得跟真的一樣。

伊萊似乎很喜歡鄭泰義的回答，他就這樣低聲笑了好一陣子。

「對啊，看上去還真的挺不搭的。你的臉還是最適合你自己的手。」對方的語氣中摻雜著笑意。

鄭泰義敲了敲自己螢幕上的鏡頭，他這時才意識到原來對方看得見自己的臉，「看來我這邊的鏡頭拍得比較廣啊！雖然你的鏡頭沒拍到什麼，但能看見你漂亮的手就夠了。」

伊萊噗哧一笑，「既然你會出現在那裡，那就代表你進去亞洲分部囉？」

「對啊，多虧叔叔我什麼事都不用做就直接進來了。」鄭泰義聳了聳肩答道。

「原來你是靠關係進去的啊！」

聽完伊萊夾帶笑意的話，鄭泰義自己也跟著笑了出來。伊萊說的沒錯，自己的確是靠關係才能進來的。

此時，鄭泰義聽見浴室裡傳出淋浴時的流水聲。看來叔叔已經泡完澡，可能沖一沖就準備出來了吧。

「叔叔好像要出來了，你想再等他一下嗎？還是要直接跟我講？又或者是下次再打也可以。」鄭泰義此刻才發現他們聊了這麼久居然都還沒講到正事。

伊萊先是慵懶地「嗯嗯——」呢喃後，接著說：「幫我轉告他我已經找到了他要的那本書。羅倫加斯地耶的《神話論》，一九二五年出版的版本，售價三千五百美金。」

「好，羅倫加斯地耶的《神話論》。一九二五年的版本，售價三千五百……」講到一半鄭泰義突然停了下來，並且就這樣沉默了好一陣子。

雖然他聽過羅倫加斯地耶的《神話論》，也很想找機會一睹這本書的風采，可是……

「三千五百美金？光是這一本書嗎？」鄭泰義瞠目結舌地問道。

而伊萊似乎知道對方在想些什麼，一邊笑著一邊說：「如果你跟鄭教官說這個價錢的話，他說不定還會覺得太便宜呢！總之你就這樣轉告他吧，有機會的話我們下次再見。」伊萊優美的手稍稍地晃動了一下，像是在跟鄭泰義揮手道別。隨後電話就這樣被對方掛斷了。

鄭泰義先是看著再次暗下來的螢幕發呆。接著便一邊嘆氣，一邊癱倒在身後的椅子上。

雖然他也明白越是稀有的書就越高價，但他從沒想過一本書會貴成這樣。這麼一看，無論是現在這間房間或是叔叔的家，還真的是名副其實的「寶庫」啊！這也難怪會有偷書賊盯上他。

鄭泰義以新奇的眼光直盯著叔叔書櫃上的藏書看，同時還不忘在心底估算著這些書的價錢。此時，剛從浴室出來的叔叔一邊用毛巾擦著頭髮，一邊走了過來。

「你幹嘛跟這些書大眼瞪小眼？想看的話就直接借走啊！不過你看的時候要小心一點，不要弄髒了，畢竟這些書都是我費了好大一番功夫才買到的。」

「我的膽量還沒大到敢借走一本要價三千五百美金的書。」

「三千五百美金？這些書沒有這麼貴耶，是誰跟你說這個價錢的啊？」叔叔將擦完頭髮的溼毛巾掛在鄭泰義的脖子，接著便從嵌入式衣櫃裡拿出浴袍穿在身上。

鄭泰義將溼漉漉的毛巾從脖子上拿下來後，仰頭靠在椅子上，他看著顛倒過來的叔叔說道：「對方應該是古書店的店長吧，不過他的手真的很好看！」

「手嗎？你說的那個人到底是誰啊？」

鄭泰義疑惑地挑了挑眉。他原本以為只要講出這個關鍵字，叔叔馬上就知道自己在說誰。該不會到頭來只有他覺得那雙白皙細長的雙手很好看吧？

「他說他買到了羅倫加斯地耶的《神話論》。一九二五年的版本，一本三千五百美金。」

「什麼？羅倫加斯地耶的《神話論》嗎？」叔叔的臉馬上露出了興奮的表情。他一邊瞪大眼睛，一邊樂呵呵地走向鄭泰義。此刻就連對方拉起浴袍的雙手看上去都十分愉快。

「叔叔……難道這裡的每一本書都是你花這麼一大筆錢才收集來的嗎？如果不小心失火的話，你應該會哭死吧。」

「你在說什麼啊，才花三千五百美金就能買到一九二五年的《神話論》，這簡直就是買到賺到！所以那位仲介商到底是誰啊？看來我得打通電話過去好好向對方道謝了。」

「伊萊。」鄭泰義才剛講出對方的名字，叔叔馬上就愣在原地。

原先叔叔還覺得這個名字很陌生，露出了一副不知道鄭泰義在說誰的表情。但沒過多久，叔叔便「啊！」了一聲，似乎總算想起對方的身分。緊接著又用一個非常微妙的表情直直地盯著鄭泰義看。

「……你說誰？」

「他只有說他叫伊萊，我不知道他的全名。不過我想他應該認識你吧，畢竟他馬上就知道我是你的第二個姪子了。」

「伊萊……那個傢伙真的這樣說嗎？」

「至少我聽起來是這樣沒錯……叔叔的反應害我越來越沒信心了耶！畢竟他的聲音是機械人聲，也有可能是我聽錯也說不定。難道你的腦海裡就沒有類似的人選嗎？」

鄭泰義停頓了一下，「要不然你也可以回撥剛剛那個號碼看看，不用擔心到手的書會跑掉。」

叔叔搖了搖頭，「沒有啦，我知道那個人是誰。只是太久沒聽到那個名字，我都快忘記他還有這個名字了。」

「難道他有很多個名字嗎？」鄭泰義邊笑邊補充道：「這可是騙子的徵兆！」

然而對方那低沉的嗓音、冷靜的語氣以及那雙優雅又美麗的手，無論鄭泰義怎麼看都與騙子這個詞沾不上邊。不過對方的這個條件看上去也跟古書仲介商差了十萬八千里，看來還是不要太先入為主比較好。

「他的手真的很漂亮。」鄭泰義低聲道。

正準備從酒櫃裡拿出酒的叔叔表情複雜地看著他，「手……也對啦，雖然我沒有仔細看過他的手，但感覺應該是滿好看的。」

「也有可能只有我才這麼想吧，畢竟他說從來沒有人稱讚過他的手很好看。」

「應該是吧。」叔叔的語氣聽上去十分肯定，這讓鄭泰義不禁懷疑起自己對於美的認知。

叔叔露出了泰然的表情，用開瓶器取出了酒瓶的軟木塞。同時像是自言自語般地碎念道：「那個傢伙應該只聽過別人說他的手很恐怖吧，怎麼可能會有人稱讚他的手很美！」

「也對啦，畢竟他連指甲都跟玻璃碎片一樣整齊……的確是雙美麗到有些恐怖的手！」

叔叔沒有接話，只是笑著跳過了這個話題，「話說你找這間房間找得還順利嗎？這裡就在托尤帶你搭的那臺電梯的附近而已啊。」

原先還在回味著伊萊那雙優美雙手的鄭泰義，一聽見叔叔的話馬上就想起了自己對叔叔的憤恨之情。都是叔叔才害他在這棟莫名其妙的建築物裡迷路。

同時，他也想起了那位在公共浴室裡遇見的男子。鄭泰義的臉馬上又紅了起來。

正準備要拿出兩個玻璃杯的叔叔用既有趣又好奇的眼神盯著鄭泰義看。對方的臉上先是露出委屈的表情，接著又突然茫然了起來，沒過幾秒鄭泰義便又全臉漲紅。精彩程度幾乎不輸給川劇變臉。

「怎樣，發生什麼事了嗎？該不會組內的那群傢伙欺負你了吧？哎唷，那些人本來就這樣啦！他們人其實不壞，就是看見新加入的組員太開心了，故意想惡整對方。你就把它想成是小男生愛捉弄喜歡的女生那種感覺吧！」叔叔說完便又補上了一句，「不用太在意啦，反正你們都是男生，應該沒什麼差吧！」

鄭泰義一邊懷疑對方到底在想些什麼，一邊搖頭說道：「雖然我不知道你的腦海裡浮現了什麼畫面，但我跟他們相處得都還不錯。即便我被他們揍了幾下，但那其實也算是我自己活該。」

「是嗎？要不然是哪件事啊？托尤帶走你之後，應該馬上就去找那些傢伙了。難道事情是發生在你離開那群傢伙之後嗎？」

鄭泰義聞著叔叔遞過來的金黃色液體散發出的甜美香味，不悅地咂了咂嘴，「叔叔，你不是說這層樓只住教官嗎？」

「對啊，包含校尉在內的其他部員都住在地下六樓。怎樣，你想上來這層樓住啊？那你就好好努力呀！」對方半開玩笑地答道。

「……因為我搭錯電梯，所以迷路了好一陣子才總算遇到了一個人。」鄭泰義裝作若無其事般地開口。

然而隨著腦海裡逐漸浮現那名男子的模樣，他明顯地焦躁了起來。叔叔開心地觀察著鄭泰義的表情，催促地問著：「然後呢？」

「他好像正準備要去洗澡吧，反正是他告訴我該怎麼走，我才順利找到這裡的。」

「……啊哈！所以呢，那個人是誰啊？你沒有問他的名字嗎？」叔叔似乎已經猜到是誰，稍稍揚起了嘴角。

鄭泰義一邊搖頭一邊回答：「沒有，我只有問他路要怎麼走而已。不過他看起來真的很年輕，只看外表的話似乎還未成年呢！而且他的身上似乎還有種軟綿綿的感覺……總之，雖然他看上去還滿像西方人的，但似乎是華裔。」

「看起來很年輕？哎唷，你的喜好還真的完全沒變耶！」叔叔無奈地搖了搖頭。

「那分部裡到底有沒有未成年啊？」鄭泰義怒瞪著叔叔問道。

「當然沒有啊……不過未成年又怎樣，只要先忍一段時間，過幾年再出手就可以了啊！反正孩子們一眨眼就長大了！」

「叔叔，這不是重點……所以呢，那個人到底是誰啊？」鄭泰義非常肯定叔叔已經猜出了對方的身分。

叔叔看著滿臉通紅，刻意別過臉看向其他地方的鄭泰義，笑著說：「……天真的傢伙。我聽在義說你的戀愛經驗很豐富，怎麼現在的反應這麼青澀啊？明明你連兩個大男人為了你而大打出手的事都遇過了。」

「哥哥居然連這種事都會跟你說嗎？」鄭泰義皺起了眉頭。

他曾經跟一名可愛的男子上過幾次床，然而對方的個性卻意外地難搞又暴力，所以鄭泰義最終並沒有選擇跟對方在一起。那名男子也主動表示，他跟鄭泰義不過是砲友關係。

所以鄭泰義也如此認為，只不過對方似乎根本就不滿足於現狀。

雖然他也搞不懂原因，但鄭泰義在夜店裡算是很受歡迎的類型，沒過多久就又有新的對象來接近他了。而叔叔口中的那件事就是這樣發生的。

因為新對象也是偏火爆的個性，所以鄭泰義的新歡跟舊愛瞬間就爆發了激烈的流血衝突。最終鬧到鄭泰義不得不以關係人的身分去警局做筆錄，而這件事也被傳到當時軍校的同儕們耳中，進而引發後來的一連串事件。

「所以那個人到底是誰？」鄭泰義生硬地問道。

叔叔像是想起了什麼般，笑咪咪地聳肩回答：「你們應該馬上又會見面了吧！因為他是負責部員福利跟內部生活的雜務官。」

「……難道他就是那個心路？所以雜務官也住在這層樓嗎？」

「對啊，除了部員以外的人都住在這層樓。偶爾若是有外賓來的話，他們一樣也會住在這裡。只不過集訓時，其他分部的部員則是會住在地下六樓。」

鄭泰義頓時像是失了魂般地碎念道：「對耶，我怎麼會沒有想到雜務官。現在回想起來，他的身上也沒有什麼肌肉、傷口或傷疤。擁有那種身材的人怎麼可能是部員，更別說是經歷過大風大浪的教官了……明明還有雜務官這個可能性，我怎麼就忘了！」

語畢，鄭泰義的腦海裡突然浮現了對方那光滑又柔軟的身體。剎那間，他的臉頰又再次發燙了起來。眼看旁邊的叔叔開始用一種炙熱的眼神緊盯著自己看，縱使他拚命搖了搖頭想把這個畫面給甩出腦袋，但卻始終無果。

「沒想到活到這把年紀了，還能看見你的這一面啊。」叔叔用著新奇的語氣邊說邊搖頭。

鄭泰義不滿地瞪著叔叔，剎那間，他總算想起了自己來這裡的真正目的，「不過叔叔未免也太過分了吧！你不是說只要適時地照顧好自己，半年後就可以平安回家了嗎？但我剛剛聽組員們講的內容，這裡根本就是生存遊戲吧？」

「嗯？」

「聽說集訓時受傷算是家常便飯，途中死掉的人更是不計其數啊？結果你居然還親手把自己的姪子推入這種火坑裡……真的好過分！」雖然事情根本沒有鄭泰義講得這麼嚴重，但他還是故意把一切講得很浮誇。

而叔叔只是淡然地講出近似於辯解般的安慰，「雖然會受傷，也有可能嚴重到要送去醫院。但不太會鬧出人命，你就放心吧！」

「叔叔應該知道吧，我不能受太嚴重的傷。」

「我當然知道。你儘管放心，只要你一受傷，我絕對會親自帶你去醫療設施最齊全的醫院裡看診，所以你就不要再生氣了！我之所以會把你帶來，不是為了要讓你送死的。」

鄭泰義看著叔叔輕浮的模樣，不禁深深地嘆了口氣。

其實鄭泰義也明白，只要自己受傷的話，叔叔一定會動用所有人力來確保自己的安全。比起出自於對姪子的溺愛，這更像是他理應必須做到的義務。

所以鄭泰義並不擔心自己的人身安全。他之所以會提起這件事，只不過是擔心自己未來將要面臨到的險境以及單純想向叔叔發牢騷罷了。

只不過鄭泰義真的不能受太嚴重的傷。

雖然無論是誰，自然都不能承受太過嚴重的內外傷。但鄭泰義的問題就出在於他身體的排斥反應比一般人都還強烈，甚至強烈到不太能動手術的程度。

像他之前因為拆除地雷而受傷時，為了要固定斷掉的骨頭，不得不裝上鋼釘。不過卻因為發生了排斥反應，最終只好再動一次大手術才順利撿回了一命。

「時間也不早了，那我就先走囉。叔叔趕快休息吧！」

「你不是為了看這本書才把它拿出來的嗎？我借你啊，直接拿回去看吧！」叔叔將鄭泰義放在書桌上的書遞給了他。

然而鄭泰義並沒有接過那本書，只是靜靜地盯著那本書的封面看。雖然書本的外觀被保存得很好，但還是不免看得出一些歲月的痕跡。剎那間，鄭泰義的腦中閃過了三千五百美金這串數字，害得他連想碰這本書的念頭也瞬間煙消雲散。

「算了吧……如果我真的要看的話，我再來這裡看好了。畢竟這裡的書都珍貴到我實在是不敢把它帶回去看。」

「是嗎？我是沒差，但如果你覺得這樣更方便的話那就這樣吧。那你去跟心路拿房間鑰匙的時候，記得跟他要一把我房間的鑰匙。你是等一下就要直接去拿鑰匙跟守則表了嗎？如果是的話，我現在馬上跟他講一聲。」

聽完叔叔的話後，鄭泰義不禁愣了一下。

他的確打算一出房門後，就馬上去辦公室裡拿鑰匙等等的東西。然而去到辦公室的話，值班人員肯定會去找負責這個問題的雜務官過來，而那位雜務官現在一定還在浴室裡洗澡。先不論到底能不能順利連絡上對方，重點是鄭泰義並不想在這種時間點還麻煩到人家。

該怎麼辦才好。鄭泰義紅著臉，無法輕易地做出決定。

叔叔看著對方為難的表情，像是看穿了他的想法似的開口說道：「心路應該早就洗完澡，回到房間裡處理著還沒做完的工作了吧。他有低血壓，所以不會在那邊慢慢地泡澡，更何況他這個人還有點工作狂的傾向。反正不管你有沒有去找他，他肯定都在工作，你不會妨礙到他的！」

鄭泰義看著叔叔微妙的笑容，沒由來地就覺得委屈。雖然他馬上露出了不爽的表情狠狠地瞪著對方，但叔叔卻裝作沒事般地在旁邊瞎忙。鄭泰義最終也只能無奈地嘆氣。

沒錯，他的確被那位雜務官給吸引住了。雖然目前這份感情還說不上是喜歡，但他就是想趕快再見到對方、想要更了解對方的一切。

難道這樣的感情錯了嗎？

鄭泰義的表情頓時變得十分坦然。對別人產生好感又不是什麼傷天害理的事，他根本就不需要隱瞞也不需要覺得羞恥。

而叔叔似乎是讀懂了鄭泰義表情裡所隱藏的含義，他先是露出了稍稍感到惋惜的臉，隨後又像是看開似的笑了起來。

「喜歡別人是件很帥氣的事。去愛人與被愛，這就是世界的根本啊！」

「……叔叔有時候還真擅長說一些讓聽的人都覺得尷尬的話呢。」鄭泰義用一種五味雜陳的表情看著叔叔低聲說道。

接著他便無視了身後傳來的笑聲，徑直地走出對方的房間。

2

白皙的手

「砰。」伴隨著一聲猛烈又快速的碰撞聲，一道鮮紅色的血就這樣流淌了出來。

「啊！」阿爾塔摸著自己的鼻子，瞬間痛得連眼睛都睜不開。當他再次睜眼的時候，雙手早已沾滿了鮮血。他不禁瞪大雙眼地痛罵道：「你這臭小子居然又給我耍花招！」

「會被這種花招騙到的人才愚蠢吧……」

阿爾塔想看見的是鄭泰義正面擋下他的攻擊，雙方一起用力氣來較量一番。然而鄭泰義明知道對方要什麼，卻不想乖乖照做。

又不是光明正大地與對手較量才能獲得比較高的分數，在這個真的會挨揍的訓練裡，他才不想當一個傻傻被其他人毆打的角色。於是他先是裝出了要正面迎戰阿爾塔的動作，接著便又馬上躲開，乘隙偷打了對方的臉。

最終便導致了一開始的那個場景。

正當鄭泰義一邊放空地聽著阿爾塔的抱怨，一邊從口袋裡拿出手帕遞給對方時，他的後腦杓突然被一個大到像是鍋蓋一樣的手給狠狠地打了下去。

「啊啊！」他緊緊抱著自己的後腦杓，痛到飆出眼淚地轉頭看向了來人。而對方正是剛跟自己的對手打完一局的卡洛。

卡洛一邊露出感興趣的表情，一邊又有點生氣地看著鄭泰義，「你如果再繼續耍這種小花招，總有一天一定會狠狠吃癟的。你認真訓練啦！」

「哎唷……光是這句話我就已經聽過五遍了。然而今天也是我第六次光靠耍花招就贏過對方了！」鄭泰義略帶委屈地咕噥道。

阿爾塔走到鄭泰義旁邊，罵罵咧咧地說著：「如果知道你會耍花招的話，誰還會被你騙到啊！」

「如果我提前知道你們會出哪招的話，我也不見得會打輸你們啊。」鄭泰義反駁道。

然而阿爾塔根本聽不下去，繼續吵吵鬧鬧地叫罵著。鄭泰義見狀只能先安撫個幾句，接著再慢慢地往後遠離了對方。此時，他的背後猛然地撞上了一個人。

「啊，不好意思。」

「走路時好好看路。順便叫你們組那個吵死人的傢伙閉嘴。」被撞到的人一邊皺著眉頭一邊回話。

對方是其他組的組員。還沒等鄭泰義做出反應，那人便拍了拍自己被撞到的肩膀轉身離去。

「那個人是怎樣啊？」

「他是高汀教官那一組的組員，是個特別沒禮貌的傢伙。」

「你認識他嗎？」

卡洛搖頭表示不認識。而一旁的阿爾塔似乎是止住了鼻血，將鄭泰義的手帕還給對方說道：「他的態度怎麼那麼糟啊。」

「你們跟那一組的組員之間有什麼過節嗎？為什麼大家的態度都那麼彆扭啊？」

「是沒發生過什麼事啦……但我們之間的感情也沒好到可以開心地跟對方寒暄，這裡本來就這樣了。」

「本來就這樣？」

「比起合作，我們之間更常互相競爭。你覺得在這樣的關係基礎下，彼此有可能會好好地跟對方相處嗎？」

「……你們還真是冷酷耶。」鄭泰義無奈地搖了搖頭。

他們除了跟其他分部的人關係很糟之外，甚至就連自己內部裡的關係也好不到哪裡去。那他們這樣是要怎麼培養良好的人際關係啊？

在這裡待久了，我的個性一定也會變得跟他們一樣孤僻。鄭泰義一邊咂嘴一邊將下巴抵在木刀上。此時，他的後腦杓受到了第二次攻擊。

「哎唷！」雖然這次的力道不比卡洛下手得重，但剛剛才被打過的地方又遭受到不小的攻擊，還是痛得令鄭泰義哇哇叫。

阿爾塔坐在一旁看著再次抱起頭哀號著的鄭泰義，下一秒，馬上就換他的頭被狠狠地猛揍了一下。兩人就這樣一起抱著自己的頭痛得大叫。

「對練中還敢給我坐下啊！阿爾塔，你是鄭泰義的對手吧？比起跟他一起坐著休息，還不如趁現在趕快揍他。」叔叔笑著說出這段泯滅人性的話。

而鄭泰義則是眼眶泛淚地怒瞪著叔叔說道：「叔……鄭教官為什麼會來這裡啊？現在又不是你的授課時間。」然而對方並沒有回話。

或許就像鄭泰義所猜測的那樣，這個時間本該在西側三號教室裡講解著戰略論的叔叔似乎是有事所以特地跑到這裡來。他隨即便邁開步伐走去找負責第二武道教育的教官。

而跟在叔叔身後的男子偷偷地看了鄭泰義一眼後，便無聲地笑著離開。

「啊！他是那名司機。」鄭泰義突然開口道。

男子是載他跟叔叔從香港機場到這座島上的那位司機。雖然對方因為穿上了制服而顯得有些嚴肅，但鄭泰義很確定對方就是當時的那個人。

「司機？啊，你是指姜校尉嗎？他的確負責幫教官開車。」

「校尉又是什麼啊？」

「雖然他們跟我們一樣是部員，但更像是教官們的私人秘書。既得幫教官開車、處理工作，還要幫忙保護教官的人身安全。」

原以為這裡的階級制度簡單又單純，殊不知鄭泰義越是深入瞭解，就有越多新的職務出現。

「這是什麼源源不絕的聚寶盆嗎。」鄭泰義小聲地碎念道。

此時，其他同伴們的聊天聲就這樣傳進了他的耳裡。

「聽說最近教官們之間鬥得特別凶啊！不久前阿昌還跟高汀大吵了一架呢！」

「這應該多少跟總管要升遷到本部裡的那件事有關吧？」

「對啊，他們之所以現在就開始內鬥，就是為了要多累積一點績效吧！雖然不管是誰成為總管、誰成為次長，都跟我們沒什麼關係就是了。」

「你也不要太置身事外。之前南美洲分部不是差點就鬧出大事嗎！因為檯面下的暗潮洶湧，最終搞到死了好幾個人才得以結束那場鬧劇。如果總管之爭的事越鬧越大，誰知道我們這邊最後又會變成什麼情況啊！」

「喂，別說了，你越說我越害怕。我們還是先想辦法保住自己的小命吧！」

鄭泰義將下巴靠在木刀的刀柄上，默默地盯著遠處的叔叔看。聽完剛剛同伴們的對話後，他不禁又開始埋怨起叔叔。如果這裡的部員裡非死一個不可的話，那力氣、打鬥實力等等全都輸大家一截的鄭泰義肯定是呼聲最高的候補之一。

「看來我能依靠的就只剩下運氣了……在義大人啊、在義大人，拜託您分點運氣給我吧！」

自從進到分部裡後，嘆氣似乎變成了鄭泰義的一種習慣。他先是深深地嘆了一口氣，隨後便站了起來。

阿爾塔早已成為了其他人的對手，而鄭泰義面前又出現了一名新的對練對象。因為是不同組別的人混在一起進行對練，對手不一定會是同一組的組員，也有可能會面臨到要跟陌生組員一起對練的情形。

像這次鄭泰義的對手就是剛剛不小心撞到的高汀教官那組的組員。對方似乎也認出了鄭泰義，馬上就皺起了眉頭。

鄭泰義見狀只是尷尬地說了聲：「哎呀……」

他不想以這種方式來讓對方記住他。鄭泰義再次嘆了口氣，接著便緊緊地握住手中的木刀。

雖然木刀的殺傷力不比其他的刀具，但要是被沉甸甸的木刀打中，即便身穿護具，還是會痛得令人哇哇大叫。所以在對練的過程中絕對不能放鬆戒備，否則一不小心可能就得直接送往醫務室了。

縱使鄭泰義抵達這座島嶼也才過了不到一週的時間，但他已經去參觀過醫務室不下十幾次了。其中有四次是他為了要攙扶對練對象而陪著對方一起去的，至於剩下幾次則是他自己受傷而不得不去醫務室報到。

現在無論是教室、實習對練場，還是醫務室等等這些位於地下二樓的重要位置，他已經熟到閉著眼睛也能輕鬆找到了。

在這一個禮拜裡，鄭泰義漸漸熟悉了這個分部裡的各種設施，同時他也跟分部裡的同伴們都打過了照面。雖然他還不知道其他組別組員們各自的姓名，但他至少已經能認得所有人的臉。畢竟這個地方也就只有一百多名男人而已，甚至偶爾還得在授課時間跟對方打上一架，要不記得彼此長怎樣多少也有些說不過去。

更何況先記熟了所有人的臉，這樣之後在對練中被打得太慘時，至少還找得到人來報復。

鄭泰義此刻所進行的武道教育，每堂課都會換不同的主題，像今天就是木刀。因為規定就只有「有效地利用木刀」這個條件而已，所以比起對練這反倒更像是打架。

鄭泰義看著正面朝自己衝過來的男子，伺機找尋著下手的機會。

然而男子直直地就將自己的木刀往鄭泰義的面前砸了下去，雖然隨即拿起手中的木刀反手擋住對方的攻擊，但他也馬上就察覺到了單憑自己的力氣是絕對無法打過對方的。

「好，既然這樣的話……」

鄭泰義猛然地抓住男子的衣領，接著轉身來到對方的身旁。男子先是愣了一下，隨後便瞄準鄭泰義稍稍猶豫的瞬間，用力地將木刀朝他的身上打了下去。

剎那間，鄭泰義覺得自己痛到彷彿快死掉了。男子本身的力氣就不小，更何況他這一下是完全不留情面地使出全力打了下去。鄭泰義只能摸摸鼻子地先忍住疼痛，將手中的木刀丟了出去。接著便用雙手舉起了對方的領子，直接將對方甩了出去。

或許是平時挨揍的經驗多少有幫鄭泰義鍛鍊到力氣，男子原先還掙扎著想要起身，殊不知馬上就痛到只能乖乖地躺在地上。

鄭泰義看見男子倒在地板上後，一邊撿起剛剛丟在一旁的木刀，一邊整理了自己的服裝儀容。

男子的臉上頓時露出了驚愕的神色，「喂，你該不會要……」

「現在輪到你要被揍囉！」

鄭泰義捲起自己的袖子後，便露出冷漠的表情開始暴打起那名男子。雖然男子連忙站了起來，但他被打的次數還是遠遠大過於他剛剛打鄭泰義的次數。

當男子站穩了之後，鄭泰義也停下手中的動作。男子揉著自己的手臂跟大腿，怒氣沖天地對著鄭泰義喊道：「你這個卑鄙的傢伙！難道不知道要怎麼打架嗎！」

「怎麼可能不知道啊，你剛剛不是才體驗過嗎？」鄭泰義從容地答道。

站在一旁的阿爾塔似乎忘了他剛剛才被鄭泰義以同樣的方式攻擊過，他一邊看著倒在地板的男子，一邊笑到肩膀不自覺地抖動了起來。

男子惱怒地直直衝向了鄭泰義。他先是抓起了鄭泰義的衣領，接著握緊了拳頭似乎是打算直接朝對方的臉上打下去。

鄭泰義見狀眉頭一皺，隨手將手中的木刀抵在對方的脖子上。

「咳……」

「明明知道對方的手上還拿著武器，你怎麼會赤手空拳地就衝過來送死呢……多為你自己的身體著想吧。」鄭泰義同情地看著對方緩緩說道。

男子一隻手摸著自己的脖子，另一隻手緊緊抓住鄭泰義的衣領不放，他踉蹌地後退了兩步。霎時，鄭泰義的上衣就這樣被對方給撕破。

「喂，你聽聽看那個傢伙在講些什麼。他居然連『多為你自己的身體著想』這種鬼話都說得出口？還真是黃鼠狼給雞拜年啊！」

「惡毒的傢伙。下次分部裡發生什麼凶殺案的話，死者肯定是他。」

鄭泰義聽著身後同伴們傳來的閒聊聲，他先是茫然地看著自己光溜溜的胸膛，隨後轉過頭瞪向說話的那兩個人，「我全都聽見了。」

「你又不是耳聾，聽見才算正常吧。哎唷，你的身材全被我們看光了耶！尤其是你那粉紅色的乳頭，還真是可愛。」

「……」

鄭泰義心想，他就是因為這樣才喜歡跟可愛又乖巧的男孩子們打交道。若是被這種個性與大叔們沒什麼兩樣的噁男喜歡上的話，不知道心情該有多糟。

如果對方是像蜂蜜一樣甜膩的男孩子，不要說是這種下流的調侃了，他甚至願意主動拿出自己的乳頭來當誘餌，去誘惑那些可愛的男孩子們上鉤；但如果對象是那種噁男的話，他連從對方口中聽見那句話都噁心到想吐。

鄭泰義不悅地皺起了眉頭，隨意將自己裂成兩半的衣服給綁在一起。

而被鄭泰義拿木刀抵住脖子的人似乎還沒從剛剛的痛楚中緩過來，他就像石像似的站在原地，同時摸著自己的脖子乾咳。

「你的衣服是怎樣？預算負責人看見可要生氣了！」或許是處理完重要的事了，叔叔再次走回鄭泰義的身旁，上下打量著對方笑著說道。

「訓練途中不小心把衣服磨破也算正常吧，幹嘛那麼大驚小怪。」

「但你那個不是不小心磨破的吧？即便你的身材再怎麼好，我看了還是有些尷尬。你趕快去找心路要一件新的衣服，順便秀一下自己的好身材給對方看吧！」叔叔邊說邊露出微妙的笑容，在他自顧自地講完後，便頭也不回地離開了對練場。

鄭泰義的身後隨即傳來了「趕快趁這個機會去見心路啊！」「反正都要換新衣了，你乾脆直接在他的面前換吧！」「就算你晚一點回來，我們也能理解的！」的調侃聲。

無論面對的是什麼情形，鄭泰義總能不動聲色地沉著應付。然而每每只要碰上跟心路有關的事，他的武裝便會瞬間瓦解。除了不再板著一張臉之外，他的臉頰還會頓時染上一抹紅暈，講話開始結結巴巴。只要是明眼人，馬上就能看出他在暗戀著心路。

因此，鄭泰義小組裡的每個組員早就知道了他喜歡心路的事；甚至就連心路本人都察覺到了也說不定。

對於組員們的反應，鄭泰義其實是相當感謝的。

一開始，當組員們發現鄭泰義面對心路時的反常態度，馬上就試探地問道：「難道你喜歡男生嗎？」

原先鄭泰義也有想過是不是要隱瞞自己的性向，畢竟他瞬間就聯想到之前在軍隊裡的不好回憶。對同性產生好感，甚至還與同性發生過肉體關係的這件事本身就是個不利條件；更別說是在一個充滿男人堆的地方了。

而這正是他之所以無法與軍中同袍好好相處的重要原因。

即便如此，鄭泰義還是不想隱瞞自己的性向，更何況這種事也不是說想隱瞞就真的隱瞞得了。最終鄭泰義點了點頭，並以真誠的眼光看著自己的組員們。

然而組員們的反應遠比他預期的還要更加平淡。簡單兩句「什麼啊」、「原來如此」就結束了。

「你也不想想我們在這險惡的環境裡生存多久了，你那點小事才嚇不倒我們呢！只不過你也不要表現得太明顯……對了，我喜歡的是女生，你可不要喜歡上我哦！」或許是鄭泰義詫異的表情太過明顯，卡洛先是冷靜地解釋，隨後便又嚴肅地叮嚀著對方不要喜歡上自己。

語音剛落，卡洛馬上又露出淡淡地笑容說道：「所以你喜歡心路啊……不過分部裡是禁止談戀愛的吧？」

在那之後，鄭泰義就成為小組裡的調侃對象。

雖然組員們的態度跟以前軍隊同袍們比起來實在是良善許多，但每每聽到他們這樣三不五時地就調侃自己，鄭泰義難免還是覺得有些惱火。

「羨慕我的話，你們也扯破自己的衣服跟我一起去啊！雖然你們的身材肯定是沒有我好啦。」鄭泰義泰然自若地看著組員們說道。

一聽見這句話，剛剛還笑著調侃著鄭泰義的組員們馬上氣得直跳腳。

「什麼身材沒你好？我的身材可是好得不得了呢！你看我這結實的六塊腹肌！」

「我黝黑的肌膚！倒三角的身材！女人們可是愛得要死呢！」

「但你們還是不夠好看啊，一點都不勻稱……畢竟你們都沒有我那可愛的粉紅色乳頭可以畫龍點睛呢！」鄭泰義掃視了在場的所有人後，故意發出一聲嗤笑，接著便直直地走出了對練場。

雖然他聽見了身後傳來的怒罵聲，但他們浮誇的反應也不是一天兩天的事了。鄭泰義淡然地把大家的謾罵當作蒼蠅的嗡嗡聲無視了。

* * *

仔細回想，其實鄭泰義根本就沒有談過戀愛。

雖然他也曾經遇見令自己心動的對象，然而在對方意識到鄭泰義的感情之前，就一聲不吭地消失了。縱使鄭泰義與很多人發生過性關係，但那些交流很難稱得上是所謂的「戀愛」。

鄭泰義曾經有過一個固定的砲友——就是為了鄭泰義而大打出手的主角之一——主張他們之間並不是情侶關係。而對方那句話狠狠地傷了鄭泰義的心，這件事讓他意識到，原來自己只能跟其他人維持肉體上的關係，永遠都無法走到下一步。

在那之後，他就再也沒有遇過會讓他心動的對象。最重要的是，軍隊生活也累得讓他連想談戀愛的念頭都消失了。

因此，他對於自己現在的情感是相當陌生的。

雖然是單戀著對方，但他還是十分開心。因為他從來不曾想過自己也能體會到光是看著一個人，心情就會變好的感覺。

「不好意思，打擾了。」

鄭泰義進到辦公室後，裡面總共聚集了四名男子。分別是三名雜務官，以及一名次長。

早在鄭泰義來到這座島上的第二天，他就已經與那名次長打過照面了。他隨即向次長簡單鞠個躬，而對方似乎剛好辦完事，朝著鄭泰義點頭示意後便直接從他旁邊走了出去。

魯道夫讓蒂，那名次長就是叔叔的直屬上司。

因為上次只有簡單地與對方互報姓名而已，所以不太了解對方的為人。但聽周遭的人對次長的評價，對方似乎是名看似溫和卻不能輕易小看的狠角色。

雖然鄭泰義馬上反問大家：「這不就代表他這個人很陰險嗎？」但所有人都回答不出個所以然來。

然而鄭泰義並不在乎對方究竟是不是個好人。只要對方能保障他的人身安全，那不管對方的心腸有多黑、個性有多糟糕，他都不會在意。

「泰一哥？你來這裡是有什麼事嗎……你的衣服怎麼了？」

原先還在盯著次長背影看的鄭泰義一聽見這既溫柔又熟悉的嗓音後，馬上轉頭看向了對方。心路坐在最靠近門邊的位置，當他看見鄭泰義破破爛爛的上衣後，馬上露出了訝異的表情。

「嗯？啊，這是我對練到一半不小心弄破的。我來這裡是要拿新的衣服，應該可以吧？」鄭泰義尷尬地摸著身上的衣服笑著答道。

心路給出肯定的答覆後，連忙走進辦公室裡的小倉庫拿出了一件新的衣服。

「謝謝你，那我身上的這件衣服要怎麼處理啊？是要脫下來還給你，還是直接丟掉呢？」

「嗯……破成這樣的話，要修補好像也有點難度呢。你直接丟掉就可以了！不過你應該沒有受傷吧？」

「受點小傷對我們來說是家常便飯啦，沒事的！謝謝你還特地擔心我。」鄭泰義難為情地笑著答道。

心路見狀也跟著笑了起來，小聲叮囑著：「要注意身體哦！」

心路是這個分部裡最年輕的人。那天在浴室裡撞見對方之後，不到一個小時，鄭泰義馬上又出現在對方面前。雖然心路馬上板起了臉，但後來多打過幾次照面、稍微聊過幾次天之後，對方也不再對鄭泰義抱持著戒心。甚至還會主動稱呼他為哥哥，漸漸與鄭泰義越走越近。

心路一邊摸著鄭泰義破爛的上衣，一邊思考著是否還能修補。

眼看對方的頭頂猛然地出現在自己面前，鼻尖似乎還能聞到對方身上那股淡淡的肥皂香味，鄭泰義頓時湧上想撫摸對方頭髮的衝動。當他的手指還猶豫不決地停在半空時，心路突然抬起了頭，使他不得不馬上收手裝作沒事。

如果叔叔看見的話，肯定會笑我是個孬種。鄭泰義心想。

「今天也辛苦了，表定上的行程就快結束了呢！」心路笑著說道。

鄭泰義這時才意識到原來已經快傍晚了。他轉頭看向窗外，天空中布滿著被夕陽染紅的雲朵。因為一直待在地下生活的緣故，只要不看時鐘的話就會喪失時間概念。

「天空的顏色還真美啊……」鄭泰義讚嘆道。

或許被關在地下太久，久違地看見天空難免會有些大驚小怪。然而此刻外頭那翠藍的天空搭配上鮮紅的雲朵，鄭泰義相信無論是誰看見這般景色肯定都會不由自主地發出驚嘆聲。

「聽說外面有蛇？」

「什麼？啊，是的！尤其是晚上特別容易出現。不過也只有靠近森林的地方會比較多蛇而已，如果是去海岸邊的話就沒事了。」

「嗯……那你要跟我一起去嗎？」

「……現在嗎？」心路露出驚訝的表情，小聲地反問著對方。

鄭泰義笑著點了點頭。同時不忘在心中佩服起自己。只要下定決心的話，他也能乾脆地向暗戀對象發出約會邀請。想當初自己在夜店裡可是以快狠準聞名呢……雖然這稱不上是什麼值得拿出來說嘴的事。

然而鄭泰義不知道的是，他的臉早已紅得跟蘋果一樣。

心路直勾勾地盯著鄭泰義看，臉上露出了有些微妙的表情。看上去既像是在憋笑，又像是有些難為情。

鄭泰義見狀不禁有些擔心。不過仔細端詳之後，就能發現心路的表情中並沒有任何不悅的神色，這才讓他懸著的心稍稍地放了下來。

「對啊……你不想去嗎？」

「我也不是不想去啦，只是我的工作還沒做完。泰一哥就先自己去吧！外頭的風似乎很涼爽。」心路一邊微笑，一邊搖頭拒絕了鄭泰義的邀約。

「是嗎，這樣啊。」鄭泰義拚命想隱藏住自己失落的神情。

其實他原本還有打算要自己出去外面看一看，但失望的感覺太過強烈，強烈到他再也無暇顧及外頭的美景。鄭泰義露出了苦笑，一切都是自己自作多情。自以為是地發出邀約、自以為是地抱有期待，人類還真是個自以為是的動物啊。

「好，那你繼續工作吧。下次見，加油！」

「好的……啊、那個，泰一哥！」

當鄭泰義轉身走出辦公室後，一直猶豫不決的心路像是終於下定決心般地衝到了辦公室門前，大聲叫住了對方。等到鄭泰義疑惑地回過頭後，心路才又笑著說道：「我們明天或者是後天再一起去吧！我知道一個大家都不知道的祕境。」

「嗯？真、真的嗎？」

「對啊，只要泰一哥有空可以陪我去的話！」

「我當然有空啦！好，那等你工作結束後再聯絡我吧。畢竟表定上的行程結束後，我就沒事了。」鄭泰義雖然對突如其來的邀約感到十分意外，但他還是連忙點頭答應。隨後，他摸著分部提供的對講機，硬是多補充了一句：「無論什麼時候都可以聯絡我喔！」

「好的。」心路笑著跟鄭泰義打完招呼後，便再次走進了辦公室。

鄭泰義就這樣愣在原地好一陣子，過了幾秒後才又無聲地握緊拳頭，在心中讚嘆起自己巧妙的決定。看吧！有說還是有機會的。雖然今天不能一起出去看風景，但至少明天或後天就能一起出去了！

即便鄭泰義試圖想要隱藏住自己的笑容，但最終還是敵不過不斷上揚的嘴角。他現在的心情已經好到可以獨自去外面欣賞漂亮的夕陽了，只不過一想到未來幾天就可以跟心路一起去看，他最後還是決定先忍一忍。

鄭泰義一邊哼著歌，一邊走向了電梯。在等待著電梯從地下五樓升上來的同時，他突然有些猶豫。距離表定上的行程結束還有一段時間，他本來是打算要跟心路一起跑出去鬼混，雖然計畫告吹了，但他並不打算繼續回去對練。縱使現在不回去，未來肯定會被臭罵一頓，但他的心早就已經飄走，要抓也抓不回來了。

「這種時候就是要去充滿著一堆吃的、一堆書好看的地方摸魚啊！」鄭泰義一邊碎念，一邊走向了電梯旁的樓梯。他的目的地是叔叔的房間。

在他抵達地下一樓以及走到叔叔房間的這段期間內，一如往常地沒有看見任何的人影。或許這層樓是真的沒什麼人在走動，即便發生了凶殺案似乎也不會被……應該還是會被發現。

鄭泰義看著遍布於各個角落的監視器，一邊慢慢地晃到了叔叔的房門前。在進去房間之前，他特地朝著其中一臺監視器比了個「耶」的手勢後，便禮貌性地敲了敲叔叔的房門。

其實他一直在懷疑這個動作真的有意義嗎。一來，如果叔叔在房間裡的話，他根本就不會關門；二來，如果叔叔不在房間裡的話，就算敲門了也沒人聽得見。

更何況對於叔叔來說，敲門也不能成為告訴對方自己來了的徵兆。因為早在鄭泰義繞過轉角時，叔叔就會發現有人正在接近自己的房間了。

鄭泰義敲完門之後，先等待了幾秒才又轉動了門把。叔叔的房間門是鎖起來的。他挑了挑眉後從口袋裡掏出了鑰匙。因為叔叔答應要讓鄭泰義隨時來自己的房間裡看書，所以鄭泰義便名正言順地獲得了對方房間的鑰匙。

不管什麼時候來叔叔的房間，這裡永遠都是整整齊齊的樣子。即便房間裡充滿著各種生活用品，卻感覺不到有人居住在這裡。

「叔叔意外地有著冷淡的一面……」

只要叔叔不在，這間連個灰塵都看不見的房間看起來就像樣品屋般毫無人味。而這剛好跟叔叔偶爾給人的感覺很相似。

鄭泰義打開了冰箱，拿出裡面的一罐啤酒一飲而盡。他隨即又躺在了那沒有一絲皺褶的床鋪上翻滾了起來，此時，這間房間才總算多了有人生活在這裡的感覺。

鄭泰義趴在床上，伸手去拿書櫃裡的書。

每天只要結束表定上的行程，沒有其他事要做的話，他就會來這裡躺著看書。一天只看個幾十頁，重在細細咀嚼字裡行間所蘊藏的含義。

鄭泰義看著這個充滿各種稀有書籍的書櫃，不禁在想或許鄭在義會愛上這個地方也說不定。不，也有可能對方早就把這裡的藏書都看完了。

雖然他並不擔心哥哥的安危，但他還是很好奇對方現在在哪、正在做些什麼。不知道他回到家了嗎，還是又在哪個圖書館或研究機構裡沒日沒夜地鑽研著哪本書呢？

雖然鄭泰義昨天半夜有試著打回家，但卻沒有人接。如果連大半夜這種時間點都不在家的話，那看來對方應該是還在外面漂泊著吧。

霎時，他想起對方一邊說著「我要剪斷我們之間的緣分」。一邊用手比出剪刀形狀的身影。

他並不認為對方是真的討厭自己，又或者是真的想剪斷彼此間的緣分才講出那句話的。但是他的確湧上了一個很奇妙的念頭。畢竟鄭在義的運氣向來都出奇地好，只要是他所盼望的事最終都一定會實現。

那麼當鄭在義說出要剪斷他們之間的緣分時，或許兩人之間的連結真的就此斷開了也說不定。

早知道當初就阻止對方做出那個動作了，要是之後再也見不到對方該怎麼辦。

「不行啊……更何況這一切根本就像一場夢。」

鄭泰義躺在床上，伸出自己的手。他按照哥哥的說法，找著自己小指上那條根本就看不見的紅線。難道這條線真的是說剪斷就能剪斷的嗎？

他不停地晃動著自己的小指，就像在確認手中那條看不見的紅線是不是也會跟著晃動似的。

此時，一道平靜的電話鈴聲就這樣傳入了看著手指發呆的鄭泰義耳中。這是他之前就聽過的鈴聲。

鄭泰義隨即看向了筆電的螢幕，上頭的通話按鈕就這樣持續地閃爍著。他一邊聽著響個不停的電話鈴聲，一邊思考是否要這樣亂接別人的電話。

然而這個問題根本就不需要多想，就這樣忽視掉這通電話是最不會惹上麻煩的唯一解答；只不過電話鈴聲卻像不會放棄似的不停響著。

鄭泰義最終只好走下床，端詳著來電顯示上的號碼。雖然他不可能會知道對方是誰，但他還是仔細地分析起了那串號碼。

那是通國際電話，四九開頭的話……應該是德國吧。後面接著的那串數字照理來說是城市區號，由於鄭泰義沒有記到這麼多，所以他猜不出這是德國的哪個城市。

當鄭泰義還在研究著對方的電話號碼時，那通電話就這樣被掛斷了。

他只好再次爬上床，抓起手邊的書打算繼續看下去。然而他的思緒全被哥哥占據，令他無法好好靜下心來閱讀手中的書。

鄭泰義最終像是放棄似的將書蓋在自己的臉上，其實鄭在義很常這樣睡著。雖然他也曾經好奇地問過對方：「這樣睡覺難道不重嗎？」卻被對方反問：「只有幾百頁的書是有什麼好重的？」

最令鄭泰義感到意外的是對方明明每天都被幾百頁重的書給壓著，但他的臉卻完全不會長歪，真是不可思議。

想到這裡，鄭泰義突然意識到自己跟哥哥長得完全不一樣。明明兩人是雙胞胎，但無論是長相、頭腦、個性，甚至就連運氣都截然不同。

「其他的就算了，但我應該長得比他帥吧？」

其實鄭泰義也明白兩人的風格完全不同，這種比較根本就毫無意義。

鄭泰義稍稍地拉下蓋在臉上的書，轉頭看向了書桌的方向。書桌旁有一面巨大的鏡子。

他再次起身，同時將自己的臉湊到鏡子前面。隨後，鏡中便浮現出一名神色平靜的男子。明明自己連人生的一半都還沒活到，面容卻憔悴到不行。

鄭泰義摸著鏡中自己的臉，指尖上碰觸到的只有冰冷的觸感。

正當他緩慢地撫摸著鏡中的五官時，筆電的螢幕再次閃爍了起來。與此同時，電話鈴聲也隨之響起。

是剛剛那個電話號碼。

這次鄭泰義沒有猶豫太久，直接就接起了電話。畢竟會在短時間內連續打兩通電話的人，這次不接，他等一下一定會繼續打第三通。

「是的，你好。」

按下通話按鈕後，螢幕隨即亮了起來，並且顯示出來電者的畫面。然而鏡頭裡卻看不見任何身影，只能看見一面白色的牆，以及一幅畫框的邊角而已。只不過畫面太小，鄭泰義實在推敲不出畫框裡究竟擺著哪幅名畫。

「哈哈，沒想到又是姪子你！」鄭泰義對這個嗓音有印象。

鏡頭中隨即出現了一雙撐在桌子上的手。那是一雙優美到令鄭泰義難以忘懷的手，

「啊，這雙手！」

「什麼？」聽見鄭泰義的咕噥後，對方有些詫異地反問道。

「你的手。」雖然鄭泰義意識到自己說錯話了，但他還是故作鎮定地指了指螢幕上那雙白皙的手。

螢幕上的手頓時動了起來。對方似乎正在端詳著自己的手。

「因為你的手很好看，我馬上就記住了。」

「哈哈，謝謝你願意這樣說。聽到有人稱讚我的手還真開心。」畫面裡的男子笑著答道。雖然對方的聲音一樣是機械人聲，但聽上去卻不覺得刺耳。

「鄭教官又在洗澡了嗎？你還真常跑去他的房間裡啊。」

「沒有啦，叔叔不在。我來這裡只是為了看書而已，畢竟叔叔的房間裡有很多珍貴的書可以看嘛！」

「啊，鄭教官的品味的確是還挺不錯的。」對方愉悅地輕輕敲了敲書桌。

他的手指甲就像玻璃般既明亮又好看，同時還散發著一股冷冽的氣息。好想摸摸看他的指甲啊。鄭泰義不禁在心中感嘆道。

「你就那麼喜歡我的手嗎？」

「嗯？」

「我看你的眼神好像想把我的手給生吞活剝似的。」對方的語氣中充滿著笑意。

鄭泰義聽完便聳肩答道：「有那麼明顯嗎？我的確是挺羨慕你那雙好看的手。」鄭泰義害怕對方又會說出死後要將自己的手送給他的這種鬼話，連忙再補上一句，「只不過這雙手跟我不搭，我遠遠欣賞就可以了。」

對方似乎察覺到了鄭泰義內心在想些什麼，不自覺地大笑了起來。

大家總說只要看一個人的手就能猜出對方過著什麼樣的人生，但鄭泰義卻完全猜不出對方究竟過著怎樣的生活。那個人看上去既不像在從事著危險的行業，也不像是個會在辦公室裡工作的人。如果是古書仲介商的話，應該多少會做些粗活的工作吧。但對方的手看上去卻跟「粗活」這兩個字完全沾不上邊。

「伊萊……？」這是鄭泰義第一次喊出對方的名字。

「嗯？」男子的語氣中依舊帶著笑意。

「當我跟叔叔提起你的名字時，他似乎有點不確定你到底是誰。看來你有好幾個稱呼啊？」

「哈哈哈，是這樣嗎？因為鄭教官都叫我的姓氏，他不會喊我的名字。我只有一個姓名而已。又不是要做壞事，幹嘛用那麼多假名呢！」

「如果你是古書仲介商的話，或許是這樣沒錯吧……那你從事著什麼樣的工作啊？」鄭泰義先是停頓了一下，接著才又問出心底的疑問。

然而男子並沒有回話，只是用著那雙白皙的手規律地敲著書桌。比起不悅，對方看上去更像在盯著螢幕中的鄭泰義陷入沉思。

沉默了好一陣子後，他才緩緩地開口答道：「我偶爾會幫我哥處理家族事業。照理來說應該是他會繼承家業，而我則是……我也不知道之後該靠什麼維生呢。我原本都沒有思考過這個問題，被你這麼一問，害我開始擔心起來了。」

然而對方的語氣中卻聽不出絲毫的擔憂之色，反倒是聽著這句話的鄭泰義開始擔心起了自己的未來。

半年後若是能順利離開這裡的話，他就是一名失業的無業游民。雖然叔叔有說過憑藉著在這裡待過的經歷，要應徵哪間公司都不成問題。但是鄭泰義根本就沒有想過自己究竟要做什麼、自己到底想要什麼的問題。

「自從退伍後我就成了一名徹徹底底的廢人……」鄭泰義一邊嘆氣一邊碎念道。而他的這句自言自語似乎也傳到了對方耳裡。

「退伍？你以前是軍人嗎？的確有些軍人在退伍後就會跑去那裡。不過還真有趣，鄭在義的弟弟居然是軍人……」男子用著微妙的語氣笑著說道。

鄭泰義挑了挑眉，看著對方白皙的手笑著反問：「怎樣，心智派的哥哥與肉體派的弟弟這種組合很好笑嗎？」

男子頓時放聲大笑了起來，就好像看到了一齣經典的喜劇似的，「沒有，我不是那個意思。更何況你的體格看上去也稱不上是肉體派？如果你指的是另一種肉體派的話那就另當別論了……總之，是我說錯了話，抱歉。」

鄭泰義一邊露出苦澀的表情，一邊向對方表示沒有關係。

「我想表達的意思是，開發武器的哥哥配上死在武器下的弟弟這種組合很有趣罷了。如果是軍人的話，比起使用武器，應該更有可能死在武器下，對吧？」

聽完對方的話後，鄭泰義瞬間愣在原地。同時再次思考起男子剛剛講的那句話。後半句不是重點，重點是前面那一句。

男子似乎也察覺到鄭泰義的神色變得有些怪異，在思考了一陣子之後，他像是想到理由似的自言自語道：「天啊，難道你不知道嗎？」

「……對，我不知道。我哥哥跟武器開發有關嗎？」鄭泰義失笑地碎念著，「沒想到外人都比我還要了解哥哥啊。」

雖然鄭泰義跟鄭在義的感情並不差，但也沒有親密到每件事都會跟彼此分享。簡單來說，兩人就是感情既不算太好也不算太壞的普通兄弟檔。

外加鄭泰義高中畢業後就越來越少待在家裡，而鄭在義也很常不在家，兩人自然而然地就越來越不清楚對方究竟在過著什麼樣的生活。

就連UNHRDO美洲本部特別看重鄭在義的事，也是鄭泰義來到這裡之後才聽說的。

但是武器開發……

鄭泰義好奇哥哥究竟是什麼時候開始接觸武器開發的。是來UNHRDO之前還是之後呢？然而兄弟倆都不會過問彼此的工作，所以他自然找不到這個問題的答案。

武器，他居然在開發武器。鄭泰義苦澀地笑了。即便他知道必要之惡有其存在的理由，但他實在是看過太多必要之惡所帶來的負面影響了。

「看來我說了不該說的話啊。雖然該知道的人都知道了，但這件事畢竟是個機密，希望你不要張揚。」

「我也不想從我的口中說出我哥哥是在做武器開發的事。」

「哈哈，看來你很不滿意這件事啊！不過你哥在我們這行可是被稱作天才呢。」

「在這種方面被稱作天才，我聽了也高興不起來。」說到一半，鄭泰義挑了挑眉地笑著問道：「那句『我們這行』，看來你的工作也跟武器有關啊？」

男子再次沉默了下來，而這次的間隔跟前面幾次比起來特別地長。要不是對方的手指偶爾會稍稍移動一下，鄭泰義甚至都懷疑對方已經掛斷電話了。

此時，男子像是嘆氣似的笑了出來，「準確來說是我哥的工作跟武器有關。我剛剛不是有說我會幫忙處理家業嗎？」

「所以你們家的生意跟武器有關喔？」鄭泰義無言地反問著對方。

他這時才意識到對方根本就不是什麼古書仲介商，而是武器仲介商。

「看來你們以販賣武器為生啊……」

「不是我，而是我哥……不過你似乎真的很討厭這件事？可是以你哥的草圖所設計的火箭炮，在這幾年可是霸占了武器的暢銷排行榜！」

「受不了，看來『沒有戰爭的世界』不過是生活在幻想世界裡的人才會說的話……等我見到在義哥之後，我一定要狠狠地揍他一拳。」

男子笑了出來。雖然因為他不小心說溜嘴的一句話，使鄭泰義的腦中暫時陷入了混亂，但他看上去並不覺得抱歉，反倒相當地泰然自若。

「還真是嚇人呢，所以你跟你哥斷絕關係了嗎？」

「誰知道啊！是他先說要剪斷我們之間的緣分還自己跑走的。」

「這樣啊？」男子饒有興致地答道。

鄭泰義突然很想看看對方的表情。他相信男子現在一定露出了十分微妙的笑容。

「不過我真沒想到你們之間的關係會這麼差，我還以為你們的感情很好。怎麼了嗎，難道是吵架了？沒想到鄭在義居然是會主動向弟弟提出要剪斷彼此緣分的人。」

「在他說完要把我們小指上連著的線給剪掉之後，就離家出走了。直到今天我都還不知道他到底跑去了哪裡。」鄭泰義舉起自己的小指緩緩說道。雖然他沒有講出事情的全貌，但這兩句話已是整件事的重點。

男子先是沉默了一陣子，隨後才開口，「哈哈哈，鄭在義居然這麼說嗎？還真是有趣。」

「對你來說可能很有趣，但對我來說這有可能會導致家庭破裂啊！」

「哈哈，啊哈哈哈哈。」不知道男子是被鄭泰義的哪句話給逗樂了，他就這樣不停地大笑著。機械人聲混雜著對方的笑聲，聽上去甚是怪異。

「看來你的心情很好啊？」

「也沒有啦……我只是在想你們兩兄弟還真的很不像啊。原以為你們是雙胞胎，至少會有幾個相似的地方。殊不知臉蛋、個性卻完全不同，還真是有趣。」

「你有見過我哥哥嗎？」

「有見過幾次面，只是沒想到他居然那麼年輕。」

其實這種事並不算少見。在兩兄弟還小的時候，從各路打聽到消息並找上門來的人，總會訝異於鄭在義的年紀居然這麼輕。

只不過畫面裡的這名男子感覺起來也很年輕。即便不可能透過手的模樣來猜出對方的年紀，但鄭泰義還是死命地盯著男子的手看。

由於不想過問太私人的問題，鄭泰義最終只好換個話題，「你會這樣說，難道是因為你跟你那販賣武器的哥哥很像啊？」

「其實我從沒聽過有人說我跟他長得很像。但畢竟我們又不是雙胞胎，甚至還差了好幾歲。」

「兄弟間像不像跟年齡哪有什麼關係啊。」鄭泰義一邊擺手一邊反駁道。

此時，男子的動作突然停了下來。他的身體稍稍地向後轉，似乎是有人靠近了他，抑或是身後傳出了什麼聲音。

他剛剛有說他會幫忙處理家族事業，說不定他還跟家人們住在一起。鄭泰義心想。

「雖然有些突然，但我得先走了。那我們下次見吧！」

「什麼？啊、好的。需要我幫你傳話給叔叔嗎？」

「我之後再打給他就好了，再見。」白皙的手稍稍地晃了幾下。不過一會兒，電話就這樣被掛斷，而螢幕也再次暗了下來。

鄭泰義嘆了口氣，周遭霎時變得十分安靜。

他伸出手指，開始模仿起剛剛畫面裡那雙白皙的手，緩緩地敲起了書桌。鄭泰義的腦中一片混亂。然而轉念一想，這個問題也不是他想破了頭就能解決的。

「算了，我就活在一個充滿戰爭的世界吧。反正我本來就沒有在參與反戰運動，哥哥的工作間接促成了戰爭跟我又有什麼關係。」鄭泰義一邊碎念著一邊起身，「這世界上還有那麼多職業軍人存在，就算我不幹了，他們還是得混口飯吃啊！」

語畢，他便撲向了書桌旁的床鋪。然而腳背卻狠狠地撞上了床角，頓時痛到飆出了眼淚。

* * *

隔天，在表定上的行程開始的三十分鐘之前，第二武道教育的高汀教官便把鄭泰義找去了他的辦公室。

雖然鄭泰義多少已經預料到了，但果然還是被罵到臭頭。

昨天課程結束要點名的時候，說好只是去換個衣服的傢伙卻遲遲沒出現，這也難怪對方會如此火大。然而最令高汀教官火冒三丈的是，早在昨天晚上他就已經利用對講機叫對方來找自己了，但當時的鄭泰義只是繼續躺在叔叔的床上裝死，死活都不回應對方。

而這個代價便是一大早就得去高汀教官的辦公室裡，卑微地聽著對方綿延不絕的訓話。明明一天的行程都還沒正式開始，鄭泰義卻已經累到不行了。

當他走進教室裡的時候，占據一整個上午的戰鬥實戰分析課還沒開始。

這間教室並不算大，頂多只能算得上是比研討室再大一點的場地罷了。已經進到教室裡的組員們早已排排坐好，安靜地等著授課開始。

雖然在鄭泰義緩緩走進教室裡的那一刻，講臺上的教官馬上瞪了他一眼。但或許是高汀教官已經先跟對方打過照面了，那名教官並沒有多說些什麼。

鄭泰義找了一個空位坐下之後，坐在他旁邊的托尤笑咪咪地靠了過來，「跟高汀的約會還順利嗎？沒想到才剛吃完早餐你就被他叫過去了呢，看來你們之間打得還真火熱啊！」

「對啦，火熱到我都快被他燒死了。」鄭泰義沒好氣地答道。

前面的教官一聽到他們的竊竊私語，馬上轉過頭瞪向兩人。鄭泰義見狀連忙低下了頭，而一旁的托尤則是裝沒事地看著前方。

「相信你們也很清楚，距離我們跟歐洲分部的集訓已經沒剩多少時間了。今天我們將要藉由上次的集訓紀錄，來分析各種不同的人物。」

在鄭泰義用力地戳了一下托尤肋骨的同時，教官也按下了手中的投影機遙控器。當投影幕亮起的瞬間，上頭的影片也開始播放了起來。雖然影片的畫質說不上太好，但也不至於到會影響觀看。

「你這傢伙，很痛耶！」托尤面目猙獰地小聲罵道。

鄭泰義沒有看向托尤，而是直直地盯著眼前的投影幕幽幽說道：「閉上你的嘴，乖乖地看前面的集訓紀錄。」

托尤像是想報仇似的伸出了手，坐在兩人身後的卡洛見狀連忙輕輕踢了對方的椅子，示意對方適可而止。霎時，教室裡馬上傳出了一聲小聲卻又明確的碰撞聲。

教官隨即投以冰冷的視線，影片也跟著停了下來，「你們兩個是想要在自由時間跟我私下聊一聊嗎？」對方既冷冽又威嚴的話語瞬間傳進了兩人的耳裡。

托尤馬上將腰桿挺直，神情凝重地說道：「不用了，我們並沒有這個想法。」

「真的非常抱歉，我們會安靜的。」

向對方求饒才是唯一上策。

鄭泰義今天早上才剛領悟到「在這個地方頂撞上司吃虧的只有自己」這個道理；而在這裡生活更久的托尤肯定早就參透了這件事。

雖然既總管跟次長後，接下來才會是教官跟部員。但UNHRDO裡的教官自然也是不容小覷的對象，只要他們換到其他機構的話，肯定各個都是馬上就能成為高階主管的人才。

頭髮有些泛白的教官狠狠地瞪著兩人好一陣子後，接著才又按下了投影機遙控器。

「如果想要在集訓中活命的話，就給我認真看這部影片。」教官話一說完，投影幕上的身影便再次動了起來。

這是去年亞洲分部跟歐洲分部的集訓紀錄。然而這部影片並沒有收錄完整的集訓過程，而是按照不同場次的精華內容所拼接而成的紀錄影片。

原先還能安靜觀賞著影片的部員們，隨著影片的內容越來越豐富，他們也開始討論了起來。大家露出嚴肅的神情緊盯著這份集訓紀錄，同時不忘小聲地與隔壁的同伴們聊著裡面的內容。

沒有參與過集訓的鄭泰義只能一邊聽著周遭的討論聲，一邊看著眼前的投影幕。

「怎樣，現在只剩不到十天的時間了。看到這部影片後，你還有信心能跟得上大家嗎？」旁邊的托尤轉過頭，看著鄭泰義緩緩問道。

鄭泰義將下巴靠在十指交扣的手指上，視線直直地盯著眼前的畫面，「這看上去比較像有系統的打群架。如果是群架的話，就一定得跟同伴們合夥一起打倒所有的敵人……但自己的命還是得自己顧嘛，不知道耶，我沒有什麼信心。」

霎時，鄭泰義在那群打成混戰的男人們之中，看見了幾張熟悉的面孔。此刻一樣坐在這間教室裡的同伴們也出現在了投影幕上。

然而影片上他們的表情卻是鄭泰義從沒看過的。那是真的處於生死關頭才會出現的表情，一種只要輸了就真的會死的表情。

但是他們的手中並沒有任何的殺傷武器。槍都是漆彈槍或空氣槍，而刀則是被磨到無法劃傷人的鈍刀。換句話說，這只不過是形式上的訓練罷了。

可是影片裡的每個人都十分清楚，以他們的實力光靠這種武器就足以將人殺死。

「哎唷，沒想到托尤犯蠢的畫面也被錄進去了呢！」鄭泰義面帶笑意地指著畫面說道。而坐在他身旁的男子則是皺起了眉頭，看著投影幕上的自己。

影片裡的托尤找到空檔正準備要給對方致命一擊的時候，他不小心踩到了暈倒在自己腳邊的人。因為重心不穩，他揮出的拳頭並無法使出全力，而對方也趁機做出了反擊。

托尤一邊咂嘴一邊碎念：「這種畫面幹嘛要拍下來啊！」坐在托尤旁邊竊笑著的源浩沒過多久也在影片裡看見自己的身影，他的臉瞬間垮了下來。

「教官也不要只播失敗的例子，多播一點成功的例子不是更好嗎？一直看到我們這組的組員們拚命犯蠢，我看了也是很尷尬耶。」鄭泰義笑著說道。

一旁的托尤隨即不爽地嘟囔著：「臭小子，因為不會出現你的畫面，所以你現在很置身事外嘛？」

「要像你這樣犯下低級的錯誤來尋死也是不容易呢。」

被鄭泰義激到怒火中燒的托尤馬上捲起了自己的袖子，然而他們的周遭卻瞬間安靜了下來。托尤被這突如其來的寂靜給嚇得連忙轉頭環顧著四周，而鄭泰義則是看向了前方的投影幕。

畫面裡出現了一名男子的身影。

那名男子身材十分高挑，不過臉上卻蒼白到沒有一絲血色。畫面裡的他似乎在思考著什麼似的緊盯著自己的腳邊發呆。

對方的打扮正經到不像是會出現在這部影片裡的人；反倒更適合以模特兒的身分出現在時尚雜誌裡。

「……他笑起來一定很可愛吧。」鄭泰義碎念著，「看看人家臉都被嚇到發白了，好可憐啊！」

聽到這句話的托尤就像看到厲鬼似的瞪大了雙眼看著鄭泰義。不僅如此，鄭泰義周遭的人全都露出了震驚的表情回頭看著他，或許用瞪著他來形容會更貼切一點。

這些傢伙是怎樣啊？鄭泰義不明所以地一一瞪了回去後，再次將視線轉到了投影幕上。

影片裡的男子兩手空空，並沒有拿著任何一種武器。唯一出現在對方手中的就只有一雙戴在手上的黑色手套罷了。

然而男子的身上看上去也不像藏著什麼防身武器。他身穿一件合身的襯衫以及緊身的褲子，怎麼看都不像有藏東西的樣子。

影片是不是播錯了啊？可是這個背景看上去的確是我們分部啊……鄭泰義將手托在下巴上，指尖輕輕地撫摸著自己的嘴唇思考著。

下一秒，鄭泰義與男子四目相交。對方漆黑的雙眼就這樣直直地看向了鄭泰義的方向，害得他的心跳頓時漏了一拍。

然而男子看的其實是位於高處的監視攝影鏡頭。他先是眨了眨眼，隨後便又露出了一個淡淡的笑容。

男子面無表情時多少散發出了些陰鬱的氣息；只不過他一笑起來，看上去就像一位才剛步入社會的年輕人。鄭泰義不禁在想，或許對方的年紀比自己還小也說不定。

雖然很難單從男子的外型來評斷對方的歲數，但男子笑起來的臉龐若有似無地帶著一股稚氣。

男子歪著頭，朝監視攝影鏡頭的方向走了過來。他隨即伸出了手，整個畫面頓時便被對方黝黑的手套給占據。然而在手套完全地碰到鏡頭之前，那隻手突然停了下來。

在男子收起自己的手後，豁然開朗的畫面裡又出現了另一名男子。那名男子站在手套男的身後，而他的身材壯碩到不像是一般的東方人。

鄭泰義身旁的同伴在看到來人之後，馬上小聲地喊出了：「清見！」對這個名字相當耳熟的鄭泰義這時才意識到對方是上次集訓時受傷的部員之一，而對方剛好也是他那有可能不會回來的室友。

名為清見的男子手中握著一把刀，只不過那把刀早已鈍到無法劃傷他人。他臉色鐵青地瞪著自己眼前的男子，嘴中似乎在念叨著什麼，然而這支影片並沒有錄進現場的聲音。

戴著黑色手套的男子就這樣徑直地走向了清見。對方的腳步既不快也不慢，但清見的臉上卻瞬間露出了十分緊張的神色。

似乎是下定了決心，清見先是改變自己握刀的方式，將刀鋒朝下地朝著男子走了過去。在他揮舞著另一隻手的手肘時，同時也抬起了舉刀的那隻手。

對方只要被清見揮舞著的手肘給打到，又或者是為了躲開清見的攻擊而改變姿勢的話，就會頓時露出破綻被清見手中的刀刺中。

男子見狀便放慢了腳步。接著將自己的手抵在了身旁的牆面上，隨即靠著反作用力朝牆壁的另一面跳躍了過去。

鄭泰義停下摸唇的動作。他注意到了一處弔詭的地方。

男子指尖所碰觸到的白色牆面，瞬間留下了一道深黑色的痕跡。看上去就像一雙被黑色顏料浸溼的手套，不小心將上頭的染料給沾到了牆壁上。

那究竟是什麼啊？還沒等鄭泰義思索出答案，清見馬上用自己的手肘狠狠地重擊了男子的胸口。那力道大到就算男子的肋骨骨折也不意外。

然而那名男子只是稍稍地皺了下眉罷了。與此同時，男子用力抓住了清見的手肘，看著對方另一隻手上緊握住的小刀笑了出來。

他隨即朝著反方向扭起了清見的手肘。雖然影片中並沒有錄下聲音，但在場的所有人似乎都能聽到清見的慘叫聲。沒過多久，清見手中握著的刀就這樣掉在了地板上。

似乎是剛剛被打的地方開始隱隱作痛，男子輕拍了幾下自己的胸口後，便露出了猶如人體模型般沒有絲毫喜怒哀樂的表情。

鄭泰義不由自主地握緊了拳頭，心底湧上了一股寒氣。他的周遭安靜到連呼吸聲都聽不見。

男子一隻手抓住了清見的手臂，另一隻手狠狠地掐住對方的脖子。隨後，男子修長的手就這樣輕撫起清見的頸項。

清見的脖子上，每個被男子指尖所碰過的地方都留下了一道深黑色的污痕。鄭泰義皺著眉頭端詳著那道詭異的痕跡，對方又不是在泥地裡特訓，手套自然不可能是在無意間泡到黝黑的泥水中。那麼那道痕跡究竟是從何而來……

霎時，鄭泰義突然想通了。

那道污痕並不是黑色，而是紅到發黑的鮮紅色。或許那雙手套原先也不是深黑色，而是被鮮紅液體浸溼成現在這個顏色也說不定。

鄭泰義的臉漸漸變得慘白。當他總算想通那鮮紅色的液體是什麼時，影片裡的男子將自己大拇指的指尖按壓在清見鎖骨正上方的凹陷處。下一秒，便用力地將自己的指尖刺了進去。

「這不可能……！」鄭泰義不自覺地發出了驚呼。

然而他想講的話還卡在口中，馬上又背脊發涼地被眼前血淋淋的景象嚇得把話給吞了回去。

男子緩緩地將自己的手指從清見脖子上那個被自己捅破的洞口抽了出來。瞬間，漆黑的手套又染上了更深的顏色。

眼看清見翻著白眼不由自主地抽搐了起來，男子隨意地將對方丟在了地板上。男子撇嘴露出一個不滿意的表情，輕輕地揉著自己的胸口。隨後他一邊搖頭，一邊轉身看向了鏡頭的方向。

鄭泰義摸著自己發涼的嘴唇，同時與投影幕上的那名男子四目相交。男子的臉上依舊帶著從容不迫的神情。然而最令人毛骨悚然的是，鄭泰義絲毫無法從對方的表情中看出他剛剛才用手指刺穿一個人的脖子。

男子就這樣看著鏡頭好一陣子，接著才又噗哧一聲地笑了出來。他抬起自己的手，在漆黑的手套完全遮住鏡頭的瞬間，這個片段也結束了。雖然後來又播了好幾段一群男子大打出手的畫面，但鄭泰義的眼中只剩下剛剛那名男子最後那令人發寒的笑容。

「那個傢伙到底是怎樣啊。」鄭泰義用著比自言自語還小的聲音，輕聲地嘟噥著。

隨即，他身旁傳出了一個低沉的聲音答道：「那個傢伙就是歐洲分部最知名的瘋子。就連歐洲分部裡也沒人敢動他，又被稱為『狂人里格』。」托尤表情生硬地用著膽怯的聲音答道。

「不只是歐洲分部，就連本部跟其他分部的人都不敢動那個傢伙。」兩人的身後傳來了卡洛的聲音，「他就是歐洲分部的里格勞，綽號是狂人里格。」

「里格勞……」

「因為那個傢伙，清見被迫得在喉嚨裡插管徘徊在生死邊界。要不是當下馬上做了急救，他或許早就死了也說不定。」

鄭泰義看著眼前的投影幕，雖然畫面上早已換成了其他的部員，但他的眼裡全都是剛剛那名男子的身影。

鄭泰義皺著眉頭轉身看向了卡洛問道，「他差點就鬧出人命了，機構居然都沒有做出任何的處置嗎？甚至他還大搖大擺地任由監視器錄下他行凶的畫面耶？」

卡洛露出了一個既苦澀又凶狠的笑容，「泰一啊，那可是『訓練』呢！重點是『拿著武器的人』攻擊了『手無寸鐵的人』，而這只不過是『手無寸鐵的人』的反擊罷了。你看見的這一切都只是『訓練』的一環，懂了嗎？」

「不過……那傢伙想要故意殺死人的念頭還是太明顯了，所以他也很常會被關進地牢裡。」托尤一邊指著地板，一邊補充道：「地下七樓有地牢。只要是進去那裡的人，每每出來都會瘦成皮包骨。畢竟一關就是好幾天甚至是好幾個月，會變成那副鬼樣似乎也很正常。」

「……但若是關那傢伙的話，或許瘦成皮包骨的反倒是負責管理地牢的教官也說不定呢。」

鄭泰義一邊聽著兩人的對話，一邊摸著下意識冒起雞皮疙瘩的手臂。

原來如此，看來他們口中的那個臭傢伙指的就是這個男人啊。鄭泰義一想到自己剛剛還稱讚過這個男人笑起來或許會很可愛，頓時就想撕爛自己那不長眼的嘴巴。

鄭泰義原先自認自己看人的眼光還蠻準的，殊不知卻馬上在這個地方碰壁。他這時才總算能理解同伴們剛剛的反應。鄭泰義摸著自己的手臂，心底卻不由自主地發涼。

那顆因為不安而躁動的心遲遲無法冷靜下來。

隔著畫面四目相交的漆黑眼眸、白皙到接近慘白的臉龐、黝黑的手套，以及從手套裡滲透出的那紅到發黑的痕跡。

「好，大家剛剛應該都有看仔細了吧？那我現在來一一講解影片中該注意的地方，大家要認真聽啊！」站在講臺上的教官輕輕地敲了兩下講桌說道。投影幕上隨即又重播了剛剛的那隻影片，只不過這次教官會時不時地停下來講解影片裡的內容。

在感受到自己心中那顆不安的心稍稍恢復平靜後，鄭泰義深深地嘆了口氣。隨後便認真地研究起畫面上的影片以及聆聽教官的講解。

而鄭泰義看完的結論是，他決定要以「三十六計，走為上策」作為唯一的解決方案。

* * *

位於地下五樓的讀書室無論何時都相當冷清。或許是因為如此，鄭泰義偶爾還能在角落的書架旁看到有人臉上蓋著一本書地躺在那裡睡覺。

由於鄭泰義平常躲起來看書的角落已經被一位不知名的傢伙占據，最終他只能跑到正對面的角落蜷縮著身體緩緩坐下。雖然讀書室裡也備有一張六人用的書桌，但只要鄭泰義坐在那個位置看書，沒過多久就一定會有幾張熟面孔跑過來煩他。

即便他被迫得躲到這種角落裡讀書，但往好處想，只要他睏了馬上就能躺在這裡睡覺，這也不全然是件壞事。

鄭泰義翻開手中的書，將視線移到了書頁上。然而這份寧靜的讀書時光並沒有持續太久，有位為了找書而跑到這個角落的部員就這樣猛然地出現在鄭泰義面前。

「喂！」

聽見對方的呼喚後，鄭泰義才緩緩地將視線從書中移到了對方身上。發出聲音的對象是源浩，而他的身後還冒出了慶仁焦的身影。

源浩走向了鄭泰義，抬起對方手中的書，像是在看書本的封面，「你在看什麼啊……《孫子兵法》？你這傢伙怎麼會看這種奇怪的書啊？就算看了這種書，對實戰也是毫無幫助啦！」

「但也就只有這本書會收錄三十六計了啊。」鄭泰義一邊晃著手中的書，一邊說道。

當鄭泰義準備繼續細說起書中的內容時，源浩隨即擺手後退了一步，「好啦，那你就認真看。或許當我們上到戰略論的時候，教官會特別疼愛你也說不定呢！」

鄭泰義腦中頓時浮現出叔叔教導戰略論的身影，霎時他像是嗤之以鼻似的笑了出來。叔叔絕對不是個會特別疼愛模範生的人，如果硬要說的話，他或許會對奇怪的部員產生更多的興趣也說不定。

而這正是叔叔之所以會這麼古怪的原因。

「不過你為什麼要突然看三十六計啊？你是打算在哪個場合上逃跑嗎？」

「嗯……昨天看完了集訓紀錄的影片之後，我才意識到要保住自己的性命就只剩下逃跑這個方式了。如果沒有信心能打贏他人的話，至少也要懂得怎麼逃跑，這樣才能保全自己卑賤的命啊。」鄭泰義靜靜地答道。

或許是把鄭泰義的話當作玩笑，源浩跟慶仁焦開心地大笑了起來。

「但不是每個敵人都會乖乖地讓你逃走啊……好啦，你看上去的確也像隨便丟到一個地方都能生存下去的傢伙。」慶仁焦一邊點著頭，一邊說道。站在慶仁焦身旁的源浩聽到也像認同似的點起了頭。

看著兩人的反應，鄭泰義不禁在想也不過才短短幾天的時間而已，自己的形象怎麼就變成了這個樣子。然而他也懶得去反駁兩人，最終只是聳了聳肩當作回答。

或許叔叔口中的「直覺」，指的就是這件事也說不定。

鄭泰義能夠在極短的時間內做出最合適的決定。怎麼做對自己才是最有利的、自己能力所能達到的極限在哪、要付出什麼才能最有效率地換取到自己所要的東西，鄭泰義只需要花短暫的時間就能判斷出這些問題的最佳解答。

只不過如果那個對象是個猶如怪物般的瘋子的話，果然還是拋下自尊心想辦法獲得實際利益才是唯一上策。

換句話說，鄭泰義打算在見到對方的那一刻就直接逃跑。

「可是……果然這本書中也沒有寫到該怎麼逃跑才是最安全的方式。」鄭泰義翻著書頁碎念道。

聽見這句嘟噥後，鄭泰義身旁的兩人再次大笑了起來。

鄭泰義看著眼前無憂無慮大笑著的兩個人，心中不禁湧上了想將手中的書砸在他們臉上的衝動。正當他來回看著書本的封面以及兩人的臉龐時，放在他口袋裡的對講機剛好震動了起來，害得鄭泰義不得不斷了想拿書本猛揍他們的這個念頭。

鄭泰義拿出口袋裡的對講機，上頭顯示著他從沒見過的號碼。雖然這的確是分部裡的分機號碼，但後面接著的數字卻十分陌生。畢竟鄭泰義早就熟記了平時會用對講機呼叫他的教官們的號碼。

「〇七是哪裡的號碼啊？」他露出了一個困惑的表情問道。

站在鄭泰義旁邊的慶仁焦隨即探頭偷瞄了對方手中的對講機。即便沒有理由要藏起來，但鄭泰義還是下意識地用身體擋住了對講機。慶仁焦見狀一邊抱怨著「看一下又不會怎樣」，一邊認真回答：「〇七的話那就是地上一樓的吧，地上一樓的七號……應該是辦公室哦！」

「辦公室？他們找我幹嘛啊……」原先還疑惑地挑著眉碎念的鄭泰義突然安靜了下來，接著猛然地抬起頭盯著眼前的慶仁焦看。

或許是覺得對方的視線太有壓力，慶仁焦默默地後退了幾步，「你幹嘛這樣盯著我看啊？」

「也沒有啦……那你順便幫我把這本書放回原位吧。」鄭泰義起身後，順手將手中的書遞給了慶仁焦就頭也不回地跑走了。雖然他清楚地聽見身後傳來「什麼、喂！」的抱怨聲，但他故意裝作沒聽見似的徑直離開了讀書室。

我這糟到不行的記性！如果心路昨天沒打給我的話，今天肯定就會聯絡我啊。虧我昨晚睡前還失望到不行，結果一睡醒居然就忘了這件事。你真的是蠢到極致啊，鄭泰義！

鄭泰義一邊在心中暗自地痛罵著自己，一邊跑向了樓梯間。他現在連等停在一樓的電梯降下來的時間都嫌浪費，就這樣一路從地下五樓跑到了地上一樓。

一口氣跑了好幾樓的鄭泰義拍打著自己瘋狂跳動的胸口，快步走向了辦公室。早已過了表定的上班時間，照理來說辦公室裡只會剩下值班的雜務官。

站在辦公室門前的鄭泰義深深地吸了一口氣後——雖然他作夢也沒想到，叔叔居然會去回放監視器看他緊張的樣子笑到直不起身——輕輕地敲了辦公室的門。裡頭隨即有了動靜，沒過多久門就被打開了。

辦公室裡只有心路一人。他一看見鄭泰義後馬上露出了明亮的笑容，「泰一哥，你來啦！」

「嗯……這裡只有你在嗎？」

「對，今天是我值班。話說泰一哥剛剛在忙嗎？」

「沒有啦，因為太閒所以我跑去讀書室裡看書了。正當我被其他人纏上的時候，你剛好就聯絡我了，所以我才會馬上趕過來。不過你要是值班的話，那我們今天不是就不能出去了嗎？」

「對啊，今天本來是基彭雜務官要值班，但是他突然消化不良，所以我只好來幫他代班。看來今天真的不能跟泰一哥一起去散步了，真的很抱歉。」心路愧疚地低著頭小聲說道。

「沒關係啦，那基彭人還好嗎？」鄭泰義表面上雖然裝沒事，但內心卻不禁失落了起來。原來對方會特地把自己找來只是為了要告知今天不能一起出去的事啊。

即便鄭泰義拚命想要隱藏住自己的情緒，但心路似乎還是看出了他的失落。他一邊看著鄭泰義的臉色，一邊尷尬地笑著說：「但我今天沒有什麼事要忙，只是得在這裡顧著崗位罷了……哥想不想坐下來喝杯茶再走呢？不久前讓蒂次長去外面出差的時候，還順路帶了一包很棒的茶葉回來。如果泰一哥不趕時間的話，就先坐一下再走吧！」

「是嗎？我當然是不趕時間啦……不過你說的是什麼茶啊？」

「祁門，哥喜歡喝茶嗎？」

「我不太常喝茶耶，那是綠茶嗎？」

「是紅茶，還帶有一點蘭花香味。我馬上就去泡給你喝，哥到時候試試看你喜不喜歡吧！」心路話一說完，馬上跑進了辦公室裡的小隔間。沒過多久，裡頭就傳出了水聲跟茶具的碰撞聲。

鄭泰義偷偷摸摸地朝著小隔間的方向探頭望了過去，然而在他發現辦公室角落裡的監視器後隨即又乖乖地坐好。

也對啦，沒有必要一定要去外面散步啊。雖然一邊走在海岸邊，看著大海翻騰的樣子也很棒。但真正重要的是跟心路待在一起的這件事。只要能夠跟他獨處的話，室內又如何。兩人一起喝著茶，一邊笑著談論日常瑣事不也很棒嗎？

當鄭泰義在心中安慰著自己的同時，心路剛好也從隔間裡拿著托盤走了出來。眼見放著茶具的托盤就好像快要掉下來似的，鄭泰義連忙衝上前去接過了心路手中的托盤。

「謝謝哥。」心路笑著道謝的樣子著實十分可愛。

鄭泰義不禁在想，或許自己就像叔叔說的那樣，喜歡的類型從來都沒有變過也說不定。他沒想到自己有生以來第二次心動的對象又會是一個既可愛又漂亮的男孩子。

「哥現在適應這個地方了嗎？是不是很累啊？」心路坐在鄭泰義的對面，主動開啟了話題。

由於鄭泰義實在是太適應這裡的生活了，導致他一時之間還反應不過來心路指的是什麼。然而他來到這裡也不過才幾天而已，對方會這麼問其實並不奇怪。他隨即點了點頭來回應心路的問題。

其實分部裡的生活真的特別累人。雖然早上八點到下午五點的表定行程結束後，要去喝酒還是去抽菸，抑或者是要躺在床上一整個晚上都不會有人管你。

但是表定行程上的課程卻遠比鄭泰義原先預想的還要更加辛苦。那種感覺就像是原本要花上兩倍時間才能完成的事，被迫得在一半的時間內全部解決。除了要適應這些課程之外，課程上一起競爭的同伴們全都是數一數二的人才，要跟他們一起對戰著實不是件容易的事。

無論是每次都不好好站好，站姿亂七八糟的卡洛、還是每天都開開心心，不會拐彎抹角的托尤、就連個性很急，每天都散發著酒味的阿爾塔等等，這些人全都是相當優秀的人才。

甚至就連昨天在影片上看見的那個狂人也是難能可貴的人才……

鄭泰義頓時喪失了想要繼續思考下去的念頭，他不禁嘆了口氣想道：這個世界到底想要把我逼成怎樣。

「看來泰一哥真的很累啊？這裡有些蜜餞，你想吃嗎？」心路擔心地說道。

鄭泰義此時才發現心路突然出現在自己的面前，他不自覺地抖了一下。對方的臉近在咫尺，他似乎都能看見心路耳垂上那柔軟雪白的細毛。心路臉頰上那圓潤的蘋果肌使他看上去就像才剛成年的青澀少年。

鄭泰義的心臟頓時漏拍了一下。隨著心路的靠近，他能清楚地聞到對方身上那股淡淡的肥皂香味。霎時，他的心中湧上了一股熱流；然而湧上熱流的不僅僅是他的內心。

「嗯……其實也沒有那麼累啦。如果你願意給我吃的話，那我當然想試試看囉！」鄭泰義故作鎮定地笑著回答。心路簡單回了聲「好」後，便再次走進了小隔間裡。

隨著心路從自己的視線範圍裡消失，鄭泰義此時才小聲地瘋狂拍打著自己的胸口與大腿。

你到底在幹嘛！我們才見面沒幾天，你就想讓對方看見你這糟糕的一面嗎？鄭泰義，好好打起精神啊！人家還只是個小孩，他連嬰兒肥都還沒褪去，甚至耳垂上還能清楚地看見柔軟的細毛，你怎麼可以對這種小男孩起色心呢！

然而鄭泰義的心中頓時又湧上了另一個想法。

二十二歲的話，早就是一個堂堂正正的成年人了。有必要這麼忌諱嗎？又不是要強迫人家做什麼不好的事，只不過是一起喝杯茶而已，何必這麼大驚小怪呢？

鄭泰義苦惱地抓住了自己的頭髮。不管怎麼樣，現在最重要的是想辦法讓自己一聞到對方身上那股淡淡的香味就熱起來的身體冷卻下來才行。

看來這陣子真的太久沒有好好地解決生理需求了啊。

鄭泰義心想，雖然自己的確已經一個多月沒有去外面找人解決自己的欲望，但他沒想到自己的自制力居然低落到光是聞到對方的體味就熱起來的程度。他不禁對如此不矜持的自己感到心寒。

隨後，鄭泰義就像噎到似的拚命拍打著自己的胸口。在他不斷地深呼吸，以及捶打著自己胸膛的動作下，身體總算冷卻了下來。與此同時，心路也從鄭泰義的身後走回到位置上。

「泰一哥，你怎麼了？是哪裡不舒服嗎？」心路手中拿著裝滿蜜餞的盤子，看著眼前拚命拍打著自己的鄭泰義疑惑問道。

鄭泰義只是笑著搖了搖頭，表示沒事。好險他的指尖已經不再熱得發燙了。

他一邊喝著茶，一邊偷偷看向了心路的方向。雖然心路的臉龐看上去相當稚嫩，但對方早就是個成年人了。即便對方細長的眼睛、厚實又水潤的雙唇、圓潤明亮的蘋果肌都使他看上去像個未成年的男孩子。

但硬要說的話，心路實際上更接近妖媚的類型。

或許是察覺到對方的視線，心路轉頭看向了鄭泰義。當兩人四目相覷的瞬間，他先是停頓了一會兒，隨後才又露出一個微笑。

不知為何，鄭泰義總覺得心路的這個笑容看起來特別妖媚。不知道是不是因為自己剛剛才這樣想過，所以才會湧上這種感受。

「對了，聽說之前在本部待過的鄭在義是你的哥哥啊？」

「嗯？啊、在義哥嗎？對啊。」鄭泰義一邊慶幸對方開了個新話題，一邊點頭答道。

看來這個分部裡的人全都知道鄭在義是自己哥哥的事了。畢竟一百多名男人被關在同一棟建築物裡每天相處在一起，哪有什麼不透風的牆、不會被發現的祕密。更何況這也不是什麼祕密。

「大家都說他的頭腦特別好，而且跟泰義哥是雙胞胎呢！」

「嗯……雖然我們是雙胞胎，但我們完全不像。無論是臉蛋、頭腦，還是個性都截然不同。當然哥哥肯定是都比我好啦。」鄭泰義咬下口中的蜜餞，慢慢地說道。不管他思考了幾次，他都找不到一個能夠贏得過鄭在義的地方。

當然，除了他比鄭在義還像正常人的這點之外。

只不過鄭泰義還是覺得有些沮喪。雖然他早就意識到自己無論如何都無法贏過鄭在義，甚至他也已經習慣周遭的人對於他哥哥是鄭在義這件事的反應。畢竟他們都已經一起度過二十五年這並不算短的歲月了，要不習慣反倒是件更奇怪的事。

可是他一直到前一陣子都還無法適應那些以哥哥為目的而蓄意接近他的人。鄭泰義甚至覺得一開始就表明說自己對鄭在義比較感興趣的那些人反倒還比較好。

沒有什麼比原先以為要跟自己交朋友，最終才發現對方根本就是為了哥哥才接近自己的這件事還要更令鄭泰義沮喪的了。

就這樣深陷於過去回想之中的鄭泰義突然笑了出來。

人類遲早會習慣那些一而再，再而三發生在自己身上的事。就算會受傷、會心痛，那也只不過是前面幾次罷了。只要類似的事不斷重複上演的話，「死心」就會像盾牌似的保護自己那顆柔弱的心。

鄭泰義靜靜地看著手中散發著蘭花香味，露出琥珀色澤的祁門紅茶。

不管是什麼理由，如果心路也是因為鄭在義才接近自己的話。如果真的是那樣的話……

鄭泰義再次笑了出來。自己是還能怎麼樣，一切也只能聽天由命了。雖然有些事是自己力所能及也能改變的，但也有些事是自己無論再怎麼努力都無法挽回的；而人心就是後者。

即便心路真的是帶有其他目的才接近自己的，這也不能改變他對心路的看法。

「你想見他嗎？」鄭泰義開口問道。

正在享受著茶香味的心路瞪大了眼睛，像是聽不懂鄭泰義的提問般露出了困惑的表情。過了一會兒，他才意會過來對方的意思，歪頭答道：「雖然我也沒有不想見他的理由……但我畢竟不認識他啊？」

「這樣啊……」鄭泰義淡淡地笑了。

仔細一想，大家為了哥哥才接近自己的這種行為其實並不全然是件壞事。因為其中也有幾個人最終還是留在了他的身邊。如果不是因為鄭在義的話，或許他們一開始連認識的契機都沒有也說不定。

「不過他應該很受歡迎吧？」

「嗯？」

「即便你說你們兩人完全不像，但雙胞胎間一定多少都會有些相似的地方吧？如果對方跟你長得很像又那麼聰明的話，我想他一定會很受歡迎的！」

鄭泰義沒有回話，只是手拿著茶杯呆呆地眨了眨眼。

心路說完剛剛那句話後便滿臉平靜地喝起了茶。徒留鄭泰義疑惑地歪著頭看向對方。

該怎麼說呢，如果站在其他角度去解讀心路剛剛的那句話，或許就能解讀出足以讓鄭泰義開心到不行的含義。

「嗯……在義哥的確是很受歡迎。」雖然對象都是各國公家機關與私人企業的老人。鄭泰義在心中補充道。他先是猶豫了一下才又接著回答：「可是我就不像哥哥那麼受歡迎了。」

聽到這句話的心路像是很意外似的瞪大了雙眼，「怎麼可能！那只是你自己沒有意識到吧，在我看來你一定很受歡迎啊！畢竟你那麼帥。」心路一副理所當然地笑著答道。

語音剛落，心路伸出自己小巧又白皙的手，將垂在鄭泰義額頭上的頭髮撩到了對方的耳後。

「泰一哥的五官很立體……我覺得你還是不要遮住臉會比較好。啊、脖子也是！泰一哥脖子的線條很好看，如果你把頭髮剪短的話一定會更加帥氣。」

「嗯……是嗎？」雖然嘴巴自然而然地回話了，但鄭泰義其實根本就沒在想自己到底在說些什麼。他一動也不敢動，就這樣任由對方溫暖的手觸碰著自己的額頭與臉頰。當心路的手不小心碰到他的脖子時，他頓時覺得心裡發癢，有種喘不過氣的感覺。

「哥好像受傷了耶！這裡有個瘀青。你等我一下，我去拿條藥膏來幫你擦藥。」心路的手停在了鄭泰義肩膀與脖子的中間點。雖然鄭泰義從沒注意到這個瘀青，但對方輕輕一按的確就傳來了陣陣的刺痛感。看來這應該是在對練中不小心被打到而產生的瘀青。

心路打開了書桌的抽屜，從裡面拿出了一條藥膏。他將藥膏擠在了自己的手掌上後，便再次伸手碰觸了鄭泰義的脖子。

「不用了，沒關係，反正我也不是很痛……」原先想要阻止對方的鄭泰義，在聽到自己沙啞的聲音後連忙慌張地閉上了嘴。值得慶幸的是心路似乎沒有注意到這件事，他開始將藥膏塗抹在鄭泰義的脖子上。

對方柔軟又纖細的手指就這樣輕輕地撫摸著鄭泰義的頸項。輕柔的手勢就像在幫他按摩似的令他全身放鬆。

鄭泰義明顯感受到了心路的氣息就在自己的耳邊。每當對方規律又溫暖的呼吸碰觸到他的肌膚上時，他的臉就像發燒般不由自主地熱了起來。

「心路，已經可以了……夠了！」鄭泰義的身體越來越熱。他伸手抓住了心路的手腕，不用照鏡子他就能猜到自己的臉肯定紅到很可笑。

然而最令他感到狼狽的是，他的胯下起了生理反應。寬鬆又輕薄的便服褲無法遮擋住他那逐漸隆起的褲襠。

突然被鄭泰義推開的心路，似乎是注意到對方的視線緊盯著自己的胯下。當他順勢看向鄭泰義隆起的褲襠時，心路的身體明顯地瑟縮了起來。

或許是不知道該看哪裡比較好，心路最終只好將視線停留在鄭泰義的臉上。

「呃……」心路雖然試著打破僵局，但想說的話卻卡在口中說不出來。

雖然鄭泰義的大腦已經燙到無法正常思考，但他還是不禁咂起了嘴。他在氣自己的愚蠢。

你到底在做什麼？又不是什麼血氣方剛的青少年，怎麼會在這種情形下起生理反應啊？鄭泰義現在只希望有人可以衝進辦公室裡狠狠地揍他一拳。

「哥……那個……」

「對、對不起。」鄭泰義此刻才發現心路的手腕還被握在自己的手中，他一邊道歉一邊鬆開對方的手。

霎時，兩人四目相交。鄭泰義能夠感受到對方的視線停留在自己的臉上，不過一會兒，他的臉頰很不爭氣地再次紅了起來。

鄭泰義猛然起身，他的椅子「哐噹」一聲地撞到了桌子。焦躁不安的他先是愣在原地，隨後再次講了一句「對不起」後，便頭也不回地離開了辦公室。

雖然他也明白自己應該要跟心路解釋一下現在的情形，抑或者是要再次向對方誠懇地致歉。然而此刻的他早已無法直視對方的臉。

連忙衝出辦公室的鄭泰義就這樣獨自走在昏暗的走道上。人生中要遇上如此狼狽不堪的狀況著實也不是件容易的事。

鄭泰義邁開步伐大步地走在漆黑的走廊，他的腳程快到幾乎算得上是用跑的程度。在他經過電梯走向樓梯的途中，雖然有遇見幾名部員，但沒有任何一個人叫住了滿臉通紅的鄭泰義。

此刻的鄭泰義也想不透自己的腦中究竟在想些什麼，他就這樣放空地任由自己在分部裡亂走。當他再次回過神時，已經停在了叔叔的房門前。看來人在放空時，會下意識地走向熟悉的地方。

鄭泰義伸手拉了拉門把，然而門是上鎖的。看來叔叔不在房間裡。他一邊在心底暗自慶幸著，一邊從口袋裡掏出了隨身攜帶的鑰匙打開了房門，走進叔叔的房間。

裡頭依舊是那副一塵不染、整整齊齊的模樣。

他脫下身上的外套隨手一丟，接著便打開冰箱拿出一罐啤酒。雖然他只花了幾口就把一整瓶啤酒給喝完，但他仍然覺得不夠，連忙又從冰箱裡拿出了一罐，這次一口氣就把一瓶啤酒給喝完了。

然而依舊覺得不過癮的鄭泰義再次從冰箱裡拿出一瓶啤酒，瞬間喝掉半瓶後，他才覺得體內的那股熱氣漸漸地消散了。

鄭泰義的視線突然被書桌旁的鏡子吸引了過去。在他與鏡中的自己四目相交後，才看清了自己漲紅的臉，以及一路從耳垂紅到脖子的一大片紅暈。

看見自己的這副蠢樣，鄭泰義抬起因為拿著啤酒罐而變得冰冷的手揉了揉自己的雙頰。原本以為這樣就能讓自己的臉不要那麼燙，殊不知他的手反倒因為滾燙的兩頰而溫暖了起來。

鄭泰義就這樣一邊拿著啤酒罐，一邊呆呆地站著。過了好一會兒之後，他才回過神地跌坐在冰箱前。他的胯下早已冷靜了下來，一切平靜到就像剛剛根本沒有硬起來似的。

然而他的臉跟內心卻依舊處於火熱熱的狀態。

「真是的……如果那麼快就軟下來的話，那剛剛就不要亂硬啊！為什麼要害人這麼尷尬啊。」鄭泰義看著自己的胯下，不滿地抱怨著。

然而這句話他應該要講給自己的腦袋聽，而不是自己的胯下。

坐在冰箱前茫然盯著自己腳邊發呆的鄭泰義，突然伸出手撫摸著剛剛心路所碰過的地方。上頭還留有尚未完全滲透的藥膏，他就這樣輕輕地搓揉起那個部位。

只不過無論他再怎麼摸，這個力道與動作都不足以讓他勃起。他剛剛之所以會產生生理反應，單純只是因為那個對象是心路罷了。

「看來我真的很喜歡他……怎麼辦。」縱使鄭泰義故意發出聲音大喊著，但叔叔的房間裡自然沒有人會回應他。

鄭泰義原以為只要把煩惱講出來，大腦就會自己理出一條思緒。殊不知這一切只是他的一廂情願而已。

他再次伸手摸了摸自己滾燙的兩頰。

鄭泰義覺得目前的當務之急就是讓自己的大腦冷靜下來。如果他再繼續放任腦袋燒下去的話，或許他的大腦一輩子都無法恢復正常了。

也許我應該去洗個冷水澡？只要讓身體降溫，頭腦應該就會跟著降溫了吧？鄭泰義喝完手中那罐只剩下一半的啤酒後，便緩緩地從地板上站了起來。

不料酒意襲來，他的臉頰變得比剛剛還燙。鄭泰義一邊在心中懊悔著自己喝了太多罐的啤酒，一邊走向房間內的浴室。他不禁在想，現在比起沖冷水澡，直接在浴缸放滿洗澡水將身體浸泡在冷水裡反倒還更有用吧。

當他看著被刷得乾乾淨淨的浴缸逐漸裝滿冷水的同時，有道細微的電話鈴聲就這樣混雜在流水聲之中。鄭泰義隨即將上半身從浴室探了出來，果真書桌上的筆電傳來了他再熟悉不過的聲音。

鄭泰義關上浴室的門後，便直直地走向了書桌。然而在走過來的途中，他看見了鏡中反射出的自己。漲紅的臉配上掩蓋不住的慌張神情，看上去就像名乳臭未乾的青少年似的。

「鄭泰義，拜託你好好打起精神吧。明明也才退伍沒多久，怎麼那麼快就鬆懈成這樣了？這裡可不是什麼隨便鬼混還能活命的地方啊！」

輕輕打了自己雙頰兩下的鄭泰義在看見螢幕上顯示的電話號碼後，先是猶豫了一會兒，隨後才又按下了通話按鈕。

「是的，你好。」

「……為什麼這幾天我打過來都是你在接電話啊？」

鄭泰義才在想這個電話號碼怎麼這麼熟悉時，畫面中就出現了那雙優雅又美麗的手。

他的腦海頓時將畫面裡的手與心路的手交錯在一起。雖然心路的手指沒有對方那麼修長，但每個指節都短得很可愛；跟畫面裡那雙彷彿被上帝精心雕塑出來的雙手是截然不同的感覺。

鄭泰義突然好奇起對方的手摸起來是什麼觸感。不管怎麼樣，一定跟心路那雙既溫暖卻又令人心癢癢的手完全不同吧。猛然意識到自己居然連這種情形都能想起心路的鄭泰義瞬間露出了一個苦笑。

「我反倒更好奇。你到底是多常打給叔叔，才會每次我來他的房間都能接到你的電話。」

「準確來說，是我每次打過去你剛好都在他的房間裡。只不過我最近的確是還滿常打給他的，畢竟在此之前我跟他其實並不常通電話。」

「那為什麼最近打得那麼頻繁啊？難道是叔叔逼你趕快把羅倫加斯地耶的書寄給他嗎？」鄭泰義將旁邊的椅子拉了過來，就這樣坐在書桌前笑著答道。不過仔細一想，畫面裡的男子根本就不是古書仲介商啊。還是販賣古書是他的副業？

「哈哈，那本書我早就寄過去了。只不過我寄的是海運，大概在這個月結束前就會抵達了吧。」伊萊輕笑了幾聲。雖然他的聲音依舊是機械人聲，但鄭泰義明顯能聽出對方語氣中愉快的情緒。

此時他火熱的腦袋才總算冷靜了下來。對方冰冷的氣場最適合化解自己心中那股莫名燥熱的欲火。

原先他還很猶豫要不要接這通電話，但好險他最終還是接了。

鄭泰義將垂下來的頭髮撩起後，微微地揚起了嘴角，「很好！等書到了之後，我一定要先搶過來看才行。」他輕聲地咕噥道。

畫面另一端頓時安靜了下來，鄭泰義只能聽見對方的手指不規律地敲擊著書桌的聲音。不知為何，他總覺得男子正在觀察著自己。

「泰一，你是不是發生了什麼事？」對方悄悄地開了口。他的語氣中夾帶著些許看好戲的意味在，然而鄭泰義並不覺得不悅。反倒湧起了想跟他人傾訴內心話的想法。

「很明顯嗎？」

「畢竟你的臉紅到要不發現也很難。」

「……」鄭泰義抬起自己的手用力地搓揉起自己的兩頰。雖然內心的欲火早已消退，但是酒意卻湧了上來。

「你的表情看上去還真複雜啊。在那座單純的小島上，是發生了什麼令你頭痛的事了嗎？」

「伊萊，你……」鄭泰義講到一半突然停了下來。他總覺得現在的自己很像隨便找人發酒瘋的老頭，但既然自己都已經開口了，還是得把話給說完，「你有在性方面發生過偏離道德的事嗎？」鄭泰義嚴肅地問道。

電話那頭再度沉默了下來，男子像是沒有猜到會是這種話題似的用著失望的語氣回答：「我不知道你的『在性方面偏離道德的事』指的是哪一種類型。可以講得再更具體一點嗎？如果指的是不倫的行為，難道是指跟家人發生性關係嗎？還是跟已經結過婚的人發生性關係呢？也有可能是指強姦這方面的行為……話說若是從保守的觀點來看的話，與同性發生性行為也算是這個範疇。因為範圍太廣了，我不知道你說的是哪一種，可以從中選出一個嗎？」

「……雖然我可以從中選出一個類似的答案……但我要講的事，沒有你剛剛舉的那些例子那麼違背倫理道德。」鄭泰義被對方源源不絕講出的反人倫例子嚇得不輕。聽到對方口中那些嚇人的例子後，他不禁覺得有些放心了。看來自己做的事並沒有那麼違反禁忌嘛，除了最後一點之外。

「違背倫理道德嗎。」伊萊笑了起來，「因為我把性欲跟情感分得很開。根據你對於『偏離道德』的定義，我應該算滿常會在性方面做出偏離道德的事。不過我還真好奇你今天到底是發生了哪種『偏離道德』的事。」

鄭泰義沒有回話。

「怎樣，該不會有哪個傢伙撲倒你了吧？」

鄭泰義覺得對方的想法都有些極端。甚至已經不能說是極端了，對方常常講出一些他這輩子想都沒有想過的答案。

他深深地嘆了口氣後，難為情地笑了，「哪個瞎了眼的傢伙會想撲倒我啊？我發生的事其實也沒有這麼嚴重……跟你剛剛的例子比起來，我發生的事根本就是小巫見大巫。因為我喜歡的人碰我，結果我就像個小男孩般在他面前硬了……」鄭泰義不知道自己接下來該接什麼話，而畫面另一頭也安靜了下來。伊萊的手指慢慢地停下動作就這樣攤在桌子上，他似乎無法理解鄭泰義的想法。

「這有怎麼樣嗎？」他先是小聲的碎念著，隨後才像是想通似的答道：「所以你直接撲倒對方了嗎？看來你在意的是後面這件事吧！」

伊萊這次果然也冒出了奇怪的答案。

鄭泰義露出慌張的表情，一邊看著鏡頭一邊嘆氣說道：「沒有啦，我沒有做出那種事。我不是在床上又或者是什麼曖昧的氛圍下才硬的。而是在喝茶聊天的途中，突然對一個對我完全沒感覺的人勃起了。」

「嗯……？」對方的手指規律地敲打著書桌。

鄭泰義現在光看對方的手勢就能猜出伊萊的想法。伊萊肯定又無法理解他在說些什麼了。

「我不懂耶。雖然我多少能猜到你在想些什麼……就算我沒有體會過這種事，所以不是很懂你的心情。但那種程度的羞恥對你的人生毫無幫助啊。如果是我的話，我會直接問對方要不要跟我來上一砲。而不是像你這樣一臉欲求不滿地在這裡抱怨這件事。」

鄭泰義皺起了眉頭，伸手摸了摸自己的兩頰。在感受到雙頰的熱度後，他不禁再次後悔起剛剛喝酒的決定。

「來上一砲……那對方會怎麼想啊。」

伊萊沒有回話。

比起不知道該怎麼回答，對方更像是在考慮到底要不要講出自己內心真正的想法，「這個嗎……」伊萊的語氣中充滿著笑意。

鄭泰義瞬間就意識到了，雖然畫面裡的男子早就有了答案，但對方清楚知道這個答案絕對不是鄭泰義想聽見的，所以故意笑而不答。

因此鄭泰義也不打算繼續追問下去。

「如果是我的話，我一定會跟能引起我性欲的人來上一砲。情感是善變的，我覺得沒有必要為了當下的情感而浪費掉這個機會。又或者說，我並不認為短暫的性欲會比永久的情感還不如，前提是『永久的情感』真的存在的話。」

「看來你是享樂主義者啊？」

「至少目前是這樣沒錯。」對方笑著答道。

鄭泰義點了點頭。雖然他無法認同男子的想法，但他總算理解了對方在想些什麼。即便鄭泰義也不排斥享樂，但他認為的享樂著實與男子的定義有著很大的差異。

他笑著摸了摸自己的脖子。

即便兩人的意見不一樣，但這種不用顧忌太多的談天其實也很不錯。這也是他之所以會這麼享受與伊萊聊天的原因。

伊萊像是想起什麼似的突然笑了起來，「雖然每次跟你聊天都會浮現這個想法，但你真的跟你哥很不像。」

「畢竟我跟他就是完全不同的兩個人啊。難道你每次在跟我聊天的時候，都在我的身上尋找哥哥的影子嗎？」

「倒也沒有啦。只是我會一直意識到你是鄭在義弟弟的這件事罷了。」

「什麼啊。」鄭泰義一邊嘆氣一邊笑著說道。

該不會眼前的這個男子也是衝著「天才鄭在義」的名聲才刻意接近自己的吧？不對，但是鄭泰義感覺不出對方的蓄意性，用刻意接近這個詞太重了。或許對方只是因為自己是鄭在義的弟弟，才會對他抱有那麼大的興趣吧。

鄭泰義早就已經過了會因為這種事而難過的年紀，更何況這種情形實在是頻繁到他早就不痛不癢了。

「看來你對哥哥很感興趣啊？」鄭泰義微妙地開口問道。

而對方只是若無其事地笑著回答：「這世界上會有人對天才鄭在義不感興趣的嗎？至少我周遭是沒有這種人。」

「哈哈，好吧。那拿我跟哥哥比較過後，你覺得我們兩個人差在哪裡？」

「嗯？比較嗎……因為我沒有故意把你們兩個拿來比較過，所以先讓我想一下……好了，其實這也不需要思考太久，我馬上就想到了。」

「是嗎，那是差在哪裡呢？」

「從任何意義上來說，鄭在義都比你還要更有人性。」

鄭泰義沒有開口。雖然男子說的話有十之八九都出乎他的意料之外，但這次的這句話著實令他意想不到。這是他從來都沒聽過——至少從來沒有人這麼大剌剌地在他面前說過——的話，同時也是他從來沒有想過的事。

從任何意義上來說，鄭在義都比我還要更有人性。鄭泰義苦澀地笑了出來。

雖然他並不認為自己是個多有人性的人，而他也清楚明白著鄭在義有多看重人情。但他還真沒想過有一天會聽到有人這樣形容他。

「是我在不知不覺間做出了很無情的舉動嗎？還是哥哥曾經在你危急的時刻幫助過你？要不然這句話換個說法，可就變成了罵人的話。」

「我不是那個意思。而是……鄭在義似乎比你還要更容易感受到不安以及苦惱。我是指在這個方面，他好像比你還要更有人性。」

鄭泰義再次不知道該怎麼回話。伊萊今天講的每一句話都意外到令他啞口無言。

不安跟苦惱嗎？或許吧。他又不能潛入鄭在義的腦海裡，自然是不知道對方苦惱的事是不是比自己還多。更何況每個人所感受到的情感多寡也不能以一個公定的數值來定義，那這樣要怎麼評斷誰比較容易不安、誰又比較不會不安呢？

「但是從客觀角度來看的話，哥哥應該幸運到不知道什麼是不安與苦惱吧？畢竟他可是說出了『我也得體驗看看什麼是不幸才行』的人。」鄭泰義一邊搖頭一邊說道。

而伊萊則是靜靜地看著螢幕，沒有答話。

鄭泰義總覺得對方似乎正在盯著螢幕上的自己輕笑也說不定。

「鄭在義的確是好運到令人難以置信的地步。可是你就沒有想過他的那股好運是從何而來的嗎？」

聽完伊萊的這句話後，鄭泰義臉上的笑意瞬間消失。

從剛剛開始，他就感覺到了一股說不上來的突兀感。對方似乎話中有話，但他卻摸不清對方到底在暗指些什麼。

而現在他總算摸透了。

鄭泰義眼前的這名男子，他知道著鄭泰義從沒想過、也沒有必要去想的事情。

「明明鄭在義是我的哥哥，但你看上去怎麼比我還要了解他啊。」

伊萊似乎是聽出了鄭泰義話語中隱藏的另一個含義，他尷尬地攤手說：「我不是故意要講來讓你受傷的。我們乾脆換個話題吧？」伊萊故作輕鬆地結束了這個話題。

鄭泰義死死地盯著對方白皙的手好一陣子後，才又無奈地嘆了口氣。這的確不是他想繼續深聊下去的話題。

「你現在看上去總算冷靜下來了。剛剛滿臉通紅的臉色總算恢復成原本的模樣了。」

原本疲倦到在用拇指輕揉著自己眉間的鄭泰義聽見這句話後，轉身看向了書桌旁的鏡子。自己的臉色的確就像對方說的，早已從原本的漲紅褪回成正常的模樣。

當鄭泰義用手掌上下搓揉著自己臉頰的同時，他的耳邊再次傳來了伊萊的聲音。

「不過你現在被關在那座島上，那你喜歡的人應該就不是女的了吧？」對方故意放緩了語速，幽幽問道。

鄭泰義噘起嘴，不高興地回答：「所以呢？自從高中後，除了握手之外，我就不曾碰過女生的手了。」

「看來你『在性方面偏離道德的事』也包含了這個啊。」伊萊自言自語地咕噥道。

雖然鄭泰義沒有主動提起自己的性向，但他本來就沒有打算要隱藏這件事。他聳了聳肩答道：「對啊，怎樣，你覺得我很噁心嗎？」

「噁心？他人的性向跟我有什麼關係，我幹嘛要覺得噁心啊？」伊萊大笑著說道。

然而對方的這句話明顯地在跟自己劃清界線。雖然兩人聊了許多私人的事情，但他們終究還是兩個陌生人。無論是現實生活中，抑或者是情感層面上都是。

鄭泰義此刻才意識到，雖然對方大方地與自己暢聊這麼多次，但他始終都沒有對鄭泰義產生好感或親密感；話雖如此，但伊萊自然也沒有對他產生什麼負面的情感。

伊萊只是把鄭泰義當作一個陌生人，僅此而已。

看在伊萊眼裡，這或許是一件理所當然的事。但鄭泰義還是不免覺得有些訝異，因為他早就已經對伊萊產生了一定程度的親切感。

即便兩人只有簡單通過幾次電話，但與伊萊相處的時間有多長，他就對對方產生了多少的好感。

只不過對伊萊來說，這些時間似乎算不上什麼。他不是個會將時間多寡與親切感混為一談的人。就算今後他們通了數十、數百通電話，伊萊看待鄭泰義的想法依舊不會改變。

鄭泰義對他來說終究只是個陌生人。

這已經不是冷不冷漠的問題了，伊萊這個人對於情感的定義從本質上就與常人不同。

你是這個世界上最沒有資格說我沒有人性的人吧。雖然這句話已經湧到了嘴邊，但鄭泰義最終還是決定把話給吞回肚子裡。

一來，他不想跟對方爭論這個問題；二來，對方已經清楚地跟自己劃清界線了，想必伊萊肯定也不想聽到一個陌生人對自己說三道四吧。

「還真是遺憾啊，虧我滿喜歡你的說。」

「如果你指的是『在性方面偏離道德的事』的話，那我隨時都可以接受你的邀請喔！」

「……不是，我對你沒有那方面的想法。」鄭泰義有些膽怯地答道。故意曲解鄭泰義話中含義的伊萊則是淡淡地笑了起來。

此時，遠方突然傳來了一陣規律的鈴聲。那道鈴聲聽上去既像是計時器或鬧鐘的聲音，也像是對講機會發出的通知音效。

而那道聲音是從電話另一端傳過來的。

伊萊先是稍稍地轉過身，隨後又嘆了口氣，用指尖敲了桌子一下後開口說道：「每當我想休息，他們就會跑來找我。看來我得先走了。」

「好，那下次有機會的話再聊吧！」

「嗯……對了，話說亞洲分部跟歐洲分部的集訓是不是馬上就要開始了啊？」

「對啊，沒想到你居然連這件事都知道呢。」

對方既是古書仲介商，又是武器仲介商。仔細一想，其實對方的身分還真的是非常可疑啊。雖然集訓的日期本來就不是什麼祕密，更何況伊萊跟叔叔——即便不知道他們到底是什麼關係——似乎也走得很近，所以對方會知道這件事其實也不算太奇怪。

「一進去分部就遇到了集訓，還真累人。祝你好運，希望你不要死在這場集訓裡。」

「雖然你的內容有些觸楣頭，但還是謝囉！」鄭泰義無言地笑著說道。

而伊萊只是用輕笑來代替回答，沒過多久電話就這樣被掛掉了。

這將會是個悲喜交加的星期五夜晚。

* * *

傍晚時間，在結束表定上的行程後，分部內進行了抽籤。準備要抽出是誰留在亞洲分部，又是誰可以去到其他分部。這次會來到亞洲分部的是歐洲分部的部員，而亞洲分部則有一半的部員要前往南美洲分部進行集訓。

雖然鄭泰義並沒有特別想抽到哪一個選項，但每當他看到同伴們恨歐洲分部恨得牙癢癢的模樣，就讓他很想要留下來看看到時候究竟會發生什麼事。然而如果是以保全自己的性命為前提的話，那最好還是去南美洲分部會比較安全一些。

更何況鄭泰義現在只要一閉上眼睛，腦海裡就會自動播放起那部影片。

一名打扮整齊、穿著端莊的男子伸出自己戴著黑色手套的手，緊緊地掐住對方的脖子後，直接將自己的手指插進對方脖子裡，任由對方的鮮血從自己的指尖噴湧而出。

如果不幸碰上那名男子的話……

一想到這裡，鄭泰義突然湧上一股寒意，肩膀不由自主地抖了一下。

我得顧好我自己的命才行。

鄭泰義將手伸進了箱子裡，隨手抽出了寫著六十二號的球。接下來其他部員們也各自從箱子裡抽出寫著一到九十六號的球。等所有部員們都抽完之後，教官走上前從另一個小箱子中抽出了一顆球。

球上的數字是二，偶數。

在鄭泰義一邊露出苦澀的表情一邊轉著手中六十二號球的同時，留下的人與離開的人也決定好了。抽到偶數的人要留在亞洲分部，抽到單數的人則是要在隔天星期六的一大早出發去機場。

隨著抽籤結束，教官宣布解散的同時，部員之間也漸漸騷動了起來。

鄭泰義神色微妙地跟著部員們一起走出了大教室後，不自覺地咂起了嘴。雖然籤都已經抽完了，現在多說些什麼也只是白費。但為了保全性命，他真的好想去南美洲分部。

然而內心湧上這個想法的人，肯定不只鄭泰義。即便是當初罵歐洲分部罵最凶的那群人，一聽到自己得留下來後，表情都沒有太好；而另一群被派去南美洲分部的部員表情也好不到哪裡去。

畢竟不管是留是走，三天後就要展開一場為期半個月的地獄般集訓，論誰都開心不起來。

鄭泰義緩慢地走在鬧哄哄的同伴們後頭，由於實在是不想跟那群散發著詭譎氛圍的傢伙們一起下樓，於是他改變了方向開始往回走。

回到了獨自一人使用的房間後，鄭泰義還是能清楚地聽見門外傳來的喧嘩聲。他現在只想找個安靜的地方自己待著。

分部裡最符合這個條件的地點莫過於是叔叔的房間了。一來，那層樓本身就沒有什麼人會在那裡走動；二來，叔叔這幾天似乎很忙，就連鄭泰義也已經有好幾天沒看見對方的身影了。

叔叔，謝謝你願意讓我有事沒事就跑去你的房間。鄭泰義一邊在心中感謝著叔叔，一邊摸著口袋裡叔叔房間的鑰匙。

在他抵達叔叔的房門後，伸手拉了拉門。果真房間的主人今天也不在。

進到房間裡的鄭泰義連外套都懶得脫下來，直接擺出大字型地躺在叔叔的床上。將臉埋在棉被裡的鄭泰義就這樣維持同個姿勢好一陣子，過了一會兒才又連忙坐了起來。他怕再這樣躺下去自己就會睡著了。

由於集訓就快到了，所以這幾天的表定行程都排得很滿。本來想趁自由時間好好休息的鄭泰義卻沒想到自己的同伴們居然還有精力繼續糾纏著他到處遊玩。這叫鄭泰義要不覺得累也很困難。

「正式的集訓都還沒開始，居然就把人操到那麼累了，他們到底是想怎樣啊……看來我應該會先死於體力不足吧。」鄭泰義一邊嘆氣說道，一邊伸手從書櫃裡拿出了一本書。

他依舊維持著每天來這裡看個幾十頁的書再回去自己房間的習慣。雖然只要下定決心，他馬上就能把手中的這本書給讀完了，但每天都累到身體猶如千斤重的鄭泰義現在連要做到這件事都顯得有些吃力。

拿完書再次趴回床上的鄭泰義看了一眼書桌上的筆電。無聲無息的筆電看上去沒有絲毫有人會打過來的跡象。

獨自待在他人房間時，照理來說應該沒有人會想接到打給房間主人的來電；但鄭泰義偶爾卻很期待能夠接到伊萊的電話。縱使不是每次聊天都能聊得很愉快，但總體而言他還是很享受能接到伊萊電話。

鄭泰義翻開自己上次看到的頁面，書頁上的邊緣有時候會出現叔叔隨筆記錄下的幾句話。

叔叔習慣在看書的途中將想到的事情記在書頁的留白處。每當鄭泰義看見那些文字，就能揣摩出叔叔當時在看這本書是懷抱著什麼樣的心情與想法。在不知不覺間，這也成為了鄭泰義讀書的樂趣之一。

其實在來到這座島嶼之前，鄭泰義沒有什麼機會能見到叔叔。但個性使然，縱使他一年也不見得能見上叔叔一面，鄭泰義也不會覺得生疏或尷尬。而這點鄭在義跟叔叔也是如此。即便他們隔了好幾年才見到面，彼此也能像昨天才剛見到對方般毫無顧忌地相處。

以前，每當叔叔找上門的時候，他都會直接去找鄭泰義的父親談事情；然而在鄭泰義的父親過世之後，這個商討的對象就變成了鄭在義。所以鄭泰義實際上並不常跟叔叔聊天或相處。

仔細一想，叔叔其實也算得上是鄭家難得出現的傑出人物。一個出生在平凡家庭的人，居然能夠進到UNHRDO擔任起教官的角色，著實不是一般人想做就能做到的事。

我最終想追求的事物，跟數百年前抑或者是數百年後的世人們並沒有什麼差異。而這就是人類之所以會是人類的原因嗎？

鄭泰義的指尖輕撫著書頁下叔叔的字跡。

當他第一次打開這本書的時候，上頭還留有些許的灰塵味。也許距離叔叔看完這本書已經過了好一段時間了吧，鄭泰義心想。

而上頭的句子肯定是由數年前，還相當年輕的叔叔所寫下的。一想到這，鄭泰義不禁就覺得像這樣研究著他人私底下的思考方式，其實也別有一番樂趣。

我最終想追求的事物。

對鄭泰義來說，他既知道自己要什麼，卻又不知道自己到底要什麼。因為他這輩子從來都沒有主動渴求過什麼東西，一切都是有什麼就接受什麼。

「鄭在義似乎比你還要更容易感受到不安以及苦惱。我是指在這個方面，他好像比你還要更有人性。」鄭泰義的腦中突然浮現出伊萊曾經說過的話。

或許哥哥真的有在渴求著什麼東西吧。雖然鄭在義向來都是要什麼就有什麼的人，但也許這樣的他也會有一些迫切想得到的東西；只是那樣東西是鄭泰義所不知道的。

鄭泰義露出了一個苦澀的微笑，呢喃道：「如果是從這個層面來解讀的話，那麼伊萊的那句『有人性』還真是負面啊。」

當他讀著書中一句又一句的對白時，鄭泰義在不知不覺間睡著了。

在一片漆黑的畫面中，無數個想法就這樣恣意地在鄭泰義的腦中交集、分開，隨後又再次混雜在一起。

此時，有人喚醒了陷入混沌之中的鄭泰義。

由於房間內的燈太亮，鄭泰義下意識地就把書本攤開放在自己的臉上睡著了。而他正是被一雙拿起蓋在他臉上書本的手驚醒的。

映入他眼簾的是由上往下正在盯著自己看的叔叔，「我就連戴著眼鏡都睡不著了，被這麼厚重的書蓋著，你怎麼還睡得著啊？」叔叔似乎是覺得這樣的鄭泰義很不可思議，他晃著手中的書問道。

鄭泰義緩緩地從床上坐了起來，皺起還充滿著睡意的臉，抓了抓自己的頭髮說：「難怪我剛剛做了個惡夢，看來就是因為這本書吧……」

「惡夢？你是什麼時候睡著的啊，居然還做了個夢。」叔叔脫掉外套後，一邊解開襯衫上的袖扣，一邊看著鄭泰義的臉笑著說道。

還沒睡醒的鄭泰義轉了個身，看向旁邊掛著的時鐘。現在的時間離深夜還有一段距離，「看來我只睡了一、兩個小時吧。不過我剛剛……到底是做了什麼夢啊。夢中我好像被叔叔帶到了一個不知名的島嶼，還被迫得跟島上一群凶惡的男人們共度腥風血雨般的生活……」

「嗯……在我看來你的夢境很不一般耶，你應該可以去買個樂透哦！」

「夢境很不一般？你是想說我的夢很特別嗎？」

「對啊。」

「……原來叔叔最近偷偷換了個工作啊，變成專門在宣傳樂透的推銷員之類的。」

「哎唷，沒想到在我離開韓國的這段期間內，還多了這種職業啊？還真是有趣呢！」

「只要賭博產業繼續蓬勃發展的話，說不定過沒多久就會出現了吧。」鄭泰義邊說邊爬下床，打開冰箱拿出一瓶水一飲而盡後，他的睡意才完全消失。

他摸了摸自己雜亂的頭髮，看向正在脫著襯衫的叔叔，「看來叔叔最近很忙啊？我這幾天都會來這裡看書，卻一直沒有遇見你。」

「本來集訓前就是最忙的時候了，我們要處理的資料可是堆積如山耶！更何況為了要因應有些傢伙亂殺人，我們還得先採取應對措施。」

「只希望那個措施不要用在我身上就好了。」鄭泰義碎念完之後，便跑去床旁邊的小板凳上坐了下來，開始觀察起叔叔的一舉一動。

對方早已脫好衣服走進了浴室。雖然叔叔的聲音已經有些沙啞，但他的臉上卻看不出絲毫疲憊的神情。這幾天鄭泰義看完書回到自己的私人室時，往往都超過了半夜十二點。而這期間內都沒有遇見叔叔就表示對方至少都要忙到午夜才能結束工作。

叔叔的體力還真好啊。鄭泰義不禁在心底感嘆道。

「話說你居然留在這裡！」

「對啊，那叔叔會去南美洲分部嗎？聽說教官中有人要負責帶隊過去呢。」

「不是我，這次是高汀。要等到下次集訓才會輪到我帶隊去其他分部。」叔叔的聲音從浴室裡傳了出來。裡頭先是出現了幾秒的水聲，隨即又傳來搓揉泡泡的聲音，鄭泰義猜叔叔可能正在洗頭。

「不過你為什麼不好好抽籤啊，居然淪落到要繼續待在這個鬼地方。只要你再幸運一點，就能逃去南美洲的說。」

「看來好的籤都被像是在義哥那種幸運的人給抽走了吧。」

「這世界上還有可能會出現像在義那麼幸運的傢伙嗎？不公平的事只要被他一個人搶走就夠了吧。」

鄭泰義沒有回話，只是輕輕笑了幾聲。

「我總覺得這次的集訓不會那麼輕易地結束啊。」叔叔發出了牢騷。

鄭泰義停下用腳跟敲打著小板凳的動作，看向叔叔的方向提出了疑問：「這聽起來也太不妙了吧……話說要來這裡的歐洲分部部員名單出來了嗎？」

「嗯，雖然最終名單還是要等他們明天真正坐上了飛機才會知道。但大致上已經確定有誰會來了。」

「既然你剛剛都說了『這次的集訓不會那麼輕易地結束』……看來這次會來到亞洲分部的部員裡，有讓你很頭疼的人物啊？」鄭泰義故意向叔叔套話。

由於叔叔剛好打開了蓮蓬頭洗頭，鄭泰義聽不清楚對方到底說了些什麼。但叔叔似乎是給出了肯定的回答。

里格勞，歐洲分部裡沒有人敢亂動的狂人里格；戴著深黑色手套，留下鮮紅血跡的那個男人。

沒過多久，那個男人就會來到鄭泰義所在的亞洲分部。

即便鄭泰義常常會感嘆哥哥是個幸運的人，但他從來都不認為自己有多不幸。只不過現在的他卻不得不哀怨起自己這不走運的人生。

「他可是大家一致公認的瘋子……如果那個傢伙真的來的話，不僅僅是部員們，我想就連你們教官也會很累吧？」

聽完鄭泰義的話後，叔叔簡單說了句：「對啊。」

「不久前看完集訓紀錄的影片之後，我連想要跟對方交手的意志都消失了……我若是跟那個傢伙打起來的話，叔叔覺得我還能平安地活下來嗎？」

對方沒有思考太久，馬上答道：「很困難喔。」

「嗯……」

「其實不光是你，無論是誰都一樣。沒有人可以與那個傢伙交手後還毫髮無傷的。除非你是抱持著想斷幾根肋骨，又或者是想被開膛破肚的決心吧。」

「不是斷幾根肋骨就是開膛破肚……這未免也太不划算了吧！」

「因為他的實力就是厲害成這樣啊。你是不是只有看過影片？你去問問看那些真的有跟他打過的人。即便有些人大膽到敢去找他單挑，但絕對沒有人敢誇口說自己打得贏對方。」

鄭泰義不由自主地閉上了嘴。即便叔叔的語氣輕浮，但他絕對不是個會說謊的人。更何況在鄭泰義看來，里格勞的確就像叔叔口中說的那樣。

「……如果我還想好好活下去的話，看來就只能逃跑了吧。」

「他又不是看到誰就會抓來殺掉的殺人魔，你不用那麼害怕啦！比較重要的是，你不要跟他扯上關係就好了。」叔叔從浴室裡走了出來。他一邊裸著身子擦頭髮，一邊走到冰箱前拿出了一瓶水。不知道對方究竟有多渴，居然一口氣就把一瓶一公升的水喝到只剩一半。

「你已經洗好了嗎？」

「沒有，我才剛洗完頭而已。因為太渴了，所以我才先出來喝瓶水。從下午開始，我就忙到沒時間喝水，更別提吃東西了。外加傍晚的時候，歐洲分部的名單剛好送了過來，所有人瞬間又忙到不可開交。畢竟我們還得多去聯絡一些不同的廠商呢，像是葬儀社之類的。」

「……叔叔，我想活下去。」

「也對啦，只要不是患有憂鬱症的人，基本上都對活下去有著很深的執念。這幾乎可以算得上是人類的一種本能了吧？」

「叔叔剛剛那句『不要跟他扯上關係』……這是指只要我不去招惹他，就不會有事的意思嗎？」

叔叔將手中剩下的水飲盡後，伸手擦了擦嘴邊不小心滴落的幾滴水，轉頭看向了身旁的姪子說道：「你覺得這樣就沒事了嗎？」

「這個嗎……因為我不認識那個人，所以我也不知道到底該用什麼方法來躲開他。」

「在我看來這個方法一點用都沒有。」

「剛剛聽完叔叔的話後，我也這麼覺得。」鄭泰義沉悶地答道。

叔叔隨手將喝完的水瓶丟向一旁，再次走進浴室，「問題不是要不要去招惹他，而是絕對不能跟那個瘋子扯上關係。只要扯上一次關係後，你要逃就逃不掉了。所以絕對不要出現在他的面前。」

「嗯……這感覺很困難耶？所有的部員加起來也不超過一百人，在這小到不行的地方我要怎麼不被他看到啊？我又不是透明人。」

「我剛剛就說過了，他不是看到誰就殺的殺人魔。最重要的是不要被那傢伙記住。你只要設法避免在集訓時跟他交手，大致上就不會有什麼問題了。雖然歐洲分部的其他傢伙也很棘手，但再怎麼棘手也比不上那個傢伙。」浴室裡再次傳來了流水聲，「啊！好燙！這是怎樣啊，難道熱水器的調節出問題了嗎？」

叔叔簡單抱怨個幾句後，裡頭隨即又發出了愉悅的哼歌聲。

「那叔叔認識那個名為里格勞的人嗎？」鄭泰義總覺得叔叔的語氣中隱約透露出自己認識對方的訊息，他不禁好奇問道。

然而或許是因為水聲太大沒聽見，叔叔並沒有回話。

鄭泰義仔細一想，其實叔叔會認識對方也不足為奇。畢竟對方可是出名到所有分部以及本部的人都認識的程度，而且叔叔應該也很常因為工作出差到歐洲分部去。在這種情況下還不認識這號人物反倒是件更奇怪的事。

半個月嗎……

坐在小板凳上的鄭泰義靠在牆上，抬頭望著天花板。他的心中霎時湧上了「不管怎麼樣，出事的也不可能是我」的想法。向來以安靜地躲在角落、過上平穩人生為目標的他，總不可能會突然做出什麼很顯眼的舉動。更何況半個月又不是一段多長的時間。

短短半個月，連交到一個朋友都嫌不夠的時間內，怎麼可能那麼容易就與人為敵呢。縱使得背負著「叛徒」的罵名，他死活也不要跟里格勞作對。

對鄭泰義來說，他跟那群衝著機構待遇以及未來展望才進到這裡的人不同。最多也只會在這裡待上半年而已，所以他不挺身去跟敵人戰鬥也沒關係。

替自己找完藉口的鄭泰義滿足地點了點頭。此時，叔叔的哼歌聲突然停了下來，他像是想起什麼似的開口說道：「對了，從明天開始到集訓結束前，你都不要來我的房間喔！」

鄭泰義歪起了頭，看向浴室的方向。他能從敞開的浴室門看見叔叔的手臂。他隨即又轉過頭，看了一眼被丟在床上的書，「但我還沒看完這本書耶。」

「你就直接把這本書借走啊！集訓期間部員禁止與教官們有私底下的接觸。」叔叔隨後又補充了一句，「雖然平時其實也不能私下接觸啦。」

「可是我還沒大膽到敢借走要價三千五百美金的書啊……」鄭泰義伸手拿起了床上的書後，緩緩地走到浴室門前。

「叔叔，如果我在集訓的期間死掉的話，記得幫我把還沒看完的書一起埋葬哦！」

「聽說沒有孩子的人死後不能埋葬，要直接火化耶……那我會記得把那些書都燒給你的。」

「你為什麼就是不肯說一句『你不會死』。」

「人各有命……」叔叔先是停頓了一下，隨後才又點了點頭淡淡地說道：「算了，好啦！在我看來，我覺得你應該不會死。」

由於對方的語氣實在是太平淡了，平淡到多了幾分的可信度，鄭泰義聽著聽著也不禁笑了出來。

浴室裡突然傳出猛烈的水柱聲，看來叔叔今天沒有打算泡澡，準備簡單沖一沖就結束。

那我差不多也該回去了吧。未來半個月內，能夠好好入睡的日子也只剩下今、明兩天而已了。鄭泰義打算趁這兩天多補充一點所剩無幾的體力。

然而他卻無法輕易地邁開步伐。他的心中一直掛心著某件事。

雖然這並不是一個多愉快的話題，但他還是打算開口。畢竟不管怎麼樣，至少都得讓叔叔知道他已經得知了那件事。

鄭泰義靠在浴室門邊，他先是看了一眼天花板，隨後才緩緩說道：「不過……哥哥是什麼時候開始碰武器開發的啊？」

雖然鄭泰義的聲音並不大，語氣也很平緩，但浴室內的水聲馬上就停了下來。叔叔沉默了一陣子後，才開口問道：「這件事你是從哪裡聽來的？」

叔叔的語氣跟鄭泰義一樣平緩。

「羅倫加斯地耶的仲介商。我原本以為他只是個單純的古書仲介商，但看來也不是呢。」

「你們還真的什麼都聊耶。那傢伙今天也有打過來嗎？」

「沒有啦，我不是今天才知道的，我已經知道一段時間了。但一直忘記提這件事，外加也沒有機會見到叔叔……更何況好奇這件事也不能改變什麼。總之，在我還跟他住在一起的時候他似乎還沒碰這塊，那難道是加入UNHRDO的時候才碰的嗎？」

「雖然加入UNHRDO之前他就很常收到武器開發的委託，但正式開始碰這塊的確是加入機構之後的事。話說伊萊那個傢伙還有說些什麼嗎？」雖然叔叔看起來沒有想要隱藏的意思，語氣聽上去也十分淡然與冷靜，但對方還是不禁咂了咂嘴。

看來他並不想讓鄭泰義知道這件事。

「其實我們也沒有聊太多啦。不過哥哥現在還有在碰武器開發嗎？」

「沒有，他已經不做這件事了。他一開始就挑明說只有在UNHRDO的時候才會幫忙研發武器，雖然在他離開機構後還是有很多人試著要委託他，但他好像都拒絕了吧。」

「這樣啊。」鄭泰義點了點頭。

現在回想，在鄭泰義剛退伍回到家的那幾個月裡，他很常會接到一些奇怪的電話。光是聽對方的語氣，鄭泰義就能猜出對方絕對不可能是普通人，更何況還是國際電話。雖然這種事實在是太常發生，導致鄭泰義也見怪不怪。但眼見來電者總是鍥而不捨地天天打過來，鄭泰義還是不免懷疑起對方的來歷。

他將身體靠在牆邊，站得直挺挺的。

這樣就夠了。

既然對方已經不碰武器開發了，那他自然也沒有必要再繼續追問下去。

鄭泰義現在只想等到下次見到哥哥時，狠狠地捏對方的臉頰來教訓一下他。明明鄭在義有一顆這麼聰明的腦袋，為什麼偏偏要把才智花在這種不好的地方。

「那我先走囉！等集訓結束後，我應該就可以繼續過來了吧？」

「嗯。」叔叔沒有將頭探出浴室，只是簡單地回了句話。

鄭泰義伸出拿著書本的手，在浴室門前晃了晃，「叔叔，那我借走這本書哦。」

「好，記得不要亂丟啊！我可不想花時間重新買一本一模一樣的書。」

「好啦！我再怎麼冒失，也不可能搞丟一本三千五百美金的書吧。」鄭泰義邊說邊走向了房門。

3

里格劳

鄭泰義一起床就感受到了空氣中瀰漫著一股凝重的氛圍。當他的腳一踏出房門後，那股逼人的空氣就這樣直接在他的肌膚上散布開來。

雖然分部裡有一半的部員都已經出發去南美洲分部，分部內多少顯得有些空曠。但多虧了這股充滿殺氣的緊張感，讓鄭泰義絲毫都不覺得分部變得冷清。

在鄭泰義走向浴室的途中，每個經過他身邊的人都神色凝重。明明過不久要來到亞洲分部的人也不是他們不共戴天的仇人，鄭泰義不懂大家為何要把氣氛搞到如此僵硬。

他疑惑地抓了抓頭，走進浴室裡。

吃完早餐正在刷牙的托尤一見到對方，連忙用含糊不清的口吻打招呼，「嗨，泰一！沒想到你睡到那麼晚耶。不過你的行李都整理好了嗎？」

「你口中的泡泡都噴出來了……你先刷完牙再講話。」鄭泰義連忙後退了半步，不滿地碎念道。而托尤則是輕笑了幾聲，隨即繼續刷起牙。

還是這個傢伙比較好。

托尤並不像剛剛鄭泰義遇見的其他部員嚴肅地繃著一張臉。看到對方還是像平時一樣少根筋，鄭泰義的心情也好了許多。

他走向托尤旁邊的洗手檯，打開了熱水，先用清水沾溼自己的脖子開口道：「我本來就沒有帶什麼行李來啊，我人直接過去就可以了。」

「嗚嗯……但是、你要在這裡、住上半個月耶、你、確定嗎？」托尤一邊漱口一邊問道。

鄭泰義面臨到必須得在今天晚上之前把自己房間空出來的窘境；然而不只是鄭泰義，只要是室友太少的房間都得讓出自己的私人室給歐洲分部的部員使用。而這些被迫離開自己房間的人只能暫時搬到其他房間去住。

要出發去南美洲分部的部員早在星期六的清晨就前往去機場，分部裡只剩下抽中偶數號的另一半部員們。

今天是星期天。如果是平常的話，部員們應該會好好享受這悠哉的假日時光。只不過此時此刻的他們卻無心享受這個氛圍。

因為再過幾個小時，被他們視為死對頭的仇人們將要成群結隊地踏入他們的地盤裡。

鄭泰義在這半個月內預計會先借住在托尤的房間裡。由於托尤的其中一名室友剛好抽中要去南美洲分部，所以他們的私人室空出了一個位置。

「去你的，憑什麼我得把我的房間讓出來給那群傢伙們住啊？」有幾位一樣被迫得空出自己私人室的部員們一邊咒罵，一邊將自己重要的行李從房間內搬了出來。其中有些部員深怕「那群傢伙們」會亂動他們的東西，直接以搬家的規模把自己所有的東西全都移了出來。

反覆用水清洗著臉龐的鄭泰義聳了聳肩地盯著鏡中的托尤說道：「如果之後有什麼需要的東西，我再回去我的房間裡拿不就好了。」

「不要啦！到時候如果遇上借住你房間的歐洲部員，對方肯定會刁難你的。」
「為什麼，那本來就是我的房間耶？」
「他們哪會管你那麼多啊。你這樣等同於侵犯他們的領域，最後肯定會引起不小的騷動。」
「……真是的。」鄭泰義已經數不清他今天究竟講過幾次這個詞了。而他口中的「真是的」正是「真是的，我還沒想到你們的關係居然會差成這樣」的縮寫。
他抬頭看了一眼掛在浴室牆壁上的電子鐘。現在剛好是吃早餐嫌太晚，吃午餐嫌太早的時間點。
鄭泰義從旁邊架子上抽出了一條毛巾，開始擦起自己被沖溼的臉。他反射在鏡中的臉色看上去十分憔悴。雖然他一起床就把昨晚做的夢給拋到腦後，但他有印象那並不是一個多好的夢。
對於歐洲分部那群——根據同伴們的說法——狠毒到令人作嘔的傢伙們要來的這件事，鄭泰義原先還認為自己可能不會太在意，但他的潛意識似乎並沒有這麼想。
向來不曾因為這種情形而感到緊張的鄭泰義，似乎也默默地被這個氛圍給影響了。
他依稀記得夢境裡出現了那雙紅到發黑的手套。每個被那副手套所撫摸過的地方都會染上深紅色的痕跡。就連瞪大雙眼當場昏厥過去的清見脖子上也留下了明顯的紅褐色印記。
或許是因為剛剛洗臉時所滴下的溫熱水氣就這樣蒸發帶走了鄭泰義身上的熱量，他頓時覺得背脊發涼。

「怎麼了？你為什麼要突然愣在那裡啊？」身旁的托尤察覺到對方的異狀後，伸出手拍了拍鄭泰義的後背。

正在用毛巾擦臉的鄭泰義將視線轉到托尤的身上，「他就快要來了吧。」

「你是指誰啊？」

「狂人里格。」

托尤安靜了下來。瞬間被空氣中這股不安氛圍渲染上的他就這樣靜靜地怒瞪著鄭泰義。沒過多久，他一邊咂嘴一邊聳肩說道：「有時候即便已經做了最終確認，但來的人還是會跟名單上寫的不一樣。所以在他們抵達之前，這都很難講。只不過若是那個傢伙真的來的話……那這半個月肯定會過得特別灰暗吧。畢竟有很高的機率將會看到許多不堪入目的畫面。」

不知道托尤究竟想起了什麼，他的表情就像吃到蟲子似的難看。畢竟對方上次就已經經歷過一次與歐洲分部的集訓，鄭泰義相信對方絕對全程參與了當時的那個慘況。即便沒有參與，他一定也真真切切地感受到了當時的那場腥風血雨。

「有很多人都在說，如果那傢伙真的敢來的話就要砍掉他的頭耶。」鄭泰義回想起當他在休息室以及餐廳吃飯時，總是能聽見附近其他小組的組員們在討論著諸如此類的內容。

聽到這句話的托尤，表情變得更加凶惡，「如果可以砍下他的頭的話，我當然也想砍啊。在我們之中，沒有一個人是不想砍下他的頭掛在長竿上展示給所有人看的。可是……」

雖然托尤沒有把話講完，但鄭泰義似乎能猜到對方想說些什麼。要砍下對方的頭本身就十分困難了，即便真的可以辦到，那最終一定也得犧牲掉許多同伴才能達成。

在鄭泰義看到集訓影片的瞬間他就意識到了，絕對不能跟影片裡的男人硬碰硬。他唯一能做以及該做的事就只有逃跑而已。

「更何況那傢伙除了打架之外，在其他方面同樣也是個很糟糕的人。只要你不小心惹到他的話，那就真的得付出龐大的代價。」托尤苦澀地說道。

鄭泰義拿起毛巾擦了擦從髮尖滑落到下巴上的水滴，露出好奇的眼神盯著托尤看。而對方像是不想開口似的露出了為難的表情，等了好一陣子，托尤才娓娓道來：「那個傢伙只要看到長得好看的男人，就會把對方打到動彈不得再直接撲倒對方。不管是哪個分部，只要跟歐洲分部集訓完之後，裡頭稍微年輕以及漂亮的部員全都會被他玷污。」

「你說什麼……？」由於鄭泰義從來沒有想過會是這種內容，他不禁懷疑自己到底有沒有聽錯。在確認過自己並沒有聽錯後，他又開始懷疑起自己的理解能力。

剛剛托尤口中的那個「撲倒對方」，應該不是只有自己想的那個意思吧？

然而當他再次理過上下文的脈絡過後，那句「撲倒對方」，似乎真的就是鄭泰義腦中所想的那個含義。

「好幾年前，有個跟我還滿要好的同伴因為里格勞而終身都得定期去醫院報到。另一名部員為了要替他報仇，所以很不要命地直接衝去找里格勞。然而偏偏那個人是陰柔漂亮的類型，最後……自然是沒有出現什麼童話般順利打倒大魔王的劇情，他連仇都來不及報就這樣被里格勞上了。由於太過憤恨不平，他最終還試圖要自殺呢。」

「這未免也太……令人遺憾了吧。」

「對啊……總之就是這樣。那個傢伙從任何方面來看，都是一個很糟糕的人。若是不小心招惹到他的話，吃虧的永遠都是你自己。」托尤直盯著鏡中的鄭泰義看了好一會兒後，馬上又笑著補充道：「不過你不用太擔心啦，你只需要顧好你自己的命就夠了。」

鄭泰義伸出手狠狠地打了對方的後腦杓一下，同時不忘向對方表示謝意：「還真是謝了喔。」

既年輕又漂亮的男生。這不就是在說心路嗎？一想到這，鄭泰義瞬間皺起了眉頭。現在不是把這件事當作玩笑看待的時候。

「喂！那我們是不是要提醒心路小心一點啊？」鄭泰義猛然地抓住托尤的手腕問道。

「嗯？」對方轉身看向鄭泰義，眨了眨自己的眼睛，「被你這樣一提，似乎是這樣沒錯。但是部員本來就不太容易撞見雜務官，更別提是其他分部的雜務官了。就算對方再怎麼瘋，也不可能會笨到去碰雜務官吧？」

「是嗎……對啊，應該是這樣吧，對吧？」

托尤看著不斷追問的鄭泰義，有些不耐煩地翻起了白眼。他的表情看上去就像在說「你這個白癡……」

鄭泰義此刻才總算意識到自己的糗態，連忙閉上了嘴。

看來我不小心表現得太明顯了啊。

「你不用那麼擔心，教官會負責保護雜務官。如果狂人里格真的來了，你只需要顧好自己的命就好。畢竟除了你自己之外，沒有人會在意你是死是活。」

托尤說的沒錯。鄭泰義現在比起擔心別人的安危，還不如想辦法設法保障自己的安全。

「嗯……只能祈求人選突然出了問題，那個狂人里格不要來就好了。」明知這種可能性低到不能再低，但鄭泰義還是不放棄任何一絲希望。

「反正今天晚上那些傢伙就會到了，我們馬上就能知道他到底有沒有來。」

「那他們現在應該已經抵達香港了吧。」

「對啊。希望他們因為無法適應時差，進來的時候失魂落魄的。」托尤邊說邊比出了割斷脖子的手勢，「這樣我就可以馬上把他們都給幹掉了！」

鄭泰義看著對方半開玩笑的模樣，不禁笑了出來。多虧托尤，他心中那股灰暗的情緒才總算漸漸消散。

只剩下不到幾個小時的時間，他就能親眼見到那群傳說中的人物。雖然他的心臟激動到不停加速地跳動著，但這並不是出自於期待，而是與之完全相反的心情。

「話說要換房間的人在換好房間後，要去辦公室裡講一聲喔。因為雜務官他們必須確認大家的新房間。」托尤拿著毛巾擦了擦嘴角後緩緩說道。

而聽到這句話的鄭泰義則是不由自主地抖了一下。

「你去辦公室的話不就能見到心路了嗎？不對，本來就是心路在負責內部生活這塊的，你換房間的事就是要跟他說啊！好好喔，還真是羨慕你耶，泰一。」托尤一邊露出調皮的笑容，一邊用手肘戳了戳對方的肋骨。

被托尤戳到有些站不穩的鄭泰義，簡單用「呃嗯」的語助詞含糊帶過了這個話題。

然而必須去辦公室找心路報到的這件事對鄭泰義來說完全不是一件好事。雖然他也很想看見對方、聽對方的聲音、聞對方身上那股淡淡的肥皂香味，但現在的他沒有信心能若無其事地出現在心路面前。若是現在不小心遇到心路的話，鄭泰義很有可能會像煮熟的章魚般四肢僵硬地愣在原地也說不定。

更何況……若是再次遇見心路，對方又會用什麼表情來看他呢。

鄭泰義拿起手中的毛巾擦了擦早已乾掉的脖子。他的心情瞬間又跌到了谷底。

自從那天之後，鄭泰義就再也沒有見過心路。本來部員與雜務官之間沒事就不太會遇到彼此，更何況鄭泰義還特地避開了所有可能會遇見對方的地點。

就連為了要去叔叔的房間而進到地下一樓的時候，他也會像個小偷般不斷環顧著四周再緩慢地往前走。

鄭泰義始終想不透自己怎麼會在一個善良到會主動為他擦藥的男孩面前勃起。而站在鄭泰義身旁的托尤先是把毛巾丟到了洗衣籃裡，隨後像是習慣般摸了摸口袋裡的菸盒後便準備要走出浴室。

憂鬱不已的鄭泰義見狀連忙抓住對方，「你要去抽菸？」

「什麼？喔，對啊，你也要去嗎？」

「嗯，給我一根吧。」

「……你應該知道分部裡根本買不到香菸吧？好，那我今天先借你一根，你到時候直接還我一整包啊！」

「你知道你現在的嘴臉有多欠揍嗎？還真想拿面鏡子擺到你面前讓你看看。」

身為一名癮君子，托尤不免俗地為自己辯解道：「未來半個月都得關在這座島上，而我私藏的香菸卻已經快要見底了，換作是你也會有這種反應吧？」

「好啦好啦。」鄭泰義敷衍地拍了拍對方後，兩人一起走出了浴室。

繞過複雜的走廊，好不容易來到地面上的鄭泰義先是警戒地看了看四周，隨後才又馬上跟在早已走到建築物外的托尤身後。雖然鄭泰義也覺得這樣的自己看上去很愚蠢，但他更擔心不小心遇到心路後有可能會發生的慘況。

走出建築物後，外頭的陽光刺眼到令鄭泰義都快要張不開眼睛了。雖然他們平常生活在地底下，但空調系統完美到與樹林裡的新鮮空氣近乎無異，而室內的照明也是特地挑選了與自然光很接近的燈光。所以鄭泰義完全感受不到生活在地底下的不便與不足之處。

然而唯一能夠使他的心恢復平靜的還是只有外頭刺眼的陽光、湛藍的藍天以及徐徐的微風。

每到自由時間，鄭泰義總會跑到外面去閒晃。或許分部內的其他同伴們也是如此，所以每當鄭泰義散步到一半的時候，總能在路上巧遇一兩名部員。

鬱鬱蔥蔥的林間小路在晚上看起來特別危險，所以鄭泰義通常不會選在太陽完全下山後的時間點繞出去外面；但白天的時候這條林蔭路還是很值得走一走的。

分部的後面，有一條很小的小路——雖然離分部有好長一段距離——只要一直直走，就能抵達海邊。即便那附近全都被龐大的巨石給占滿，與漂亮的沙灘實在相差甚遠，但在這裡所眺望的大海十分耀眼美麗。

因為托尤懶得走去海邊，所以鄭泰義從對方身上多搶走了兩根香菸後，便獨自走上了那條小徑。在穿越跟膝蓋一樣高的草叢時，鄭泰義的小腿肚早已被蟲子咬了好幾回，甚至還被草葉割傷。

正當他猶豫著要不要回去換條長褲時，一股大海的鹹味就這樣湧入了他的鼻腔裡。

嘖。按照原定計畫，我應該是要跟心路一起來這裡的才對。如果當初有按照計畫發展，說不定根本就不會發生因為太興奮而滿臉漲紅的糗樣……不對，這件事或許根本就無法避免。

鄭泰義一邊在心中嘀咕，一邊將香菸叼在了嘴邊。他隨手拿出了從托尤手上搶走的打火機往香菸上點火後，深深地吸了一口氣。

「抱歉了，樹木們。即便會暫時感到窒息也體諒一下吧。」走在天然林裡的鄭泰義覺得自己在這裡吞雲吐霧對這些樹木來說不免有些過分，受到良心譴責的他只好小聲地向周遭的大樹們道歉。

不過一會兒，他的眼前不再被樹林籠罩，而是出現了一望無際的大海；然而出現在此的不只有大海。

有個獨自享受完鹹鹹海味以及涼爽海風的人正好往小徑這裡走來。而對方正是鄭泰義此刻最不想遇見的心路。

一看到來人，鄭泰義下意識地開始找起周遭可以躲藏的地方。只不過早在他找到合適的場地之前，心路就已經察覺到了他的存在。

當心路的視線與傻傻愣在原地的鄭泰義對上時，他像是很意外似的停下了腳步，隨即又再次朝鄭泰義的方向緩緩走了過來。畢竟能夠回去分部的路也只有這一條了。

「……你出來散步嗎？」眼見心路距離自己只剩下十幾步的腳程，鄭泰義認為自己若不主動打聲招呼反倒更加奇怪，於是支支吾吾地開口了。

而對方則是直勾勾地盯著鄭泰義，沒有露出絲毫異樣的神色點頭說道：「是的，泰一哥也是嗎？」

「對啊，不過……真的好久不見了呢。」鄭泰義故意裝出若無其事的樣子簡短答道。然而他的臉早就已經漲紅，特地演這一齣也只是白費。

再往前走個三、四步的心路就這樣停下腳步。他的表情看上去似乎在猶豫著什麼。嘴裡叼根菸的鄭泰義維持著泰然自若的神情，開始苦惱起自己究竟要不要跟對方道歉。雖然他也明白道歉才是唯一的正確解答，但他就是開不了口。

「話說泰一哥是不是也換房間了？那哥換去了哪個房間呢？」總算找到話題的心路主動向鄭泰義搭話。

「哦、嗯，對啊。我搬到了托尤的房間。本來要去辦公室跟你講這件事的，但我不小心忘了。我的室友叫托尤，托尤清伊，他跟我是同一個小組的組員，我現在跟那傢伙一起住。」

「啊，托尤哥的房間嗎？好的。」心路點了點頭答道。

頓時，一股令人尷尬的沉默又再次籠罩在兩人之間。鄭泰義唯一覺得慶幸的是，至少現在講完到時候就不需要再去一趟辦公室跟心路大眼瞪小眼了。

話雖如此，但鄭泰義還是覺得此刻這如坐針氈般的情形相當難熬。

他將視線移到了距離自己只有幾步之遙的心路身上。對方低著頭，修長的眼睫毛隨著眨眼的動作輕輕晃動了起來。鄭泰義能夠清晰看見對方小巧頭頂上的髮旋。

心路真的是個很可愛的男孩。最適合出現在他身旁的果然還是像個洋娃娃般嬌小又可愛的女孩子吧。鄭泰義相信心路心目中最理想的對象肯定也是這種女孩。

然而有一天，被他視為跟親哥哥無異的男人居然在自己的面前勃起了，身為當事人的心路該有多驚慌？或許他當下所感受到的情緒早已不是驚慌、不快，而是背叛也說不定。

如果心路問出「原來你一直以來都是這樣看我的啊？」那鄭泰義究竟該撒謊答道「沒有啦，那是因為我當時有些恍神才會這樣」；還是誠實回答「對啊」會比較好呢？

雖然不管是哪個答案，兩人之間的疙瘩都不可能會消失就是了。

「不、不過，哥哥是不是偶爾會去鄭教官的房間呢？如果是的話，那這陣子就不能去了哦！因為分部內有規定集訓期間部員不能與教官有私底下的接觸。」

「啊——好的，謝謝你。」雖然鄭泰義早就從叔叔那裡得知了這件事，但他還是故意裝作不知情地向對方表達謝意。然而他也是真的很感謝對方，畢竟心路會想起這件事就代表他其實也默默地把鄭泰義放在心上。

鄭泰義此時才意識到，原來對方一直努力著要與自己好好相處。即便當時的心路可能感受到了不快抑或者是不知所措，但他始終都沒有在鄭泰義面前露出絲毫厭惡的表情。

每當兩人對話一次，隨之而來的就是比對話時間還長好幾倍的沉默。

當鄭泰義躊躇著接下來要講些什麼話時，他注意到心路露出了為難的表情正在偷偷地盯著自己看。看懂對方表情裡所夾帶的含義後，鄭泰義一邊嘆氣一邊讓出了一條路。

他這時才發現自己一直擋住心路的去路。

「那我就先走了。」心路鞠了個躬後，便以小碎步的方式繞過了鄭泰義的身旁。

被遺留在原地的鄭泰義只能看著對方的背影，苦澀地碎念道：「對不起。」然而他的聲音太小，或許心路根本就沒聽見這句道歉也說不定。

「呼——」鄭泰義將香菸的煙氣與嘆息一起吐了出來。

當他準備邁開步伐往海邊走去的時候，在他身後的腳步聲突然停了下來。

「那個……泰一哥。」一道猶豫不決的呼喚聲就這樣叫住了他。

鄭泰義隨即停下腳步，回頭看向對方。心路露出了一個很微妙的表情，抬頭望著鄭泰義。然而最奇怪的是，心路的臉上居然也染上了跟鄭泰義不相上下的紅暈。

「哥、那個、我……」

「……？」

「那個……」心路的嗓音變得越來越小聲。紅暈也從兩頰逐漸渲染到心路的整張臉上，那道紅暈看上去就像晚霞般動人。

由於對方漲紅著臉低頭看向腳邊的模樣實在是太可憐，搞得一旁的鄭泰義也變得坐立難安。

就直接發脾氣吧！即便要大聲地怒罵我也沒關係！

鄭泰義早就做好要被心路臭罵的準備，眼看對方露出這不尋常的反應，使他不禁握緊了放在口袋裡的手。

只不過猶豫許久才總算開口的心路，卻說出了令鄭泰義完全異想不到的話。

「我……曾經跟男生上過床。」

鄭泰義叼在嘴邊的菸就這樣直直地掉落在地板上。然而此刻的鄭泰義完全無暇顧及這件事，他的視線緊緊盯著站在自己面前的心路身上。雖然對方依舊低著頭不敢看向鄭泰義，但鄭泰義明顯能從心路結巴的語氣上聽出對方究竟有多緊張。

「在我高中畢業兩年多的一個冬天……啊，因為我有跳級，所以當時的我還沒成年。我跟朋友們一起去了那種只收男顧客的店裡，並且在那個時候第一次……跟男人發生了關係。」心路話才講到一半，他的臉就已經紅到不能再紅了。

而聽著這段話的鄭泰義則是驚訝到連眼睛都忘了眨，只能這樣靜靜地看著對方。他彷彿就像失了魂似的滿腦子空白，無法湧上任何的想法與念頭。

兩人之間就這樣沉寂了好一陣子，慢慢抬起頭的心路像是注意到什麼般突然大喊著：「哥！香菸！你的香菸！」同時一邊指著掉在鄭泰義腳邊還沒被熄滅的香菸。

鄭泰義此時才像大夢初醒般，連忙用腳將差點就著火的香菸與雜草踩熄。

眼見火勢已經熄滅後，鄭泰義便撿起了地板上的菸頭放到口袋裡。隨即又馬上拿出剩下的另外一根香菸叼在嘴巴上，打開打火機試著要點火。然而慌張不已的鄭泰義手卻一直揮空，徒留滾輪不斷發出火花卻始終點不起火。

等一下，我剛剛到底聽到了什麼。我好像聽見一些很奇怪的話，可是現在卻想不太起來那到底是什麼內容。剛剛心路叫了我的名字之後，猶豫了一下所說的那句話……該死，為什麼火就是點不著啊！

心路看著對方不斷轉著滾輪卻始終無法點起火的模樣，縱使他的臉上依舊滿臉通紅，但還是鼓起勇氣慢慢走到了鄭泰義的面前。心路伸手拿走了對方手上的打火機，在順利點著火之後，便將打火機的火抵在鄭泰義的菸上。

「啊、謝謝你。」鄭泰義默默地將心路還給他的打火機放進了口袋裡。

兩人之間再次剩下微妙的沉默。

心路與鄭泰義之間的距離近到只要彼此伸出手就能輕易地碰到對方。看著心路發呆的鄭泰義緩緩地從口中吐出了煙氣，由於兩人的距離太近，心路馬上就被菸味熏得到輕輕咳了兩聲。

鄭泰義此時才意識到自己做了多不禮貌的行為，連忙向心路道歉之後，隨即轉過身將剩餘的煙氣一口吐出。雖然只抽了幾口，但他還是直接將香菸熄掉了。如果托尤在場的話肯定會馬上衝過來大罵好幾句，然而此刻的鄭泰義根本無暇顧及這些小事。

「……那個……那你喜歡嗎？」猶豫好一陣子才開口的鄭泰義，卻在脫口而出的那一剎那想把自己給殺了。

我到底在問什麼啊！哪有人會在他人坦白完自己的性經驗後回問這種問題的。

心路似乎也被鄭泰義的提問嚇得瞪大了雙眼。鄭泰義馬上揮了揮自己的手，冷汗直流地解釋道：「抱歉，我不是那個意思。我只是……有些好奇你會不會討厭這個行為。」

心路看著不停慌張辯解的鄭泰義，緩緩地搖著頭說：「我是不討厭……只是在那之後因為太忙，所以就沒有再去過那種地方……不過我現在已經無法被女生吸引了……」心路害羞地低著頭，他的脖子也開始染上了紅暈。

見到此景的鄭泰義再次漲紅了臉。

若是有人剛好經過的話，可能會覺得這兩個人很搞笑。兩名成年男子居然還會像個小女孩般紅著臉，低著頭不敢看向彼此。

但現在的鄭泰義完全無心在乎他人的眼光與想法。他的內心突然燃起了無數種的可能性。

當鄭泰義正在用腳尖來回推著被他丟在腳邊的菸頭時，心路小聲地開口：「泰一哥，那前幾天喝茶的時候……」

鄭泰義明顯地抖了一下，他的腳尖就這樣踩在了菸頭上。過了一會兒，踩著菸頭的腳才又慢慢地動了起來。

「在你碰我的時候，身上剛好散發出陣陣的肥皂香味，你又貼得那麼近，所以我才會……」

「嗯，原來是這樣啊……」心路一邊點頭一邊咕噥道。

他依舊漲紅著臉不敢看向鄭泰義，而站在他對面的鄭泰義也維持著滿臉通紅的狀態。突然間，心路緩緩地抬起了頭。默默偷看著鄭泰義的眼眸十分漆黑，然而溼漉漉的雙眼卻反倒讓這黝黑的眼眸閃爍了起來，看得鄭泰義的心不禁一緊。

當鄭泰義準備要移開視線的時候，心路輕輕笑了起來。對方似乎是覺得有些難為情，只有嘴角微微地上揚而已。不過光是如此，就足以讓鄭泰義看得目不轉睛。

「哥，那我們一起回去吧。我先在這裡等你……不對，我還想再看一次大海！」語畢，心路便掠過鄭泰義的身旁往海邊的方向走去。鄭泰義待在原地一動也不動地看著對方的背影發呆，直到心路轉過身疑惑地看過來的時候，他才連忙追了上去。

鄭泰義的心瘋狂地跳動著，他從沒想過居然會有這麼幸運的事降臨到自己的身上。他難以置信地眨了眨自己的眼睛，但眼前的心路卻沒有消失，依舊站在原地看著鄭泰義露出了甜甜的笑容。

啊……看來這世界上也不是只有不幸的事嘛！

就算今晚歐洲分部會派好幾百名像狂人里格那樣棘手的人物，鄭泰義也覺得自己有辦法撐下去了。

＊　＊　＊

歐洲分部是在晚上八點的時候抵達了亞洲分部。

分部裡肅殺的氛圍令鄭泰義不禁懷疑起自己這輩子究竟有在其他地方感受過如此令人毛骨悚然的氣氛嗎。不需要思考太久，鄭泰義就能確定自己絕對不曾體會過如此恐怖的氛圍。

即便是當他跟金少尉吵到演變成小隊間的鬥毆，隔天還得一起全副武裝行軍時，也沒有像現在這樣彷彿下一秒就會爆發衝突似的充滿著無形的壓迫感。

當歐洲分部的部員在地下二樓的大教室裡結束完簡單的說明會來到地下六樓時，走廊上的氣氛只剩下「殺氣騰騰」四字可以形容。

有幾十名對歐洲分部恨之入骨的人，特地一字排開站在走廊上，狠狠地瞪著對方。想當然耳，從階梯上緩緩走下來的歐洲分部部員自然也是以冷酷的表情回瞪著他們。

因為不想加入他們的爭鬥之中，鄭泰義早就計畫好要在歐洲分部的人來的時候躲在房間裡，死活都不要踏出房門一步。殊不知當他從浴室裡洗完澡走出來的瞬間，剛好就碰上歐洲分部部員抵達地下六樓。

看到有一群陌生男子從樓梯間接二連三地走出來，鄭泰義馬上就意識到那群人就是傳說中的歐洲分部部員。眼見自己的同伴們排成一列地站在最前端對歐洲分部下馬威，鄭泰義連忙躲在人群之中，準備要偷偷地跑回房間。

只不過在他習慣性地要往自己原本的房間走去時，他才意識到自己已經換房間的事，馬上改變方向往托尤的房間走去。

房間裡只有托尤的其中一名室友，莫洛一個人在而已。雖然莫洛跟鄭泰義隸屬於不同的小組，但兩人早已打過照面也講過幾次話，所以並不會覺得尷尬。

「看來他們來了啊？」莫洛一邊埋頭於猜謎雜誌，一邊咬著鉛筆問道。

鄭泰義簡單回了句「對啊，他們來了」便一屁股地坐到自己的床上，用手撥了撥還沒有很乾的頭髮。

這麼一看，名為莫洛的男子對於歐洲分部好像沒有什麼太深的怨恨。

托尤曾經說過，鄭泰義之所以不會對歐洲分部產生恨意單純只是因為他才剛來沒多久。或許正是如此，所以比起恨歐洲分部恨到入骨的托尤，鄭泰義比較能對抱持著普通競爭意識的莫洛產生共鳴。

「托尤人呢？」

「廁所。我看他還帶了一本漫畫雜誌進去，應該不會那麼快回來吧。」莫洛默默地嘟囔著，然而他的視線卻沒有從猜謎雜誌上移開。

鄭泰義簡單點了點頭以示回應。

一個為了復仇而摩拳擦掌好幾個月的傢伙，居然剛好選在歐洲分部部員抵達的時刻跑到了廁所裡。鄭泰義想了想不禁覺得有些荒謬。不過依照托尤的個性，可能在察覺到外頭吵雜氛圍的當下就會馬上從廁所衝出來也說不定。

即便鄭泰義已經躲進了房間裡，但他還是能清楚感受到外頭傳來的那股肅殺氛圍。雖然兩方還沒正式爆發衝突，不過他還是能時不時聽見一些辱罵聲與吶喊聲。

「他們現在是怎樣。再這樣鬧下去，他們若是真的打起來，我也不覺得意外了。現在外頭的氣氛未免也太嚇人了吧？」

「只希望他們不要真的打起來就好了。」

「對啊，我也不想看到那種慘況……不過托尤要是聽到這句話，肯定會把我們兩個抓起來瘋狂碎碎念吧。」

鄭泰義與莫洛兩人相視而笑。

「托尤那個傢伙喔，雖然是個好人，但就是太衝動了啦！」

莫洛沒有答話，只是輕輕地聳了聳肩表示認同。隨後再次轉身，把自己的視線移到了猜謎雜誌上。

而鄭泰義則是開始整理起自己的行李。

話是這樣說，但鄭泰義根本就沒有多少行李可以整理。畢竟他當初也沒帶什麼東西來到這座島上，外加他只在前一個房間裡住了幾天而已，隨身行李自然少到簡單用兩隻手拿就可以帶完的程度。

「我可以用空的牙刷架嗎？」

「嗯，你要用就用吧。只不過要小心不要跟我們的搞混了喔！之前托尤買了一個新的牙刷，結果偏偏跟帝納的一模一樣，最後搞到他們每兩天就在吵哪隻牙刷才是自己的。」依舊沉迷於猜謎雜誌上的莫洛緩緩答道。

確認完牙刷的顏色後，鄭泰義便將自己的牙刷放進了浴室裡。當他準備要將自己的內褲收進抽屜櫃的時候，莫洛又講了一個跟牙刷事件很類似的內褲糾紛。嚇得他連忙確認自己內褲的顏色，而偏偏他帶的又都是很容易跟他人搞混的純白色內褲。鄭泰義最終只能一邊懊悔著自己當初所做的決定，一邊準備關上抽屜櫃。

不過抽屜櫃的深處似乎卡著什麼東西，使鄭泰義無法順利闔上。

鄭泰義不死心地又嘗試了幾次打開又關上的動作，但最終依舊無果。他只好皺著眉頭，一口氣地將整個抽屜都拉了出來，「到底是卡到什麼才關不起來啊……哎唷。」

鄭泰義伸手將混雜在他內褲之中的鐵塊給拿了出來。

那是一把貝瑞塔手槍。

鄭泰義一邊用手感受著槍枝的冰冷觸感，一邊偷偷瞄了莫洛的方向。對方依舊沉浸在猜謎的樂趣之中。由於莫洛背對著鄭泰義，所以他完全沒發現鄭泰義找到了什麼東西。

分部裡明文規定著大家不能攜帶任何個人武器。他們頂多只能默許部員們的身上帶刀，抑或者是沒有殺傷力的槍枝而已。雖然鄭泰義偶爾也能看見一些槍械愛好者被抓到身上帶了手槍，但他們往往都會辯解自己身上的只是玩具槍。

然而鄭泰義十分確定他手上的這把絕對是真槍。

鄭泰義一手拿著貝瑞塔手槍，另一隻手敲了敲握把的部分。裡頭裝著彈匣，只要打開保險栓馬上就能開槍了。

此時，正在轉筆的莫洛無意回頭望了一眼鄭泰義的方向。在他看見對方手上那把貝瑞塔手槍後，手中的動作馬上停了下來。

臉上神色瞬間大變。他露出慌張的表情跑了過來，伸手想要搶走鄭泰義手上的貝瑞塔手槍。但搶先莫洛一步的鄭泰義早已後退閃開了對方的動作。

莫洛露出像吃到蟲子般難看的表情。

鄭泰義像是領悟了什麼，輕輕「啊哈」一聲後，便笑著開口：「這是你的？那你知道這違反了武器持有法嗎？」

「你這臭小子，快還給我！這個型號我可是找超久的耶！」莫洛露出氣憤的神情，伸手要對方把槍還來。

鄭泰義此時才想起他之前曾經聽托尤講過，托尤的室友中有一個人是槍械愛好者，所以他們房間裡的各個角落都藏著對方的模型槍。

依照托尤的資歷，他不可能會分不清楚真槍與模型槍的差別，看來這間房間裡除了真槍以外也藏著好幾把專門用來混淆視聽的模型槍。

而托尤口中的那位槍械愛好者想必就是莫洛了。

鄭泰義原以為對方只熱衷於解謎，沒想到他私底下還有著這令人意外的興趣，「你至少也要把子彈拿出來吧。」鄭泰義邊說邊把手中的槍枝還給了莫洛。

就像現在這樣。這個地方到處都充滿著表面上看起來無害，私底下卻很危險的傢伙們。鄭泰義若想要在這個地方活下去的話，就絕對不能大意。

眼見莫洛一邊碎念著什麼，一邊收下槍枝，鄭泰義連忙衝上前一把抱住了對方。同時還把自己的手伸進了莫洛的背心裡到處亂摸。

莫洛瞬間發出詭異的尖叫聲，同時還嚇得縮起了身子，「喂！你在摸哪裡啊！」

「反正我們都是男生，你是在害羞什麼。乖乖不要亂動……啊哈！」

「你不是喜歡心路嗎！喂！不准碰我，我可是相當純潔的，我才不想跟男生上床！」

「你放心，無論現在還是未來我都沒有打算要上你……只不過，這是什麼啊？」鄭泰義一邊笑著，一邊把藏在莫洛背心暗袋裡的小型鐵塊給拿了出來。

「哎唷，柯爾特二二小口徑手槍……長得還真可愛啊。不過你隨身帶著這把手槍，是打算用在什麼地方？」

「把你的髒手從我的小可愛身上拿開！你到底為什麼要一直亂動我的寶貝啊！」莫洛怒氣沖沖地一把搶過了鄭泰義手中的柯爾特手槍。而鄭泰義也沒有要繼續拿著不放的意思，馬上就乖乖地把手槍還給了對方，只不過他還是忍不住輕聲地咂了一下嘴。

無論去到哪，他都能遇見像莫洛這樣的槍械愛好者。

鄭泰義之前曾經遇過一位瘋狂到把家裡都擺滿模型槍的同學。雖然他也有問過對方：「你這樣難道不會被抓嗎？」但對方只是語帶恐嚇地輕聲答道：「只要你不說出去，我就不會被抓了。」

搞得鄭泰義最終只能乖乖閉嘴。

鄭泰義這輩子大概遇過兩、三位不在乎槍枝實際用途，單純深陷於其魅力之中的傢伙。只是他沒想到自己居然會在這座島上遇到第四位瘋狂的槍械愛好者。

「你不是鄭教官的姪子嗎？」莫洛凶狠地盯著鄭泰義問道。

「嗯，對啊——」鄭泰義故意拉長了語氣，笑著回答：「如果我跟叔叔告狀我室友痴迷於手槍這件事，你應該會在他闖進這間房間之前先開槍殺了我吧？」

「廢話！你敢給我到處亂講這件事，我就殺了你！」莫洛一邊虛張聲勢，一邊將他心愛的柯爾特手槍收進背心的暗袋裡。

「你確定要一直帶著那把手槍嗎……再這樣下去，你遲早會被抓到的。」

「只要你乖乖閉嘴，我就不會被抓到！」莫洛大吼完之後，再次回到了自己的書桌前。坐在椅子上的莫洛先是回頭瞪了一眼鄭泰義，隨後粗魯地翻開猜謎雜誌。

鄭泰義輕輕笑了一聲，再度整理起自己的行李。只不過他的行李實在是太少了，少到他三兩下就把所有的東西收拾完畢。

瞬間沒事可做的鄭泰義只好坐在床邊環顧起整間房間的擺設。

這間房間與他的私人室有著很明顯的差異，其中最顯著的一點就是這裡塞滿了三個人的雜物。由於鄭泰義本身很討厭在房間內擺出一堆東西，所以他的私人室總是空曠到接近冷清的地步；然而這間私人室卻是堆滿了各種雜物。

想到這裡，鄭泰義突然笑了起來。比起陌生，他反倒對這種場景感到相當懷念。

無論是之前就讀軍校的時候，還是後來進到軍隊住進了BOQ——軍官單身宿舍——時，他總是被分配到跟同學或同袍們一起住一間。當時的他曾經遇過一位捨不得丟掉東西，老是愛把東西屯在房間各個角落裡的室友。後來多虧有其他室友看不下去直接跟對方吵了一架，才讓這個情況有些好轉。

雖然這間房間裡的雜物也很多，但與當時相比簡直就是小巫見大巫。他們的這種程度反倒可以說是一間「很有親切感」的寢室。

當鄭泰義深陷於回憶中的時候，外頭時不時就會傳來吵雜的互罵聲。甚至偶爾還會出現鐵罐或鐵塊碰撞在一起的聲音。

外頭的氣氛緊繃到縱使雙方突然打了起來也不會有人覺得意外的程度。

過了一會兒，似乎是歐洲分部的部員都已經回到了各自的房間裡，外頭吵雜的聲音漸漸平靜了下來。

分部的教官為了防止部員們吵起來，所以特地把同一層的私人室劃分成兩區：靠近東邊階梯住的都是亞洲分部的部員，而靠近西邊階梯的則是歐洲分部的部員。

原本鄭泰義還以為彼此共用的浴室跟廁所都不一樣，總不可能會有人不小心遇到其他分部的部員進而爆發衝突。然而他還是太過樂觀了。

現在的情形已經嚴重到如果有人剛好站在走廊的盡頭，另一方的人也會馬上指著對方大罵的程度。倘若有人會幫忙阻止雙方開戰的話，那可能還不算太糟；但雙方的關係已經差到沒有一個分部的部員會願意站出來阻止了。

雖然教官跟校尉看到，還是會意思意思勸一下彼此要冷靜。只不過若兩方真的打了起來，到時候可能連教官出面也無法澆熄雙方的怒火了。

「只希望不要發生『神仙打架，凡人遭殃』的事就好了。」鄭泰義咂嘴自言自語道。

而莫洛似乎是聽到了鄭泰義的咕噥，他先是轉頭看了一下對方。接著便像是十分認同這句話似的頻頻點頭，隨後才又埋頭於猜謎雜誌之中。

鄭泰義笑了一下。他已經看過太多一群男人為了殲滅掉共同敵人而團結一心的行為。雖然他不至於討厭這件事，但他這輩子還真的沒有主動參與過這種活動。

唯一跟「團結一心」比較沾得上邊的行為可能就只有學校運動會而已。

基於這樣的個性，外加現在真的很有可能一不小心就鬧出人命的情況下，鄭泰義理所當然地不可能加入分部間的鬥爭。

明明集訓明天才正式開始，但大家此刻的行徑卻已經與開戰無異。這也讓鄭泰義不禁「期待」起明天又會看見什麼腥風血雨的場景。

他一邊回想著叔叔那句「在我看來，我覺得你應該不會死」的祝福，一邊抓了抓自己的頭髮。

歷年來，集訓中死亡人數最多也不超過六名。如果拿九十名部員除以六的話，被殺死的概率也才十五分之一，也就是六．七％；即便四捨五入後，也不過才七％而已。

雖然人不可以把話說得太早，但鄭泰義並不認為自己會衰到進入那只有六、七名的死亡名單之中。更何況那還是「歷年來」的最高紀錄，照理來說這次的死亡人數肯定會比那個數字還要低才對。

鄭泰義拍了拍自己沉甸甸的胃，看向了位於房間一角的書櫃。

聽說托尤的另一名室友——抽到要去南美洲分部的那位——帝納是一名愛書族。這麼一看，對方的書櫃裡的確塞滿了滿滿的藏書，甚至他的書還多到必須疊兩、三層才夠放的程度。

看來這半個月，我不怕沒有東西可以看了。

「……啊。」鄭泰義突然皺起眉頭碎念著：「我怎麼會忘記這件事。」

看到帝納的藏書才讓他想起，他不小心把叔叔借給他的那本書忘在了原本的房間裡。當他前一晚看完那本價值三千五百美金的書——雖然叔叔有強調那本書沒有那麼貴，但在鄭泰義的潛意識裡，叔叔書櫃裡的每一本書至少都三千五百美金起跳——後，他就把那本書放在自己的書桌上，結果忘了帶過來。

縱使書桌上還摻雜著其他的書籍，借住在鄭泰義房間的人應該是不可能會特地發現到那本書。但那本書畢竟是他房間裡最昂貴的東西，而且還不是鄭泰義本人的所有物，他自然是無法就這樣撒手不管。

「可惡……我必須去拿回那本書才行。」鄭泰義揉著頭髮咂嘴道。

縱使不會有人無聊到去破壞他人的書，但鄭泰義一想到那本不屬於自己的書要被丟在那間房間裡半個月，他就覺得相當不安。更何況他也沒有信心去承擔弄丟那本書的責任。畢竟那本書可不是簡單付個三千五百美金就一定能買到的書籍。

即便鄭泰義不知道是誰住進了他的房間，但他總覺得那個人應該不至於會因為自己稍微回去拿本書而特地找碴。就算分部間的感情再怎麼差，總不可能差到如此不講理吧？更何況那本來就是鄭泰義的房間。

雖然一想到之前托尤曾說過這種行為與侵犯對方領域無異，以及外頭不斷散發出的肅殺氛圍都令鄭泰義不禁有些膽怯。但他還是毅然地把這些擔憂給拋到腦後，一鼓作氣地站了起來。

只要苗頭不對，他打算直接拿著書逃跑。無論對方再怎麼火大，應該都不可能追到這間房間來吧？畢竟對方如果真的那麼做的話，肯定會瞬間爆發一場激烈的流血衝突。鄭泰義只能暗自乞求對方不是一個衝動行事的傢伙。

絕對不可能會發生那種事的。

雖然鄭泰義老是忘記，但會進到UNHRDO裡的人各個都是相當難得的人才。鄭泰義相信他們肯定不會笨到主動挑起戰爭。

正當他輕拍完自己的胸口，準備要走向房門的時候，有人打開了門。

托尤剛好從外面走了進來，隨後便大力地甩上房間門。

「……你幹嘛啊。剛剛在廁所裡跌倒掉進了馬桶裡喔？」

聽到鄭泰義的調侃，托尤只是惡狠狠地瞪著對方，並沒有答話。

托尤身上散發著一股殺氣，看上去就像剛剛才被人揍過卻來不及報仇似的憤恨不平。

「你幹嘛瞪我啊，怪恐怖的……難道你剛剛才跟歐洲分部的人打過一架？」鄭泰義語音剛落，托尤的臉馬上變得更加嚇人。看來還真的被鄭泰義給說中了。

早在歐洲分部部員抵達之前，教官們就有叮囑亞洲分部的部員不准惹事。殊不知距離歐洲分部部員抵達也才過半個小時而已，他們就把教官的話當成耳邊風。

然而依照托尤的個性，或許他還會辯解說：「我根本就沒聽過這種叮囑。」也說不定。

「那群臭傢伙經過我旁邊的時候，硬要跑過來撞我耶？正當我要給他們一點顏色瞧瞧時，教官剛好就出現了……唉，早知道我當初就不要管教官，直接一拳揮下去就好了。」

「算了啦，好險你有忍下來。第一天就惹事對你來說也沒有什麼好處。反正之後趁教官沒注意的時候再偷偷去揍他們就好了啊，我說的沒錯吧？」鄭泰義拍了拍對方的肩膀笑著說道。雖然托尤的表情依舊很不情願，但跟剛剛進門時比起來現在已經冷靜了許多。

鄭泰義從沒想過之前在軍中跟金少尉小隊關係處得很差的經驗，居然能在現在派上用場。由於之前兩小隊的隊員實在太常起衝突了，導致身為領導者的鄭泰義時常要安撫自己底下的隊員們。

雖然最後反倒是他自己闖出一個大禍，而搞到不得不退伍的慘況就是了。

鄭泰義深深嘆了一口氣後，便移步走向了房門。

從冰箱拿出一罐啤酒，直接一口氣喝掉半瓶的托尤看著對方問道：「你要去哪？」

「嗯……我也要去廁所。」

如果跟托尤坦白自己要回去房間拿東西的話，鄭泰義敢保證對方不是吵著要跟他去，就是死命攔著他不准回去。

由於這兩個選項都不是鄭泰義樂見的結局，所以他只好選了一個最無傷大雅的回答來充當藉口。

托尤把剩下的啤酒一飲而盡後，開口叮嚀道：「如果有哪個臭傢伙故意撞你的話，記得要在教官來之前把對方揍到下次不敢再這樣做！」

「喔……好啦，我會參考的。」

鄭泰義沒有回頭，簡單朝身後的室友們揮了個手便走出房門外。

只不過當他踏到走廊的那一剎那，他全身的細胞馬上就感受到了空氣中瀰漫的殺氣。走廊上盡是三五成群的傢伙們。除了亞洲分部的人之外，自然也有歐洲分部的部員站在這條走廊上。雙方怒視著彼此，口中念念有詞，氣氛緊張到彷彿下一秒就要打起來似的。

「大家的關係比我想得……還要好呢。」鄭泰義嘆氣邁開了步伐。

從托尤房間到鄭泰義房間的距離其實並不短。只不過在現在這種劍拔弩張的氣氛下，原本就嫌太長的距離馬上又變得更加漫長與煎熬了。

「嗨，泰一，你要去哪？」站在走廊一旁的其中一名亞洲部員主動向鄭泰義搭話。

然而這個隸屬於其他小組的部員平時非但不會跟鄭泰義打招呼，甚至還直接把他當空氣。或許是因為有外敵在，那名部員才想裝出大家都很團結的樣子，故意以親切的口吻朝鄭泰義搭話。

此時，鄭泰義明顯感受到遠方有一群陌生的臉孔正在用凶狠的眼神盯著自己看，他裝出若無其事的表情舉起手指向了遠處，「我要去廁所。」

「廁所不就在你面前嗎？」

第一次向鄭泰義搭話的部員似乎是覺得鄭泰義掠過眼前的廁所，直直地要往遠處走去很奇怪，他好奇地反問。

鄭泰義聳了聳肩，「只要不是我房間附近的那個馬桶，我就上不出來。我天生就比較龜毛一點啦。」

「哈哈哈，你還真是一個奇怪的人耶！」對方雖然無言地大笑了起來，但卻沒有再多說些什麼。

鄭泰義將手插進口袋裡，繼續往歐洲分部的領域走了過去。

當他經過其中一群佇立在走廊上的歐洲分部部員時，他能清楚感覺到裡面有一個人正準備要衝出來。

站在遠處的亞洲部員見狀，馬上就擺出了隨時要跑過來的姿勢。他們的表情就像在說「你們敢動他，我們馬上就宣戰」！

原本要朝鄭泰義衝過去的歐洲分部部員先是猶豫了一下，隨後與周遭的其他同伴們交換眼神後，便雙手抱胸悻悻然地後退了。

亞洲分部的部員一看見對方姿態放軟，馬上也跟著退回了原位。

這是怎樣……我原本還很擔心自己隻身一人會不會很危險。結果我居然差點就成為雙方開戰的導火線？這樣要我怎麼放寬心地走回我原本的房間啊！鄭泰義不禁在心底咂嘴抱怨道。

由一點都不熟的同伴們所給予的關愛，看上去就像穿上一件滑稽的服裝，既彆扭又可笑。

鄭泰義後來又經歷了兩次類似的狀況才總算抵達自己房間的房門口。

或許是因為他的房間剛好位於走廊的最底端，所以周遭的人群馬上驟減。別說是亞洲分部的部員了，就連歐洲分部的人也沒見到幾個。

雖然鄭泰義發現遠處有一位正在盯著他看的歐洲分部部員，但對方似乎沒有想上前找他麻煩的樣子。那人露出了很古怪的表情直直地盯著鄭泰義看。

鄭泰義見狀只是投以一個懷疑的眼神，接著便打開了房間門，「真是的……說不定荊棘路都比這一段路還要好走呢。」他一邊嘆氣，一邊碎念道。

明明剛剛只是走在走廊上而已，他卻差點成為兩方打起來的主因。光從這點就可以推斷出雙方的關係究竟有多險惡。如果暫住在他房間的人現在也剛好在房間裡的話，那或許真的會爆發出「侵犯領域」的紛爭也說不定。

於是鄭泰義在心中下定了決心。只要情況稍有不對勁，他就會立刻拿著書逃跑。

究竟會是多麼凶狠的傢伙住進我的房間裡呢？鄭泰義的心像是相當期待似的噗通噗通跳著。

然而在他走進房間確認完對方的長相後，他的腳步馬上就停住了。

那人彷彿才是這間房間的主人般，十分自然地躺在鄭泰義的床上翻著手中的書頁。對方在聽見開門聲後，簡單瞟了一眼鄭泰義的方向。

你正在看的那本書要三千五百美金，不能隨便亂碰！這句話就這樣卡在鄭泰義的喉嚨，無法說出口。

因為他馬上就認出了那個人的身分。

鄭泰義將視線停留在對方的臉上。男子白皙的臉看上去就像病患似的略顯憔悴。縱使他戴著一副厚重的黑框眼鏡，卻絲毫遮擋不住男子鮮明立體的五官。

對方看上去就像研究機構裡會出現的老實又單純的研究員。但只要與男子對視，他那雙細長的眼睛就足以讓人看得心底發寒。

鄭泰義清楚知道對方的來歷。那個人所留下的暗紅色血痕依舊清晰地刻在他的腦海裡。

而那名男子就是里格勞，又稱狂人里格。

明明前一秒還眼帶笑意，下一秒卻把整個畫面染滿鮮血的那個男人。

當鄭泰義失魂地盯著對方發呆的同時，他隨手就把身後的門關上了。被關門聲嚇醒的鄭泰義此刻才後悔起自己的舉動。雖然敞開著門也沒有什麼實質的意義，但至少可以讓他感受到自己還與外界連接著的感覺。

重點是開著門除了比較不會那麼緊張之外，要逃跑也很方便。

鄭泰義此刻總算明白為什麼剛剛那名盯著自己看的歐洲部員會露出古怪的表情了。看來對方早就知道是誰住在這間房間裡。

那個該死的傢伙。就算我隸屬於亞洲分部，但看到我即將雙腳踏進地獄裡，是不能稍微提醒一下嗎？

鄭泰義向來都只把托尤以及其他同伴們抱怨歐洲分部有多卑鄙的事當作耳邊風。殊不知這次卻換他淪為那個被歐洲分部部員陷害的主角。

「你是這本書的主人？」

還沒等鄭泰義在心中怒罵完那個對他見死不救的歐洲部員，里格勞馬上開口問道。聽見對方的聲音後，鄭泰義不禁愣了一下。

里格勞的嗓音既低沉又平靜。鄭泰義從沒想過對方的聲音會像流水般如此自然地流淌進自己的耳朵裡，他這輩子甚至還不曾聽過如此特別的嗓音。

里格勞手中舉起了那本要價三千五百美金的書。對方的表情看上去沒有絲毫會突然衝過來把鄭泰義的頭給砍斷的跡象。

他只是淡淡地把笑容掛在嘴邊，和藹可親地看著鄭泰義。

「不是耶……這是我借來的書。因為這本書很稀有，所以我看完就得還回去了。我會回來這間房間就是為了要拿這本書。」

「那你現在就要拿走了嗎？」里格勞語帶惋惜地問道。

或許是剛好讀到精彩的橋段，他的臉頓時染上了遺憾的神色，「再兩、三個小時，我應該就能看完了。你可以等我一下嗎？」

「……我是沒差啦。」鄭泰義用著奇妙的心情答道。

對方跟他想像的完全不一樣。彼此講著這種再平凡不過的對話，彷彿里格勞真的只是一個人畜無害的普通人。

聽完對方的答覆後，里格勞面帶微笑地說了一句：「謝謝。」

難道是我記錯那個瘋子的臉了嗎？畢竟影片的畫質也很差，說不定我真的認錯了人也有可能……個頭啦！

看見對方的反應，雖然鄭泰義稍稍懷疑起自己的記憶，但他這輩子從來沒有認錯人過。更何況對方還是如此令人印象深刻的大人物，他自然更不可能會認錯人。

「也對啦，畢竟他又不是神經病。就算他再怎麼瘋，也不可能每天二十四個小時都在發瘋吧？」

「嗯？你說什麼？」

明明鄭泰義剛剛那句自言自語小聲到連他自己都快聽不見，殊不知對方不但聽見了，甚至還反問起鄭泰義。嚇得他差點就要直接奪門而出。

「什麼？我有說話嗎？」鄭泰義故意裝傻地聳了聳肩答道。

而對方只是直勾勾地盯著鄭泰義，突然笑了出來，「不過仔細一想，要你在這裡等上兩、三個小時一定很無聊吧。算了，這本書就直接還你。」里格勞闔上書本遞給了鄭泰義。

他輕輕晃起手中的書，似乎是在示意對方直接拿走這本書。

「沒關係，我之後再來拿也可以，你就繼續看吧。畢竟想看的書沒有看完，不是會很鬱悶嗎？」

「我之前就看過了，所以已經知道裡面的內容。只是因為難得看見這本書，覺得有些懷念罷了。沒關係，你就直接拿走吧。」里格勞再次晃起手中的書說道。

對方的聲音既慵懶又好聽，然而鄭泰義卻感受到了一股不知名的危機感。彷彿自己只要一不小心，就會被拉進深不見底的海水中似的。

因為深知自己再這樣婉拒下去也很奇怪，鄭泰義只好聳了聳肩地走向對方。

當他一步、兩步越來越靠近對方時，他明顯能感受到自己的腳邊頓時籠罩起莫名的緊張感。這種感覺就像接近餓著肚子的猛獸般，危險又令人膽怯。

「這個作者的書不是很難買嗎？那你有讀過他的其他本著作嗎？」在鄭泰義接過書的瞬間，里格勞淡然地開口問道。

鄭泰義稍微停頓了一下，隨後便看向對方。里格勞慵懶的視線在與鄭泰義對視之後，變得更加柔和了。

「我知道一位挺厲害的古書仲介商。比起這本書，作者的下一本書其實更有趣。雖然那本書有點難找，但如果是我認識的這位古書仲介商的話，即便會花上一點時間，但他也一定能找到的。如果你想要看那本書的話，我可以介紹這位仲介商給你。」

「……那本書應該很貴吧？」

「這個嘛，應該至少也要二、三百美金吧？要不然你也可以去柏林的德國國家圖書館找。那本書好像是放在外文書的位置吧，五、六年前我去的時候還有看過。」

雖然二、三百美金也不便宜，但跟三千五百美金比起來，這已經算得上是相當平易近人了。

鄭泰義的心中頓時湧起一股奇妙的感覺，他看向了眼前的男人。

雖然他也沒有把里格勞視為一個見人就殺的殺人魔，但他從沒想過對方能夠如此平凡地——又或者是有點瘋狂地——跟自己談論著書的話題。

此刻的鄭泰義完全感受不到對方在影片上所散發出的那股毛骨悚然的感覺。里格勞看上去就像個既開朗又正直的青年。即便今天才剛遇見鄭泰義，他也能馬上跟對方侃侃而談地聊起書籍的事。

其實只要鄭泰義拋下先入為主的成見，里格勞真的就是一個會讓人產生好感又有魅力的人。

「你是……里格勞嗎？」鄭泰義猶豫了一下問道。

對方聽見之後，像是有些意外似的笑了起來，接著便點頭答道：「對啊，我們分部裡只有我叫這個名字。看來你已經從別的地方聽過我的傳聞了啊？」

「對啊，稍微聽過了一點。」

「哈哈，我還真好奇那會是什麼內容呢。」

「我覺得你應該多少也有聽說過吧。」

聽完鄭泰義的話後，里格勞沒有回話。他只是用黑到深不見底的瞳孔直直地盯著鄭泰義看。隨後，他再次笑了出來。

「我是大概聽說過，但所謂的『傳聞』不就是特別的浮誇嗎？」他一邊搖著頭，一邊苦澀地咂嘴補充，「唉，那些傳聞還真讓人為難啊。」

里格勞看上去就像真的在為外頭的流言蜚語而苦惱的正直青年。他給人的印象除了白皙、乾淨之外，還有充滿著魅力的個性、令人著迷的嗓音、流利的口才。論誰都無法從他的身上找出缺點。

「……雖然影片上的你跟傳聞裡說的一樣。但實際見到之後，你的確沒有像傳聞裡講的那麼誇張。」鄭泰義語帶保留地碎念道。同時朝著里格勞對面剛好空著的床鋪走去。

對鄭泰義來說，對方看上去並不像一個完全不講理的瘋子，甚至他意外地與里格勞還挺聊得來的。更別說並不是每個人都能像里格勞一樣，擁有著可以流暢接話的能力。

雖然鄭泰義還是保持著警戒心，但他還是內斂了心中的那股情緒，冷靜地坐了下來。

里格勞白皙又乾淨的臉蛋上頓時閃過了一絲笑意，「影片？啊，我上次的確有扯下一臺監視器呢。也對啦，就算監視器被扯了下來，但那部影片肯定還在。真是的，他們幹嘛硬要拍那種東西，害我變成一個奇怪的人啊！」

聽見對方的自言自語後，鄭泰義更加確定影片裡的那個瘋子就是自己面前的這個男人。

明明現在的里格勞看起來那麼正常又很好對話，為什麼只要一打起來就會完全變了一個人呢？鄭泰義不禁在心裡懷疑起對方是不是有雙重人格，又或者是拍攝影片的當下里格勞剛好處於發瘋的狀態。

鄭泰義將手抵在下巴上，緩緩地盯著里格勞看。不過一會兒，他又無奈地嘆了口氣。不管對方當時是處於哪個狀況都好。只要里格勞不會威脅到他這為期半年的平穩人生，鄭泰義就不打算追究太多。更何況對方看上去的確不像一個怪人。

「啊，還有一本跟剛剛那本書的觀點完全相反的書籍。在那本書出版後，查爾斯坎貝爾只花了六個月就寫出了專門在批判那本書的著作。因為這件事，當時學會裡還大吵了一架。」當鄭泰義準備要起身時，里格勞突然指著對方手中的書開口道。

鄭泰義聽完先是稍微停頓了一下，隨後便再次坐好，「你說的該不會是《一三三七，佛蘭德的開始》這本書吧？」

「對啊，難道你已經看過了？我記得那本書很難找。」

「沒有，我還沒看過。我只是聽過書名而已。那那本書好看嗎？」

「很有趣啊。雖然從現在的視角來檢視那本書的話，會覺得內容有些老套。但看見作者從各個層面上緊咬著喬伊莫耶斯的觀點不放，多少還是挺好笑的。不過那本書確實很值得一看。如果你想看的話我也能幫你找，雖然得花上一段時間就是了。」里格勞語畢又補上了一句：「如果你真的想看的話，隨時都可以跟我講一聲。」

看著里格勞博學多聞的模樣，鄭泰義不禁在心中佩服起對方。

對方非但是一名文學青年，甚至還是有著瘋狂一面的文學青年。鄭泰義因為從小就跟愛書族鄭在義生活在一起，所以無論他原本再怎麼討厭看書，最終還是得習慣這種生活。

其實投身於這一行的人，很少有人能像里格勞那樣看過那麼多稀有書籍的。

一想到這，鄭泰義的腦中突然浮現出了叔叔的臉。或許他不該如此斷言也說不定。

但鄭泰義還是相當開心。因為他從沒想過自己能在這種地方與人開心地暢聊這種話題。或許他能跟里格勞成為還不錯的朋友也說不定。

當鄭泰義準備要開口說些什麼時，走廊上頓時傳來了一聲巨響。那聽上去既像門板被踢開，又或者是牆壁被打破似的吵雜聲。

「你們這群臭小子！當初就是看你們弱到不行才想說要放你們一馬的，你們最好少在那邊惹我們啊！」

「還真好笑耶，到底是誰亂闖進別人的分部裡耍流氓的啊？講別人之前，拜託先照一下鏡子吧。」

「喂！房間裡的人全都給我出來！今天若是不給這些傢伙一點顏色瞧瞧，我看他們是學不到教訓啊。」

「好啊，我這次會想辦法讓醫務室都充滿你們的部員。」

鄭泰義聽見自己身後隔著一道牆的外頭傳來了這麼一段互相叫囂的對話。雙方的語音剛落，隨之而來的便是激烈的碰撞聲。

原先正準備要開口講話的鄭泰義只好默默地合上了嘴，眨著眼看向坐在對面的里格勞。而對方也露出了一個淡淡的笑容盯著鄭泰義看。

鄭泰義不小心就忘記了。其實他與里格勞是敵對的關係。

就算里格勞現在對他大打出手，眾人也不覺得奇怪的那種糟糕關係。

「嗯……你會想參戰嗎？」鄭泰義故意省略掉了「外頭那場混戰」這個賓語。他現在只想乖乖待在這間房間裡等外頭那場險惡的大亂鬥結束。

然而沉默一陣子才開口的里格勞卻說出了與他的期待完全相反的答案：「這樣不是很吵嗎？」在里格勞說出這句話的瞬間，他臉上溫柔的神色馬上消失。取而代之的是不苟言笑、冷冰冰的表情。

看上去既殘忍又凶狠。

里格勞掠過鄭泰義的身旁，大步地走向了房門口。

在里格勞的手抓住門把的同時，鄭泰義無奈地咂著嘴起身。只要打開那扇門，映入眼簾的將會是火爆的戰場。如果夠衰的話，或許一走出去就得跟靠自己最近的男人打起來也說不定。

明明鄭泰義一點也不想加入這場鬥爭，但轉眼間他就已經站在戰場的正中央了。

縱使鄭泰義再怎麼不情願，他還是乖乖地轉起手腕，做起簡單的暖身動作。就算他只有被打的分，但先暖身過，被打的時候才比較不會受太嚴重的傷。

暖身完的鄭泰義一衝出門外，很遺憾的是——又或者說很慶幸的是——完全輪不到他出面。

里格勞擋在鄭泰義的面前，靜靜地看著走廊上的大亂鬥。所有從房間裡衝出來的部員們，只要一看到陌生的臉孔就會馬上衝上前去跟對方扭打起來。甚至還有一群人即便都被打趴在地板上了，卻仍舊不死心地繼續出拳打著對方。

鄭泰義原先還暗自希望著教官能夠下來收拾這個殘局，但一看到眼前這個慘況，他馬上就意識到即便教官來了也無法阻止這群脫韁的野馬。

里格勞看了一眼掉到自己腳邊的鐵管，隨即便用腳尖將鐵管踢了起來，再用手一把接住。

比球棒再細一點的鐵管彷彿是為他量身定做似的十分合手。而這雙自帶殺氣的手，彷彿與剛剛拿著書本的那雙手完全不同。

突然間，他的視線停在了里格勞的手上。

不知道是不是習慣，里格勞的手上依舊帶著手套。然而這副手套跟影片上的那副手套很不一樣。這雙帶著藏青色的手套，散發出了端莊與冷靜的氛圍；與上次那雙紅到發黑的手套截然不同。

正當鄭泰義覺得這雙手與鐵管很不搭的同時，里格勞邁開了步伐。他將目光集中在這場亂鬥中最吵雜的兩名男子身上。由於他們剛好距離里格勞最近，所以里格勞三兩下地就鎖定了這兩個人。

「好吵……」里格勞像是自言自語般的話就這樣被周遭的吵鬧聲給蓋過了。在無法分辨旁邊的人究竟是誰的亂鬥之中，他露出無聊又厭倦的表情舉起了手中的鐵管。

與此同時，鐵管發出了「嘎噠」一聲。

在這猶如地獄般的混戰之中，那道聲音卻特別響亮。而產生這個想法的人，似乎並不只有鄭泰義。

在這令人毛骨悚然的寂靜之中，那道嘎噠聲就這樣連續響了第二聲、第三聲。里格勞毫不留情地直接舉起手中的鐵管，重重地打在剛好圍繞在他周遭的人身上。

嘎噠聲結束後，隨之而來的便是血肉爆開，骨頭斷裂的聲音。

「從那麼遠的地方跑來這裡就夠煩了，你們幹嘛還吵我啊。」打破這股寂靜的是里格勞既慵懶又平靜的嗓音。

在那根不分敵我，看到誰就打下去的鐵管上，正在滴著不知道是哪個人的鮮血。藏青色的手套漸漸染上了暗紅的斑點，隨著斑點逐漸渲染擴大，整隻手套都快變成深黑色了。

「那、那個臭小子……」現場突然有人碎念起了這句話。不難聽出對方的聲音細微地顫抖著。

然而那句話卻成了導火線。大家像是想要甩掉空氣裡的恐懼感似的，一起齊聲地大喊了起來。

「殺死他！殺死那個惡魔！」

雖然走廊上不斷地傳來熱血的吶喊聲，卻沒有人敢衝上前。甚至歐洲分部的部員開始露出不安的神情，一步一步地漸漸遠離了里格勞。

霎時，里格勞像是轉筆般地隨手就轉起了手中那根巨大又沉重的鐵管。不過一會兒，他先是露出了一個微笑，接著便將手中的鐵管給甩了出去。

在那之後，整條走廊頓時成了人間煉獄。

里格勞站在走廊的盡頭，而他的身後全是像屍體般層層倒在地板上的人群。鄭泰義唯一能做的就只有茫然地看著對方背影的這件事。

腦袋有些當機的鄭泰義突然湧上了「這個瘋子到底是從哪裡冒出來的？」的念頭。

稍後，他才恍然大悟。原來他眼前的這個男人，跟剛剛那個和他在房間裡有說有笑地談著書本話題的男人是同一個人。

「還真是壯觀啊，有夠壯觀的……」在鄭泰義走進餐廳裡的瞬間，他不由自主地咂嘴碎念道。

亞洲分部這群男人們僅有的幾個共通點之一，就是每餐都要吃好吃滿。在這個座位剛好跟分部人數相同的餐廳裡，每到用餐時間總是人滿為患。

雖然昨天與前天，因為有一半的部員都飛往了南美洲分部導致餐廳難得的十分冷清。但今天餐廳裡馬上就擠滿了亞洲分部跟歐洲分部的部員。

只不過兩方就像暗中約定好似的，所有人都坐在自己分部的那邊。縱使自己分部的位置已經滿了，他們也寧願站著吃飯，死活都不願意去到另一邊的空位坐下。

但最可觀的還不是這件事。畢竟這種事鄭泰義老早就預料到了。

真正令鄭泰義感到嘖嘖稱奇的是幾乎每個男人的身上都有一個地方是受傷的。其中有些人被打到頭破血流，纏在頭上的繃帶到現在都還微微滲著血；有些人則是在肩膀或脖子上貼上了大到不可思議的痠痛貼布；而其他更嚴重的人甚至還要直接拿板子固定在自己的手臂或腳上。

正式的集訓都還沒開始，雙方就已經打成這副慘狀了。這也令鄭泰義不禁「期待」起未來又會發生多麼誇張的事。

* * *

唯一沒受傷的人就只有昨晚不願意參加那場亂鬥的人，又或者是當時根本就不在那一層樓的人。

而鄭泰義就是那少數幾個沒有受傷的人。畢竟當他一走出去，外頭早就已經是腥風血雨了。就算他真的想參戰，也沒有多餘的歐洲部員可以給他打。

「吃早餐還能配上這種要死不活的氛圍未免也太讚了吧。」跟在鄭泰義身後的莫洛嘲諷地碎念道。對方的手腕跟身體上也都貼滿了痠痛貼布。

原本只是稍微探頭想知道外頭在吵些什麼的莫洛，殊不知卻剛好被其他人的拳頭給打中。縱使他本來並不打算參戰，但嚥不下這口氣的莫洛最終還是跟那個不小心打中他的人互毆了起來。這也導致他身上產生了大大小小的擦挫傷。

夾完自己想吃的菜，走到餐具區的鄭泰義看著眼前的刀叉不由自主地嘆了口氣，他伸手拿了看上去最沒殺傷力的筷子。

「我還是第一次覺得叉子和刀子看上去那麼危險。」

鄭泰義總覺得現在坐在餐廳裡的人，他們手上拿著的並不是餐具而是武器。

將筷子放到餐盤上後，鄭泰義便開始找起了座位。就這樣在亞洲分部座位區附近繞來繞去的他，突然發現自己身後站著一名餐盤上只裝了吐司、生菜與咖啡，手中還拿著叉子的男人。

在意識到對方是誰的瞬間，他的身體不由自主地抖了一下。

「真要說的話，你手中的那雙筷子也很具殺傷力啊。更何況這個世界上，不能被拿來當作武器的東西反倒更少吧。」

當然囉。對你來說，光是一根大拇指就足以當作武器了吧。鄭泰義拚了老命才把這句已經湧到喉頭的話給吞了下去。

對方看了一眼鄭泰義餐盤上簡單的白飯、小菜與幾塊肉後，抬頭望向了鄭泰義，親切地朝他搭話，「你光是吃這些就夠了嗎？難道你沒有聽說過『早餐要吃得像皇帝』的這句話嗎？」

「當然有啊。那你有聽說過『五十步笑百步』的這句話嗎？」鄭泰義看著男子的餐盤幽幽答道。

對方一聽見鄭泰義的回答後，馬上放聲大笑。那低沉又平穩的笑聲令聽的人心情也不自覺地好了起來。

雖然對方是造成這間餐廳裡大部分男子受傷的主因，但肇事者本人卻是毫髮無傷。就連他身上穿的衣服也是平整到沒有一絲皺摺。

「現在好像都沒有空位……啊！那裡剛好有兩個位置，一起過去坐吧？」對方相當自然地就仰頭用下巴指了指空著的位置，朝鄭泰義說道。

原本鄭泰義還想拿莫洛當藉口婉拒對方的好意。殊不知莫洛絲毫不想蹚這趟渾水，他老早就找到一個位置坐了下來。

即便鄭泰義表面上沉默不語，但他不斷地在心中思考著是要以「因為你是歐洲分部的人，所以我不能跟你一起吃飯」這種可笑的理由來拒絕男子；還是要以「如果跟你這種樹大招風的人待在一起，我怕我有天也會被針對，所以我得跟你保持距離」這種真心話來回絕對方。

然而無論是哪種理由，鄭泰義都不敢真的說出口。因此他也只能乖乖地跟在男子的身後。

不對勁。這個徵兆太不對勁了。

叔叔早就叮嚀過鄭泰義絕對不能跟里格勞扯上關係，而他也一直把這句話牢記在心。就算昨晚好死不死偏偏是對方住到他的房間，他還很剛好的與里格勞撞個正著。但值得慶幸的是他平安無事地——雖然走廊上的其他男人們被對方打個半死——回到了自己的房間，同時還下定決心從明天起就真的要躲在角落絕對不要被對方看到，但是……

「你很在意嗎？」

鄭泰義從沒想過眼前的這名男子居然會執意跟他搭話。他原本還以為對方會把昨天的事當作一個意外，就這樣直接把他的存在給拋到腦後。

別無他法的鄭泰義最後只好一邊用筷子夾起餐盤中的白飯，一邊朝對面的男子冷冰冰地反問道：「在意什麼？」

而他的這句回答故意迴避掉了在不在意的問題。畢竟此刻鄭泰義所在意的事可不只有一兩件，他不知道對方指的究竟是哪一件事。

是指最需要小心的人物主動找自己搭話呢；還是不知為何，里格勞故意用親密的語氣跟自己講話；又或者是就只有他一名亞洲部員坐在充滿著歐洲部員的六人餐桌上，而這張餐桌上的所有人都在瞪著自己的這件事。

里格勞聽完對方的回答後，輕輕笑了起來，「我想說你居然敢坐在一群歐洲部員的中間，也算膽子滿大的嘛。」

一聽到里格勞幽幽地笑著說出這句話，鄭泰義咬著筷子滿臉不悅地看著男子抱怨道：「還不是你叫我過來這裡坐的。更何況對面也沒有位置了。」

其實鄭泰義相當不自在。畢竟除了這張桌子上的人之外，在這附近的每張餐桌上都坐著歐洲分部的部員。他能清楚感受到所有歐洲部員充滿著敵意的視線猶如箭雨般朝自己射了過來。

原本他應該會被「滾回去你們那邊！」這種咒罵洗禮的才對。但因為坐在他面前的這個男人，縱使歐洲部員再怎麼不滿也無法多說些什麼。

跟他們兩個坐在同一張餐桌的部員們一看到鄭泰義與那名全身上下都能成為凶器的男子坐下時，他們先是不由自主地抖了一下，隨即便閉上嘴連一句話也不敢多說。

那個瞬間，鄭泰義馬上意識到里格勞在歐洲分部裡受到了什麼樣的禮遇。

……或許昨天晚上里格勞並沒有專挑亞洲分部的人下手，而是看誰不爽就直接打下去也說不定。

「該不會連在自己的分部裡都這樣蠻橫不講理吧……？」飯吃到一半，鄭泰義情不自禁地碎念了起來。

坐在對面的里格勞聽到之後，疑惑地反問著：「你是指誰啊？」

霎時，鄭泰義的手稍微停頓了一下。但隨後又像沒事般繼續夾著餐盤裡的小菜。

不行，絕對不行！無論如何我都不能跟他扯上關係。不管那段關係是好是壞，跟他劃清界線才是唯一上策。吃完飯後，我一定要馬上逃跑。再也不要出現在里格勞的面前！

坐在鄭泰義身旁的歐洲部員們，像是退潮般紛紛地離開座位，瞬間餐桌上就只剩下鄭泰義跟里格勞兩人。即便空出了四個位置，卻沒有人願意再坐過來。

「話說我還不知道你叫什麼。」

里格勞無心嘟囔著的嗓音就這樣清晰地傳進了鄭泰義的耳裡。而鄭泰義的心也瞬間沉了下來。

完蛋，這個徵兆越來越不對勁。

雖然向剛認識的人詢問姓名是件再正常不過的事，但這句話出現在里格勞嘴裡就是格外詭異。

「嗯——我可以問你一個問題嗎？」鄭泰義沒有講出自己的名字，而是故作泰然地開了一個新話題。里格勞挑了挑眉示意鄭泰義直接開口。

「你本來就喜歡問別人叫什麼嗎？」

鄭泰義認為對方看上去並不像一個會對其他人感興趣的人。但仔細一想，或許開膛手傑克在第一次與妓女碰面時，也會先詢問完她們的名字再下手也說不定。

里格勞像是聽到了什麼很有趣的話似的笑了起來，「還滿喜歡的啊。要叫你的時候，如果不知道名字不是很不方便嗎？難道你不這麼想？」

「但我通常只會向需要經常見面的人問這個問題。」鄭泰義試著要委婉地透露出自己不想再跟對方打交道的意思。而里格勞不知道有沒有聽懂，只是簡單「啊哈！」了一句後，緩緩點了點頭。

鄭泰義嚼著食之無味的白飯，直勾勾地看著坐在他對面的男人。

如果是在外面見到里格勞的話，他應該會覺得里格勞是一名相當帥氣的青年。畢竟對方的長相出眾到即便被人潮淹沒，旁人也絕對無法忽視的程度。甚至依照每個人的喜好不同，或許有些人還會覺得里格勞長得很漂亮也說不定。

就連現在他一邊掉著麵包屑，一邊吃著吐司的模樣也像一幅名畫般既優美又好看。

雖然當時在影片上看不太出來，但實際見到本人後，鄭泰義明顯感覺到對方似乎相當年輕。或許里格勞還比鄭泰義小個一兩歲也說不定。

……只不過大家總說用鮮血洗澡可以回春。也有可能里格勞實際上是個年過半百的大叔，只是都用這種方式來維持自己的樣貌罷了。

「你多大啊？」鄭泰義有些沒教養地將手肘撐在餐桌上，問著一個同樣沒什麼禮貌的問題。

或許是沒有料想到鄭泰義會突然問這種問題，里格勞看上去有些傷腦筋。但隨即又像是在嘲笑這個問題似的答道：「你本來就很喜歡問他人的年紀嗎？還是你覺得我跟你是需要經常見面到可以問這種問題的人呢？」

鄭泰義看著對方露出饒有趣味的神情，頓時喪失了想要繼續追問下去的念頭。

而他的心情也越來越憂鬱。他很害怕下次再遇到里格勞，對方又會像今天這樣突然跟自己裝熟。不過往好處想，或許里格勞會看在兩人多少有些情分的面子上，在對練時稍稍放水也說不定。

明明叔叔已經叮嚀過，絕對不能跟里格勞扯上關係。殊不知一切卻都太遲了。鄭泰義只能暗自在心中祈禱著叔叔會記得在他死後，把他還沒看過的書都燒給他。

將白飯跟遺言一起吞進肚子裡的鄭泰義，看向了里格勞那隻剛好拿起咖啡杯的手。對方的手上依舊戴著一副平整的深色手套。

「看來你很喜歡戴手套啊？我看你好像每天都戴著它。」

「嗯？」里格勞先是露出了意外的神情看向自己的手，隨後重複做了幾次握拳又鬆開的動作後，點了點頭回答：「其實也沒有到很喜歡啦。畢竟還是光著手最自在。」

「那你為什麼每天都要戴著手套啊？」

「因為我不想讓手上沾到血。除了很黏之外，血漬乾掉的話要洗也很難洗。」

鄭泰義露出無言的表情說道：「你只是在餐廳裡吃個飯而已，哪會遇上讓手沾到血的事……」殊不知還沒等他把話講完，餐廳的門就被大力地撞開。出現在門口的男子就這樣朝著他們的方向跑了過來。

對方是亞洲分部的部員。由於鄭泰義跟那名男子不同組，所以他也不曾跟對方講過話。

男子面露凶色地怒瞪著里格勞，同時就這樣衝到對方的身旁，「里格勞！這把就是被你殺掉的克洛伊的槍！」

怒不可遏的男子一邊大喊，一邊用雙手舉著五〇口徑的左輪手槍。

看到這一幕，鄭泰義臉上的血色頓時消失。

那個瘋子！到底有誰會在一大早就拿著那種隨便一槍就能把整間餐廳給轟掉的手槍出現啊！

絲毫不想幫里格勞擋子彈的鄭泰義一邊逃離現場，一邊輕聲咒罵著：「臭小子，那麼想送死你就自己去死吧……！」

在場的所有人一看見對方手上拿著一把後座力超強又不長眼的手槍，連忙嚇得到處亂竄。

躲在柱子後的鄭泰義開始用不安的眼神盯著自己身後的這根柱子。這種程度的柱子光是被掃到四、五槍就有可能會崩塌了。

稍微冷靜下來的鄭泰義馬上想起對方手上拿著的是六連發的手槍。在那少到不行的子彈中，那個男人總不可能會花一半的子彈掃射在這根柱子上吧。更何況那個人的目標也不是鄭泰義。

由於這個位置說不上百分之百安全，鄭泰義開始找起自己身上可以當作武器的東西。然而他的口袋裡唯一裝著的就只有灰塵而已。

「該死。」鄭泰義一邊咂嘴，一邊看向四周。突然，他發現了距離自己幾公尺外正準備要躲進餐桌底下的莫洛。

「莫洛！」他馬上往對方的方向狂奔。

隨後，「砰」的一聲巨響就這樣撼動了整間餐廳的空氣。不知道是什麼東西被打碎，鄭泰義身後突然被一顆石塊給打中。他的耳朵也因為剛剛那道響亮的槍聲而開始隱隱作痛。

媽的，那個瘋子！你今天如果沒被打死，之後也一定會死在我手上！

鄭泰義躲進了因為慌張而四處張望的莫洛身旁，伸出手一把抓住了對方的衣領。他自動忽視掉莫洛的慘叫聲，一隻手壓制住對方，另一隻手摸進對方的胸口。

不出所料，他馬上就找到了莫洛每天都帶在身上的那把手槍。

鄭泰義馬上轉過頭看向了獨自站在餐廳中央的里格勞，以及距離里格勞只有幾公尺遠，手中還拿著一把槍瞄準著對方的男子。

緊接著，一個難以置信的場景就這樣發生了。

里格勞輕鬆立起了用整根柳杉所製成的六人用餐桌。就連三、四名成年男子要搬都嫌有些吃力的桌子，里格勞三兩下就辦到了。他先是將餐桌當作盾牌似的擋在自己的面前，隨後輕輕使力便將整張餐桌朝男子的方向踢了過去。

砰！！！

一道震耳欲聾的槍聲再次迴盪在整間餐廳裡。那張被里格勞踢過去的桌子因為被子彈射中而碎裂開來。稍微閃開的里格勞只是輕輕地被柳杉餐桌的碎片打中。

「你現在只剩下四發了吧？」里格勞淡然地說完後，便躲進旁邊的柱子，再次將另一張餐桌推倒。他伸手抓住了桌腳，一把抬起柳杉餐桌再次朝男子的方向丟了過去。

宏亮的槍聲隨之響起，而那張餐桌也頓時變成了碎片。由於里格勞躲在柱子後面，這次就連碎片也無法砸中他。

「你只剩下最後三發了。如果這三發都沒辦法打中我的話，你就會死在我的手裡喔。」里格勞看上去相當開心，嘴邊還掛著愉快的笑容。

「把我的槍還給我！快點把我的小可愛還來啊！」鄭泰義一把推開緊抓著自己手臂不放的莫洛，壓低身子直接跑了出去。

在他想盡辦法衝到男子身後的同時，餐廳內再次響起了兩發震耳欲聾的槍聲。

「他這個瘋子！明明知道自己打不贏對方，幹嘛還要賭上自己的命去跟對方單挑啊！」鄭泰義咬牙切齒地碎念道。

只剩下最後一發子彈了。而餐廳裡早已變成淒慘無比的廢墟。男子站在距離里格勞只有四、五公尺遠的位置。

他的脖子早已被汗水浸溼，但站在他對面的里格勞仍舊泰然地笑著。

里格勞伸手抓住了掉在地板上猶如手臂般粗的木塊，輕輕地拋起又接住、拋起又接住。隨後像是在嬉鬧似的直接把手中的木塊朝男子的方向砸了過去。

但從男子頭上飛過去的木塊卻快到發出了颼颼的風聲。如果剛剛男子慢半拍沒有來得及蹲下的話，被那個木塊砸到絕對會當場暈過去。

這一刻，鄭泰義明顯地感受到了。

再這樣下去男子真的很有可能會死在里格勞的手裡。隨著腦中一浮現出這個念頭，鄭泰義顧不得其他，身體馬上就動了起來。

當男子為了躲開木塊而蹲下的瞬間，里格勞直直地朝對方跑了過去。看在男子眼裡，里格勞就像掛著笑容的惡魔，正在飛速地朝自己狂奔而來。

砰！！！

整個地面隨著爆炸聲一起晃動了起來。越來越接近兩人的鄭泰義頓時就被那道巨響給震得耳鳴。他下意識地閉上雙眼，發出短暫的驚呼聲。

當鄭泰義再次睜開眼睛，只見里格勞早已鑽進了男子的身下，順手就抓住對方的手腕往一旁大力地摔了下去。而被子彈打中的天花板則是開始降下一些碎石與粉末。

隨後里格勞伸出另外一隻手，從容不迫地掐住男子的脖子。他將所有的力道全都集中在對方的頸動脈上。

「哎呀……你居然射偏了。」寂靜無比的餐廳內，霎時響起了里格勞帶著笑意的嘟囔聲。

里格勞將男子握著槍的手轉了個方向，手槍的槍口就這樣抵在了對方的頭上。眾人瞬間就意識到了。里格勞根本就不在意對方的生死。

而男子則是瞪大了眼睛，直直地看著里格勞。他能清楚感受到里格勞的另一隻手正在緩緩地撫摸著他的脖子。

「我們在下一個世界再見吧。」里格勞的眼睛彎成柔和的曲線，低沉的嗓音彷彿就像唱歌似的輕柔又悅耳。

當里格勞那雙輕易就能將他人脖子捏碎的雙手漸漸使力的同時，一道聲音就這樣不合時宜的出現。

「放開他。」鄭泰義站在里格勞的身後，他將手中的柯爾特手槍抵在對方的頸椎上。

里格勞停下了動作，稍稍地轉過頭看向鄭泰義，接著便又淡然地笑了起來，「這樣緊緊地貼著我的脖子開槍的話，你的手腕也會受傷哦。」

「不准動。比起死在這裡，我還寧願讓自己的手腕受傷。」

「……沒想到我居然會看錯人。我最討厭那種明明就不關你的事，還自詡為正義使者賭上自己的命去插手別人事的蠢貨。」

「我說不准動。」鄭泰義逐漸加重手中的力道。他全神貫注地緊盯著里格勞的一舉一動，就連眼睛也不敢眨一下。與此同時，他也不禁在心底怒罵起自己。

一個白痴想要尋死，你幹嘛衝出來多管閒事啊！自掘墳墓就算了，甚至還打算要主動躺進去！你是瘋了嗎！

鄭泰義對於自己沒有深思熟慮，直接就跟著本能行動的行為感到欲哭無淚。然而既然事情都已經發生了，縱使他再怎麼後悔，也只能硬著頭皮繼續堅持下去。

霎時，鄭泰義的腦中浮現出一個恐怖的畫面。

會不會在他把里格勞的頭打爆的剎那，對方還會像喪屍般再次動起來呢。一想到這，鄭泰義忍不住害怕了起來。

里格勞輕笑了幾聲，聳了聳肩自言自語道：「哈哈，真是的。我該拿你怎麼辦才好……」他邊說邊鬆開了緊握住男子脖子的手。

或許是精神太過緊繃，鄭泰義一看見對方的手動了起來，他的身體也不由自主地抖了一下。

不需要其他人的提醒，鄭泰義也能聽出里格勞剛剛那句「我該拿你怎麼辦才好」指的是「我該拿什麼方式來收拾這個新出現的傢伙才好」。

鄭泰義再次加重手中的力道。

只要一個瞬間、只要他一不小心閃神的話，他馬上就會命喪於此。

當里格勞的手完全離開男子的脖子時，瀕臨昏厥邊緣的男子頓時睜開布滿血絲的雙眼，大聲地喊著：「開槍！我叫你開槍！直接開槍射死他啊！」

緊繃到最高點的鄭泰義差點就被男子的喊叫聲與里格勞細微的動作給嚇到開槍。眼見男子非但沒有把自己捨命挺身而出救他的事當一回事，甚至還說出如此不長眼的話，鄭泰義瞬間只剩下想哭的念頭。

「……你們兩個瘋子還真是天造地設的一對。臭小子，看來是我不小心阻擋了你想尋死的心願啊？如果我今天能順利活下來的話，你之後絕對會被我痛扁一頓。」

在鄭泰義咬牙切齒地講出這段話的同時，里格勞稍稍露出了笑容，將腳跟從地面上抬起。

霎時，不祥的預感就這樣朝著鄭泰義迎面襲來。

就在此時。

「你們在幹嘛。」一道冷冰冰的嗓音突然出現。

鄭泰義聽見有腳步聲從餐廳的門口漸漸朝著他們的方向走來。差點就扣下板機的鄭泰義連忙停下手中的動作，看向了聲音的源頭。

出現在餐廳裡的人是叔叔以及之前幫叔叔開車的那位姜校尉。

鄭泰義一看見叔叔，下意識地就發出了一聲驚呼。面無表情的叔叔先是停下腳步環顧四周，隨後像是理解了此刻的狀況般，赤手空拳地直直朝他們走了過來。

在他看見鄭泰義手上的柯爾特手槍後，馬上皺起了眉頭，「鄭泰義，你難道不知道分部內不能攜帶個人武器嗎？」

「……我知道。」

「那這把手槍是誰的？」

「……我的。」

「你的嗎？好，既然你都這樣說了，那我就相信你。你現在馬上去教官室。」聽完叔叔的話後，鄭泰義稍微猶豫了一下。里格勞依舊站在他的面前，而他手中的手槍也還抵在對方的頸椎上。他總覺得只要自己稍微移動了槍口，里格勞就會馬上撲上來殺了他。

畢竟里格勞並不是個會在意他人眼光的人。無論他的旁邊站了誰、是誰在看，這些事都不足以使他打退堂鼓。

叔叔看著依舊被里格勞固定住的男子問道：「路易新，你是來殺人的嗎？」

「對，因為那個傢伙該死！」

「好，那你就去地牢吧。先去那裡待上半年，冷靜過了再回來。」叔叔簡短地下完指令後，轉身看向了里格勞。原先面無表情的臉上霎時閃過傷腦筋以及無奈的神色。

「里格勞。」

在與叔叔對視過後，里格勞先是面有難色地撇了撇嘴，隨後又像是很為難般地笑了出來。他聳了聳肩，開始喊冤：「我什麼事都沒做啊。是那個人突然拿出五〇口徑的左輪手槍指著我，我還能怎麼辦？難道你要我活活被他開槍射死嗎？為了活命我也只能奮力抵抗了。」

從理論上來說，里格勞的這個解釋是相當站得住腳的。縱使男子的手被他以不正常的角度折斷後，開始發青腫脹了起來，但他的說詞依舊合情合理。

叔叔不耐煩地咂起了嘴。他撇了一眼仍舊把槍口抵在對方脖子上的鄭泰義，朝著里格勞說道：「你先放開路易新，再往前走兩步。我那可憐的部員正站在你的背後發抖著呢。」

「你說的是那位拿著手槍對準我脖子的可憐部員嗎？」里格勞有些委屈地反問，「教官，你這樣太過分了！」

他一邊抱怨，一邊放開了路易新。然而在他鬆手之前，他先是大力地反手折了對方的手臂，接著再用手掌輕輕打了發出慘叫聲的路易新後腦杓一下。

雖然里格勞看上去沒出什麼力，但打下去的瞬間卻發出了一聲清脆的碰撞聲。而路易新也馬上痛得瞪大雙眼，彷彿下一秒眼珠子就會掉出來似的。

叔叔看見掉到地上的左輪手槍後，便轉頭朝著身後的人使了個眼色。站在後頭的姜校尉見狀連忙上前撿起了那把手槍，並遞給對方。

叔叔接過手槍感受到手中那股沉甸甸的重量後，不禁咂了咂嘴。這把手槍別說是殺人了，要拿來轟掉大型的物品也不成問題。

叔叔猛然地舉起槍身用力打了路易新一下，「你這個瘋子，哪有人會拿這把手槍來對準人的啊！等你從地牢裡出來之後，再給我重新去修武器工學這堂課！」

語畢，叔叔將手中的左輪手槍丟給了姜校尉。接著再用腳把倒在地板上連聲音都發不出來的路易新給踢到旁邊去。

前方終於沒有障礙物的里格勞在露出了微妙的笑容後，馬上挺直身體。鄭泰義明顯能感覺到對方正在故意將自己的脖子壓在槍口上。

里格勞噗哧笑了一聲之後，緩慢地往前走了兩步。

而鄭泰義依舊沒有放下戒備，死命地盯著對方。在確定里格勞遠離自己後，他才慢慢放下手中的槍。走到鄭泰義身旁的叔叔朝著對方伸出自己的手，鄭泰義此時才不得已地交出手中的手槍。

乖乖按照叔叔說的話往前走兩步的里格勞在站定後，回過頭看向了鄭泰義。他的視線正好與仍舊盯著他看的鄭泰義對上。里格勞隨即露出了淡淡的笑容，他像是很惋惜似的握緊了拳頭又再次鬆開。

鄭泰義不禁在想，如果叔叔剛剛晚了一步進來的話究竟會發生什麼事。

他猜不到里格勞會使出哪種手段來對付他。但鄭泰義很確定的是，當時的他明確地感覺到了一股鮮明的不安感朝自己襲來，使他的背脊不自覺發涼。

也是在那個瞬間，他才意識到原來自己真的深陷於危險之中……不對，或許真正危險的是未來這半個月也說不定。

除此之外，鄭泰義也總算知道里格勞為什麼會一直戴著手套了。

一想到這，他不禁鬱悶了起來。

看來當初在軍隊裡被教育一定得有同袍愛的觀念還殘留在他的潛意識裡。明明那個急著要去送死的傢伙與他也沒有什麼情分，但還沒等鄭泰義反應過來，他的身體就已經衝出去了。

察覺到有人在盯著自己看的鄭泰義先是露出一個憂鬱的眼神，接著便看向了視線的源頭。而那個盯著他看的對象正是叔叔。

叔叔一邊咂嘴，一邊擺出了「你這個蠢蛋」的表情。明明他早就給過鄭泰義一個超級重要的忠告，殊不知對方除了直接跟里格勞扯上關係之外，甚至還以這種方式被里格勞記住。

「鄭泰義，你拿著一把連子彈都沒裝的槍到底是想幹嘛？」叔叔無奈地問道。被對方握在手中晃來晃去的柯爾特手槍看上去十分輕盈。

而鄭泰義僅僅只是露出了煩悶的表情，並沒有答話。早在他從莫洛胸口搶走這把槍的時候，他就發現了這把柯爾特手槍的重量很不對勁。然而為了要阻止里格勞，即便是這種糟到不行的下策他也只能硬著頭皮賭一把了。

站在一旁盯著鄭泰義看的里格勞霎時停頓了一下，隨即又露出一個很罕見的表情。接著他像是很無言般地笑了一聲。或許是越想越荒謬，他那低沉的笑聲就這樣持續了好長一段時間。

在笑聲停下的剎那，里格勞直直地望著鄭泰義，像是要記住似的碎念起了：「泰義，鄭泰義是嗎。」

男子口中冒出了鄭泰義這段日子裡從沒聽過的精準發音。

只不過在他聽見里格勞咕噥著他名字的瞬間，鄭泰義又陷入了前所未有的憂鬱情緒之中。他已經能從里格勞的嗓音中看見自己那悲慘又暗淡的未來了。

叔叔，就讓我代替路易新進去地牢裡吧！被關半年也沒關係，你就直接把我隔離起來吧。

鄭泰義默默下定了決心。等一下一去到教官室後，絕對要抓著叔叔的褲管叫對方把自己關進地牢裡。

然而苦苦哀求的下場就只有被叔叔痛罵而已。

叔叔狠狠地捏著對方的臉頰，不斷重複罵著：「哎唷，你這個蠢蛋。唉唷，你這個白痴。哪有人會在集訓第一天的一大早就搞這一齣的啊！」

每當那種時候，鄭泰義也只能乖乖地答道：「我知道，我也知道啊。」

在他揉著彷彿被叔叔拉長一公尺的臉頰時，有個猶如救星般的存在剛好走進了教官室裡。

「鄭昌仁教官，你在忙嗎……你看上去好像還挺忙的呢。我可以先打擾你一下嗎？」沉穩笑著問話的人正是叔叔的直屬上司，亞洲分部的次長，魯道夫讓蒂。

叔叔在看到對方的剎那，馬上放開了鄭泰義，像沒事般地搖了搖頭回答：「怎麼會打擾到我呢，我早就把事情處理完了……你可以走了。」

眼看叔叔瞬間裝出嚴肅的神情，故意用著正經的語氣講話，縱使鄭泰義內心再怎麼反胃想吐，他仍舊很識相地閉上嘴輕輕鞠了個躬準備要離開。

當鄭泰義轉過身時，正好與身後的次長對上眼，他馬上禮貌性地朝對方鞠了個躬。在他行完注目禮正準備要離開時，次長突然開口問道：「啊，所以這位青年就是你的姪子嗎？」

雖然次長是在跟叔叔說話，但他的視線依舊停在鄭泰義的身上。本來都準備要踏出教官室的鄭泰義只好停下腳步。既然對方都提到自己了，如果就這樣裝傻直接離開好像也很沒禮貌。

叔叔露出微笑，點了點頭，「是的，沒錯。」

「嗯，也就是說這名青年是鄭在研究員的手足囉？」

「是的，鄭在義是哥哥，而他是弟弟。但因為兩人是雙胞胎，所以年紀並沒有差別。」

「這樣啊，原來這個青年就是……」次長露出了新奇的眼神緊盯著鄭泰義看。雖然之前剛來到亞洲分部時，鄭泰義就有與對方簡單打過一次照面，但對方當時正在忙，所以兩人並沒有講到幾句話。由於之前與上司們打招呼時大多都是這種草草帶過的形式，因此鄭泰義也沒有把這件事放在心上。

在他明顯感受到次長上下打量著自己的眼神時，鄭泰義不禁在心底嘆了口氣。看來哥哥真的是個大紅人啊。縱使他早就習慣了這個事實，但在他成年後，還真的很少遇到有人會用如此露骨的眼神盯著他看。

「可是你來這裡的話，你哥要怎麼辦啊？」次長突然開口問道。

一直到過了好幾秒後，鄭泰義才總算意識到原來對方是在向自己搭話。他支支吾吾地回答：「就算沒有我，哥哥一個人也能過得很好。」選了一個最無傷大雅的答案後，鄭泰義偷偷地瞄了一下叔叔。

明明兄弟間又不是像夫妻般那種難分難捨的關係，更不是病患與看護間依賴著彼此的關係，稍微分開一下又不會怎樣。鄭泰義不禁納悶了起來。

站在一旁看著兩人談話的叔叔在與鄭泰義對視後，才幫忙答道：「雖然他們是雙胞胎兄弟，但也不可能時時刻刻都陪在彼此身旁啊。就算現在暫時分開，兄弟間的緣分肯定能將兩人再次牽在一起的。」

「啊，也對啦。」次長一邊點頭，一邊慢條斯理地再次打量了鄭泰義一番。

一想到對方或許是在找自己與哥哥間的差異，鄭泰義拚命忍住想要嘆氣的衝動。雖然哥哥偏偏是個大紅人這點是他自己的問題沒錯，但這個機構裡的人好像也莫名地對鄭在義特別感興趣。

而鄭泰義也漸漸對走到哪都要聽到別人聊起鄭在義的事感到厭倦了。

叔叔先是揮了揮手示意鄭泰義可以走了，接著便看向次長開口說道：「話說本部裡的第二兵務科有聯絡我們……」聽見這句話的次長也馬上將注意力放在叔叔的身上。

鄭泰義簡單鞠了個躬後便走出了教官室。

由於騷亂過後，他就直接被叫到教官室裡痛罵了一頓，所以當鄭泰義踏出教官室時，上午的表定行程早就已經開始了。雖然這件事肯定已經傳進了整個分部的人的耳裡，就算他晚點去上課也不會被授課的教官罵。但他若是無故直接翹掉這整堂課，最終鐵定會被教官狠狠地教訓一番。

啊……真的好不想去上課。仔細一想，這堂課剛好就是武器工學。他私帶個人武器的事絕對早就被教授武器工學的教官得知，不用想鄭泰義就能猜到對方一見到他肯定又是一連串的訓話。或許他還會被教官拿柯爾特手槍揍也說不定。

鄭泰義心情沉重地看向了窗外。由於教官室的位置剛好在地面上，所以走在走廊的時候還可以看一下外頭的風景。今天的天氣特別好，好到令鄭泰義的心情更加憂鬱了。

當他以慢吞吞的步伐準備走向電梯的時候，他突然放緩了自己的腳步。

如果沒有什麼要辦的事，還特地朝辦公室裡面望去一定很奇怪吧。鄭泰義心想。此刻的他最需要的就是看一眼心路的臉，藉此來療癒自己憂鬱的心。

但是沒有什麼理由就直接闖進去的話，最終肯定只會鬧得更尷尬的局面。

然而，或許是有人正憐憫著鄭泰義吧。

當鄭泰義以螞蟻般的速度拖拖拉拉地經過辦公室的門口時，一個熟悉的面孔正好從前方的轉角處走了過來。或許是才剛去完廁所，心路將擦乾雙手的手帕收進了自己的口袋裡。

對方一看到停在辦公室門口的鄭泰義，先是瞪大了雙眼，隨後又愉快地露出笑容，

「泰一哥，你這個時間怎麼會在這裡啊？沒去上課嗎？」

「嗯？哦，我現在正準備要去上課了。因為剛剛去了一趟教官室，所以剛好經過這裡……不過今天的天氣還真好呢！」

雖然鄭泰義恨不得時時刻刻與心路待在一起，但兩人實在是太缺乏話題了。畢竟雙方才剛認識彼此，根本就不知道有什麼共同話題可以聊，而他也沒有什麼值得拿來說嘴的故事可以分享。最終能聊的就只剩下天氣了。

「對啊，不過我看天氣預報，好像今天晚上就會開始轉陰了呢。所以明天跟後天大概會下雨吧。但大後天馬上就又放晴了！」

「這樣啊。如果天氣放晴的話，還真希望能跟你一起去海邊走一走呢。」

「那要一起去嗎？」

鄭泰義故作鎮定地朝對方發出了邀約。殊不知心路馬上就欣然地點頭答應了。鄭泰義在心中高喊著萬歲的同時，他已經開始期待起天氣放晴的那天了。

心路看著對方剛剛走出的教官室，有些疑惑地歪頭問道：「不過哥哥為什麼要去教官室……啊！」他馬上露出擔心的神色，「聽說早上發生了件大事。哥，你沒事吧？你就是因為那件事才被叫去教官室的嗎？」

在這棟小小的建築物裡，風聲肯定傳得特別快。心路會知道這件事其實也不算太意外。

鄭泰義有些出神地看著眼前的心路。對方的語氣中盡是滿滿的擔憂，這使他不禁覺得此刻的心路看上去更加惹人憐愛。其實早在鄭泰義一看見對方那漂亮臉龐的剎那，他的心就獲得了不小的慰藉。

緊繃著的心就這樣沉浸在溫暖的愛意之中，漸漸地放鬆了起來。

「對啊，但我沒發生什麼事啦。那你呢，你還好嗎？」

雖然雜務官與部員們的活動範圍基本上都不會重疊到，但只有一個地方是一定得共用的。那就是餐廳。

平常若沒有緊急的事要去辦公室的話，鄭泰義基本上是不會遇到雜務官的。但是一到用餐時間，他時不時就能在餐廳裡撞見幾位雜務官正在用餐的畫面。

一想到這，鄭泰義的心突然沉了下來。

如果那個時候心路也在場的話、如果心路不小心被捲入那危險的鬥毆之中的話、如果心路被反彈的碎石或木塊打中的話……

鄭泰義猛然伸出手緊緊抓住了對方的肩膀。而心路只是有些迷惘地抬起頭望向了鄭泰義，「哥……？」

「除了餐廳之外，你基本上不會遇見其他部員們對吧？」

「什麼？對、對啊。但我其實也很少在餐廳裡遇見其他人。因為我吃飯的速度比較快，所以我通常都會選在沒有什麼人的時候去吃飯。無論是午餐或晚餐，我都是在部員們表定行程還沒結束前先跑去吃……所以基本上不太會在餐廳裡遇見其他的人。」

聽完這段話後，鄭泰義才意識到他的確不曾在餐廳裡看過心路。

鄭泰義看著不知道發生什麼事，卻依舊乖乖回答問題的心路，他先是放心地鬆了一口氣，接著才語重心長地說道：「那個、最近歐洲分部的人不是來了嗎？只不過……裡面有一些很不適合來往的人。由於他們是一群非常危險的人，所以……」

鄭泰義輕聲細語地向心路解釋著現在的狀況，但同時也注意著分寸，不想讓對方知道太多太詳細的事。而心路似乎聽懂了鄭泰義想表達的意思，點了點頭說道：「雖然我不太可能會遇上歐洲分部的人，但我還是會小心一點的！謝謝你還特地擔心我。」

心路笑得燦爛。在看見對方那猶如花朵般動人的笑容時，鄭泰義突然害羞地鬆開了緊抓住心路肩膀的手。在放手的剎那，他不禁又覺得有些可惜。

「我當然會擔心你啊，畢竟你可是……」鄭泰義話才講到一半卻又閉上了嘴，因為他不知道接下來該接什麼詞比較恰當。無論此刻脫口而出哪句話，肯定都是會讓他尷尬到滿臉通紅的話語。

兩人之間突然陷入了沉默之中。雖然這是一個有些害羞又彆扭的沉默，但此刻的鄭泰義並不討厭這種氛圍。

原先低著頭的心路突然抬頭瞄了一眼鄭泰義，接著便默默地伸出手抓住了對方的手。被心路動作嚇到的鄭泰義則是不小心抖了一下。而對方也抓準了這個時機，將自己的手指與鄭泰義的手指互相交扣。

「……嘿嘿嘿。」再次低頭的心路滿臉通紅地傻笑了起來。

而鄭泰義也同樣紅著臉地跟著傻笑。他能感受到十指交扣的白皙指節上正傳來令他心情愉悅的溫熱觸感；只不過就算對方的手牽起來是冷冰冰的，他也一樣會很喜歡就是了。

兩人靜靜地用著通紅的臉望向彼此，牽起的手雖然生疏卻又令人捨不得鬆開。一直到鄭泰義感受到有股視線正在盯著他們看的時候，他才依依不捨地放開對方的手。

叔叔剛好打開教官室的門，正準備要從裡面走出來。而鄭泰義就這樣與站在心路身後，默默看著他們的叔叔四目相交。

「……」

「……」

叔叔緩緩地眨了眨眼，他面無表情的臉漸漸地染上了一抹微妙的笑容。鄭泰義總覺得對方的表情就像在說「你們還真會玩啊……」似的。

縱使鄭泰義很想繼續牽著心路的手證明給叔叔看，但他有種叔叔等一下就會冒出「你不去上課繼續待在這裡幹嘛？」的預感——更何況再過不久次長肯定也要走出來了——所以他也只能乖乖地鬆開心路的手。

值得慶幸的是心路並沒有注意到有個人正站在自己的身後露出一個詭異的微笑。他只是有些猶豫地開口說道：「那等到天氣放晴的話……」

「嗯，我相信週末非但不會下雨，還會是個晴朗到不行的好天氣！那我們就到時候再見面吧！一起悠哉地散個步也好。」

聽完鄭泰義的話後，心路頓時露出了一個有些奇怪的表情。他先是疑惑地歪著頭，隨後又嘟囔起：「是我記錯了嗎？」最後才又露出了開朗的笑容說道：「好的，那我們週末見吧！」

「嗯，好……如果在此之前還有機會見面的話，就見個面吧。總之，要照顧好身體哦！」

「哥不用擔心我啦！你才要多照顧自己，不要受傷了喔！」心路可愛地朝鄭泰義道別完後，便轉身往辦公室的方向走去。叔叔見狀馬上側身躲進了教官室裡。

等到心路走進辦公室後，叔叔才又從教官室裡走了出來。同時朝著呆呆站在走廊上的鄭泰義揮了揮手，「你還不快走。你再繼續翹課下去，小心整個下午都要待在教官室裡被訓話！更何況現在這堂課不是麥基教官的武器工學嗎？被他盯上的話，你真的會吃不完兜著走。」叔叔隨後又補上了一句：「到時候你再拿只會在這裡待半個月的里格勞來當藉口也沒用。」

聽到這句話的鄭泰義只是有氣無力地在心中碎念著：我都不知道能不能活到半個月後了……

然而對現在的鄭泰義來說，只要擔心怎麼順利活到週末就夠了。畢竟他已經跟心路約好這個週末要一起去散步。

「不過……心路嗎……」叔叔若有所思地嘟噥道，接著又再次沉默了起來。

由於對方的語氣有些耐人尋味，導致鄭泰義不禁皺起了眉，歪著頭看向對方。而叔叔則是盯著天花板陷入沉思之中。

過了好一會兒，叔叔才總算再次開口：「臭小子，我就叫你趕快回去了！每次都把我的忠告當成耳邊風……教官中最難纏的人就是麥基教官了。就算你只剩下最後這半個月的壽命，該面對的事還是得面對啊。」

鄭泰義沒有回話，只是露出了相當哀怨的眼神盯著叔叔看。

叔叔見狀隨即笑容滿面地問道：「這個週末你要跟心路一起去散步啊？天氣若能放晴就好了呢。」

「……就算沒有放晴，我也會穿著雨衣出去散步的。」鄭泰義略帶不悅地嘟囔完之後，馬上往電梯的方向走去。

叔叔低沉的笑聲就這樣在他的耳邊響起。隨後對方像是想起什麼似的朝著鄭泰義的背影親切開口：「我會記得把書燒給你的。就算到時候真的喪命，你也不用太難過喔！」

莫洛一看到鄭泰義，馬上就揪起對方的衣領開始哭喊。

「我的小可愛！臭小子，你要怎麼對我的小可愛負責啊？」從莫洛身上搶走的柯爾特手槍在被叔叔沒收之後，現在正躺在沒收品保管室裡。而叔叔只有告訴鄭泰義，在他離開亞洲分部後，總有一天會把手槍還給他的這個資訊而已。

只不過叔叔似乎早就猜到了柯爾特手槍的主人是誰。他先是露出一個意味深長的笑容，隨即又緩緩地說道：「記得幫我跟你房間裡的那個人問聲好啊。」

鄭泰義見狀，不禁心疼起自己的同伴們居然剛好成為這種人的部屬。

「犧牲一把柯爾特手槍就能換回一個人的性命。這已經很划算了啦，不用太難過。」

「啊！所以那把手槍是莫洛的？我才在想泰一根本就沒帶什麼行李來，怎麼會突然搞出一把手槍的說⋯⋯」

「不要哭啦，別難過了！等我去香港的時候，我再幫你搞一把回來。我有認識一位很值得信賴的中間人，像柯爾特這種級別的手槍很容易就能弄到了啦！」

坐在莫洛身旁的同伴們你一言、我一句地安慰著他。

然而這些安慰全都搔不到癢處。莫洛氣得一邊嘆氣，一邊大喊著：「這些都沒用！」

鄭泰義尷尬地看著莫洛，抓了抓自己的頭髮提議道：「因為我沒有認識的中間人⋯⋯要不然我幫你訂一年份的猜謎雜誌，怎麼樣？」

聽到這句話的莫洛頓時理智線斷裂，馬上衝上去要揍鄭泰義。而鄭泰義則是眼明手快地躲到了同伴們的身後。

無論是再怎麼危急的狀況，先搶走別人的東西，甚至還把他人的物品弄到被沒收就是不對。即便鄭泰義認為自己是在做好事，依舊無法改變他在莫洛眼中就是十惡不赦壞人的事實。

看來這半個月裡，又多了件令人鬱悶的事了啊。

授課時間過了很久才進到武器工學教室裡的鄭泰義，最終仍舊免不了在授課結束後被麥基教官罵到臭頭的命運。等他好不容易走出教官室時，午餐時間早就已經過了一大半。

明明半天都還沒過去，鄭泰義卻已經累到彷彿度過了幾千年似的。當他拖著疲憊的身軀走到餐廳時，他才發現餐廳的大門緊閉。而門上被貼著一張「由於發生了意外，近期無法使用」的紅字告示。明明餐廳被亂槍掃射也不是他的錯，但鄭泰義看了卻莫名有點心虛。

而那行字底下還有一行「在修復完成之前，請先到第三自律精讀室用餐」的提醒。

在鄭泰義抵達第三自律精讀室時，已經有許多部員早就吃完飯，坐在原位上一邊聊天一邊迎接著他的到來。只不過因為歐洲部員們也來到了這裡用餐，所以現場的氛圍依舊相當險惡。但或許是早上才剛把餐廳用壞，所以兩方都沒有打算要起衝突。

一走進自律精讀室的鄭泰義連忙環顧起四周，深怕又會撞見那張他再也不想看見的臉。雖然隨著集訓開始，雙方交手越來越密集，他終究會撞見對方。但在集訓外的其他場合上，他還是希望能躲就躲。

唯一值得慶幸的是他並沒有看見那張令他感到反感的臉。取而代之的是亞洲部員們大聲迎接他到來的歡呼聲。

裡頭除了摻雜著「你這有膽識的傢伙！」「你還真是個瘋子啊！」「你好講義氣！」等的稱讚。當然也不乏「你這個把我小可愛搶走的土匪！」的抱怨聲。

由於鄭泰義太晚才抵達餐廳，菜色早就已經所剩無幾。他只好簡單拿個兩片吐司以及一瓶牛奶，邊吃邊聽同伴們的談話。

在這為期半個月的集訓期間，上午都會是一般授課，而下午則是採取特別授課或特別訓練的形式。也就是說，吃完午餐後馬上就要展開真正的對戰了。

然而在這近乎一百名的部員之中，總不可能一次就讓所有的部員都訓練到。

咬著吐司的鄭泰義疑惑發問：「那我們要怎麼分組進行訓練啊？」

坐在一旁的慶仁焦解釋道：「就跟平時一樣。總共會分成六組，每一組大概是十五個人。唯一的差別在於十五個人裡有一半是我們的人，另一半則是歐洲分部的人。而到時候小組間的訓練時，會隨機輪流分配讓不同的組別進行訓練。」

鄭泰義突然想起剛剛進到武器工學教室時，裡面也坐著一些陌生的臉孔。

「如果是隨機輪流的話……那是不是就代表只要夠幸運，就有可能不會跟特定的人物對上啊？」鄭泰義不放棄任何一絲希望問道。

而慶仁焦像是聽懂了鄭泰義的弦外之音，露出惋惜的表情搖頭說：「如果你夠幸運的話，頂多只是能少跟某些特定人物對上而已。但不管怎麼樣，你最終都一定會跟那個人對戰到。」

「對啊，就算沒有在平常的訓練上碰到對方，等到週末全員一起進行魔鬼訓練時，你還是會碰上他的啦！」嘟囔著這句話的同伴突然緊抓著鄭泰義的手說：「因為所有人都得參加魔鬼訓練，所以大家都會拚了命地進行廝殺。這同時也代表著我們還有一次機會！還有一次把那傢伙送上西天的機會！」

「……我感覺我應該會先被送上西天吧。」頓時喪失胃口的鄭泰義放下手中吃到一半的吐司。雖然他試著想用牛奶將口中的吐司吞下，但依舊不怎麼好下嚥。他總覺得等一下一定會消化不良。

突然間，鄭泰義「哦？」了一聲，看著被他丟在桌上的吐司發呆。隨後又歪起頭，面露難色地問道：「等一下，週末……？週末為什麼會有訓練？從星期五的下午五點開始，一直到星期天不都是自由時間嗎？」

坐在一旁的同伴馬上露出「你到底在說什麼」的表情，反問道：「你難道不知道集訓期間不能離開這座島嗎？」

「我知道啊！但不就只是不能離開這座島而已嗎？我們不是一樣能在島上休息嗎？」

「你在說什麼啊，在這半個月裡才沒有時間讓你休息。甚至平日的訓練反倒還比較輕鬆。因為一到週末，從星期六下午到星期天上午的這段期間，教官會把所有的部員都丟到樹林裡讓我們進行生存訓練。」

「什麼？那我的散步怎麼辦？」鄭泰義頓時板起臉拍打著餐桌大喊。而放在桌子上的牛奶也因為他的動作而被打翻，撒得到處都是。

坐在鄭泰義身旁的同伴們瞬間露出迷惘的表情，「散步？什麼散步？」

然而現在的鄭泰義已經無暇顧及身邊不停追問的同伴們。

他從沒聽別人提過週末也要訓練的這件事。或許同伴們都把這件事視為理所當然，所以才沒有特別提起。但叔叔也沒有跟他說過集訓期間不能休息的這件事啊。

天氣若能放晴就好了呢。

鄭泰義突然想起叔叔剛剛笑著說出口的話。而在此之前，心路也曾經疑惑地嘟嚷過：「是我記錯了嗎？」

「媽的……原來是這個意思。」鄭泰義就像洩氣的皮球，直接趴在餐桌上。虧他剛剛還為這可能只剩下半個月的性命定下了個目標，而現在一切都變得毫無意義了。

「你幹嘛哭啦！雖然我也不是不能理解你不想參加魔鬼訓練的心……」

「也對，如果真的會死的話，那個時候被打死的機率的確最高……只不過若有想殺的人，那個時候剛好也是最佳時機。」

充滿人性黑暗面的對話就這樣在鄭泰義的頭頂上往返著。

好不容易從絕望中抓住了一絲希望，沒想到現在連那僅剩的希望也像輕煙般消失得一乾二淨。徒留深不見底的絕望圍繞著鄭泰義。

托尤拍了拍喪失鬥志趴在餐桌上一動也不動的鄭泰義肩膀安慰道：「沒事啦，你不是還有我們嗎？我們怎麼可能會讓你獨自一人陷入險境之中！」

「對啊，如果你遭遇危險的話，這次就換我搶走莫洛的柯爾特手槍來替你報仇！」

大家一邊推走大喊著「不要拿我的寶貝開玩笑！」的莫洛，一邊安慰著仍舊沉浸在悲傷裡的鄭泰義。然而他們的安慰非但沒有起到任何作用，反倒還讓鄭泰義悲慘的未來變得越來越鮮明了。

「泰一，打起精神啦！你怎麼可以現在就露出這副死樣，我們下午就要正式開打了耶！」

「啊啊，對吼！那我們趕快趁現在暖身。等一下準備好好地痛毆那群人肉沙袋吧！」同伴們的嗓音突然變大，像是故意要講給對方聽似的。

而坐在另一頭的歐洲部員們見狀，馬上也跟著大喊起：「只有被打的份的人安靜啦，少在那邊虛張聲勢。」

「亞洲分部的教官們是只有教你們怎麼用嘴巴吵架嗎？雖然你們連吵架也能吵輸我們就是了。」

又開始了。亞洲分部部員早就已經把難過到趴在桌上的鄭泰義拋到腦後，開始與歐洲分部的人大吵起來。

隨著兩方的怒吼聲越來越接近彼此的領域，雙方的戰爭也將一觸即發。

鄭泰義鬱悶地抬起了頭。他的同伴們全都朝著歐洲部員的方向大罵著粗話，而歐洲部員們的回應自然也是絲毫不遜色。鄭泰義先是看了一眼站在他面前那猶如人牆般的同伴們，隨後又看了一眼跟他一起坐在人牆後方冷眼旁觀的莫洛。

「未來半個月內，應該每天都會上演這齣戲碼吧？」

「今天這樣還算是輕微的了。隨著相處的時間越來越長，他們之間的鬥爭只會越恐怖而已。」雖然莫洛依舊緊繃著臉，但他還是乖乖回應了對方的問題。

鄭泰義難過地自言自語道：「偏偏下午就要正式與那群傢伙們交手了……」

「對啊，今天是自由個人對練。你可以從拳擊、柔道、合氣道、劍道等派別中選出兩種攻擊方式，並遵守那兩種派別的規則。其餘的教官都不管。」

「什麼意思？如果同時遵守兩種派別的規則，那不就代表基本上都沒有限制嗎？這哪裡還算是什麼『對練』，完全就是打架吧！」

「對啊，他們就是在亂打。要不然你以為他們之間的仇恨是怎麼累積起來的？」

「就算真的是這樣，那為什麼與別的分部集訓時都沒事，遇上歐洲分部時就鬧成這樣啊？」

「這個嗎……因為我也是第一次參與到跟歐洲分部間的集訓，所以我也不知道確切的原因。但或許集訓到一半，被他們打過之後你就會懂了吧？」

「……」

雖然莫洛還沒親自體驗過歐洲分部與亞洲分部間的混戰，但由於他之前曾經在其他分部裡待過，所以多少比鄭泰義還更能掌握現在的情勢。

亞洲分部的部員們就這樣忽略掉躲在後頭的這兩個人，將所有的精力都集中在與歐洲部員的爭吵上。原先雙方中間還隔著好幾張的餐桌，但隨著情勢越演越烈，兩方除了越來越靠近彼此之外，他們也從原本的謾罵漸漸變成拿起手中的湯匙或叉子互丟。

彷彿雙方只要再靠近個幾公分，他們就會爬上餐桌抓起彼此的領口打起來似的。

比起加入這場一觸即發的鬥爭，鄭泰義還寧願被同伴們罵是叛徒。只不過那群人偏偏擋在門口，搞得他想逃跑也逃不掉。甚至這間自律精讀室裡連個窗戶都沒有，縱使他想爬出去也沒有地方可以給他爬。

如果現在這種程度的爭吵只算得上是輕微的話，鄭泰義還真的不敢想未來究竟會有多險惡。他一邊嘆氣，一邊捲起袖子。

我可以的！只要他們一打起來，我就先假裝參戰，接著再趁機逃跑吧！

正當鄭泰義準備要上前假裝參戰時，一個他從未想過的對象意外地拯救了他。

「你們這群臭小子！才剛搞壞餐廳，現在連這裡也要毀掉嗎？你們是不想吃飯了是不是？如果還想吃到飯的話，就給我出去外面吵！媽的，有種就把壞掉的桌子、椅子跟餐具還來啊！」

要不是站在他們中間，默默清著剩飯的供膳人員被他們亂丟的筷子給砸中而暴走的話，或許此時此刻雙方早就打了起來。

比起分部總管、本部總長，部員們更怕有權利不給他們飯吃的供膳人員。因此兩方只能馬上壓低音量威脅著：「臭小子，等一下對練的時候走著瞧！我一定會打到讓你想哭都哭不出來！」

而那些講出「我一定會打到讓你想哭都哭不出來！」的人們還真的都遵守了他們的諾言。在授課教官決定好大家的順序，請他們先排成一列等待開始時，那些人就已經以要將對方生吞活剝的眼神狠狠瞪著自己的對手。當教官喊出開始後，他們馬上就衝上前與對方展開了死鬥。

而他們也真的成功地把對方打到想哭都哭不出來。

換句話說，所有人都被打得很慘。

相對來說順序比較靠後的鄭泰義一邊看著不斷被打到爆血最終只能爬出場外的男人們，一邊擔心起自己的未來。

「大家是瘋了嗎？」他滿臉正經地摸著自己的下巴咕噥道。

剛好是鄭泰義後面一號的源浩則是一臉嚴肅地點頭附和：「就是說啊。對那群瘋子而言，最好的良藥就是棍子了啦！這種時候就是要幫忙把他們打醒，要不然他們還能上哪去學到這珍貴的道理啊？」

「……」

鄭泰義原本還以為總是開朗又爽快的源浩絕對是這群人中難得的正常人。殊不知對方其實也瘋得很徹底。他此時才意識到，這群人並不是天生就是個壞人，而是這個組織存在著很大的問題，才會導致每個進來這裡的人都變成激進的殺人魔。

鄭泰義露出惋惜的眼神看了源浩一眼後，再次將視線轉回到場上。現在他的面前正好有兩個男人在廝鬥中。而教官似乎根本就不在乎是誰的血流了整地，他只是專心地在看場上的兩人是否違反了彼此定下的派別規則。

當場上有人主動放棄，又或者是有一方明顯勝出時，教官才會喊停。

鄭泰義已經能猜到今天的醫務室絕對會爆滿，甚至會滿到醫務室裡都躺不下的程度。更何況依照這群人的個性，要是他們全都躺在醫務室裡的話，肯定又會拿起手邊的東西開始互砸，最終又再次打起來。照這樣下去，藥品肯定也都會被他們用光吧。

「這種毫無意義的打鬥真的有意義嗎？」

鄭泰義看著大家雜亂無章的鬥毆，不禁懷疑起這場集訓是否真的有其存在的意義在。然而隨著對練持續進行下去後，他也漸漸收起了這個想法。

每當一場對練結束後，授課教官便會一一指出剛剛那場對練中有什麼地方是大家需要多加注意的。像是「左手必須從什麼方向往什麼方向揮拳」「右腳必須以接近直角的角度才能準確地防範對手的攻擊」等。

最令人訝異的莫過於是教官除了觀察得十分入微之外，他還能記住兩方交手過程中的所有動作。甚至後來調出紀錄影片重看的時候，教官也沒有說錯任何地方。

除此之外，當場上的兩人在打鬥時，站在一旁圍觀歡呼著的男人們似乎也都能察覺到有哪些動作會直接影響到勝負的關鍵，以及場上兩人各自的優缺點在哪。

雖然隨著場上打鬥的時間拉長，會逐漸演變成亂七八糟的鬥毆。但看在一旁觀眾的眼裡，這卻是再精彩不過的研究資料了。

當然這件事的前提是，這群觀眾的素質本身也要夠高才能看得懂這場雜亂無章鬥毆中那值得學習的部分。

鄭泰義抓了抓自己的脖子，他不禁在心底碎念道：也對啦，無論他們這種模樣再怎麼罕見，也不能改變他們在外頭都是數一數二菁英的事實。

就連現在被打到渾身是血，被拉出場外的那個亞洲部員也是在中央情報局裡工作到一半，獲得特別許可後，來到機構裡進行為期兩年進修的人才。

除了那個人之外，也有很多部員都是在公家機關工作到一半，為了要增進自己的實力而來到這裡進修的人。

……明明他們都是一群這麼優秀的人才，為什麼偏偏要在這種莫名其妙的地方賭上自己的性命啊？鄭泰義一邊搖頭，一邊嘆氣。

「不要嘆氣啦，你又不可能真的會被他們打死。如果真的快不行的話就投降……不對，你絕對不能講出『投降』這兩個字。真的快不行的話，你就假裝暈倒吧。只是在暈倒之前，你一定要狠狠地揍對方一拳！」源浩站在鄭泰義的身後，抓住他的肩膀叮囑道。

只不過源浩完全搞錯了重點。他一看到鄭泰義嘆氣，就誤以為對方是因為快輪到自己感到不安才會頻頻嘆氣。

但由於源浩說的也不完全錯，鄭泰義也懶得特地糾正他。

鄭泰義看向了站在對面，即將要與自己較量的對手。對方從體型上看起來就比他還要更具優勢。雖然鄭泰義也暗自期待著或許對方只是外表看起來凶悍，實際上卻是個毫無格鬥技巧的傢伙。只不過在他看見那人身上結實到一定是透過實戰經驗才有辦法練成的肌肉以及沉著穩重的表情後，這小小的期待也跟著煙消雲散。

論誰來看都能看得出對方肯定是對面那群部員中，數一數二最強的人。鄭泰義不禁再次佩服起自己的壞運氣。

當鄭泰義前面一號的部員們結束對練，教官的講評與部員間的討論也都完成後，教官喊起了鄭泰義的名字。而他也瞬間露出像是吃到蟲子般的表情站了起來。

「你一定要贏啊！」

「打死他！打死他！」

「最會耍花招的大師，我們都靠你了啊！」

鄭泰義聽著周遭此起彼落的歡呼聲，心情卻絲毫高興不起來。因為他完全沒有信心能夠迎合大家的期望。

雖然鄭泰義對於打贏對方不抱任何期待，但他對自己看人的眼光還是挺有自信的。他一眼就能看出，他絕對招架不住對方的攻擊。

既然如此，那就只能使用那個方法了。

「至少得想辦法讓自己被打的時候不要那麼痛。」鄭泰義咕噥道。

在教官喊出開始後，鄭泰義馬上就與那名男子碰撞在一起。

他明顯能感受到那名男子非但學過很多不同的格鬥方式，甚至基礎都打得十分扎實。那人除了懂得變通各種格鬥技間的技巧之外，竅門也都掌握得很好。

碰上這種對手別說是要打贏對方，光是要想辦法不被對方打個半死都是個問題了。因此鄭泰義也只能拚命地躲開對方的攻擊。

若是在躲不開的情況下，他就只能想辦法讓自己不要被打得太慘；而這剛好也是鄭泰義唯一一個比得過其他人的打鬥技巧。

雖然這個技巧看上去很像在耍花招，但當鄭泰義還在軍隊時，這個技巧可是幫助他度過了許多的難關。而其中最基本也最好用的技術就是當對方準備要揮拳時，先貼近對方的身體，在拳頭落下的瞬間再馬上後退。

或許看在他人眼裡，這只是個既荒謬又不切實際的方法。但只要好好活用的話，絕對沒有其他技術能比這個方法還要好用。

但是，即便如此……

「被打的時候還是超他媽痛的啊！」

如果只是被打個一、兩下的話，那或許這個方法還能起到一點作用。但如果是直接被連續痛毆十幾下的話，那無論是再怎麼神奇的妙招也無法抵擋住那股錐心刺骨的疼痛感。

畢竟這個方法頂多只能讓被打的人稍微不那麼痛，但這並不代表那份痛感會減半又或者是直接無感。

只不過痛歸痛，每當鄭泰義被對方連續打個十幾拳時，他還是會想辦法趁機回擊。然而與鄭泰義交手的那名男子似乎是對鄭泰義的出拳力道感到不滿意，他漸漸皺起了眉頭。在男子被鄭泰義還沒來得及使力就隨意出拳的拳頭打中時，他的表情明顯地越來越難看。

當鄭泰義認為對方看起來已經火大到若是不小心被他的拳頭直直打中的話，絕對會馬上被送去醫務室的同時，男子憤恨不平地直接舉起拳頭用力朝鄭泰義的臉上揮去。

還沒等鄭泰義思考完要不要乾脆直接被對方打暈裝死時，男子的拳頭不偏不移地就打中了他。

「咳……」鄭泰義痛到連慘叫聲都發不出來。

在他被那個拳頭擊中的瞬間，他才意識到原來自己剛剛真的都順利躲掉了對方的攻擊。因為此刻的鄭泰義已經痛到快喘不過氣，身體內部的五臟六腑彷彿就要從嘴裡吐出來似的難受。

然而與此同時，他也覺得很慶幸。因為被打成這樣就可以名正言順地直接躺在地板上裝死了。

雖然話是這麼說，但他其實也真的痛到無法好好地站直。

眼見鄭泰義毫不猶豫地就躺在地板上舉白旗投降，男子看上去又更加火大了。他彷佛是對還沒打得盡興，對手就已經躺下的這件事感到十分惱火。

而鄭泰義見狀馬上忍痛送上一個爽快的微笑給對方。

那個笑容就像在說「你這臭小子，我被你打成這樣就夠了吧，你是還想打多久？」

或許男子也看出了鄭泰義笑容中所蘊藏的含義，臉上的怒意又更加濃厚了。

只不過還沒等男子做出動作，教官就下了停止令。縱使男子再怎麼不滿，他也只能悻悻然地退回原位。

而鄭泰義就這樣繼續躺在地板上，期待著其他同伴們會過來背他去醫務室。然而他最終等來的就只有一句：「不要在那邊裝死，快點起來讓位給源浩。」

「嘖，你們這群沒血沒淚的傢伙。」鄭泰義一邊緩緩起身，一邊碎念。

源浩身為這次對練中的最後一號，他也像前面的部員們一樣被打得很慘。但同時，他也將對手打得跟他自己一樣淒慘。

在結束漫長的對練，被拉出對練室時，時間早就已經超過原定的表定時間很久了。

雖然每個人可以與對手對練的時間並不長，但每場對練都會有教官的講評以及部員們之間的討論。所以即便只對練了七、八次，最終也花上了好長一段時間才結束。

縱使是課堂上精神奕奕不斷朝對方怒罵髒話與趁機揶揄對手的部員們，在對練結束後也一一露出了疲倦的神情。畢竟光是看著對練過程並分析就已經夠累人了，甚至還要親自加入對練之中，可想而知上完這堂課的部員們又該有多累。

而鄭泰義自然也是如此。在教官說完下課並走出對練室時，他馬上就無力地癱倒在書桌上。雖然在他身旁的同伴們又再次爆發與午餐時類似的衝突場面，但現在的他依舊跟中午一樣，既不想也沒有那個力氣去阻止雙方的爭吵。

托尤在結束與歐洲部員們的爭執後，一邊大口喝著水，一邊朝鄭泰義的方向走了過來。

「你是因為剛剛太努力被對方痛毆，才那麼沒精神嗎？既然那麼累的話，就回去房間裡睡一下啊。」

「你才是吧。剛剛看起來戾氣超重，現在似乎又恢復正常了呢。」

「那群傢伙們欠揍到連脾氣再好的人看到都會氣得直跳腳，我是還能怎麼辦？」

鄭泰義沒有回話。在這個地方最明智也最安全的選擇就是閉嘴，不要多話。

在他面前的那群人們就跟中午一樣，漸漸地抬高音量，開始互罵了起來。然而若不是因為他們剛剛才結束完對練，彼此的疲憊感都還沒完全消退的話，兩方肯定早就已經大打出手。

鄭泰義搖搖晃晃地起身。他無視身後充斥著各種髒話與詆毀字眼的人群，徑直地朝對練室的大門走去。而額頭上還不停流著鮮血的源浩見狀馬上就問鄭泰義要去哪。

他先是露出疲倦的神情直勾勾地盯著對方好一陣子，隨後才用更加疲憊的嗓音答道：「由於我違反了『分部內禁止持有個人武器』這個條目，所以我現在必須去接受懲罰。」

「剛剛不是已經被叫去教官室裡訓話過了嗎？這樣還不夠哦？」

「他看上去有那麼好糊弄嗎……他叫我親手抄完十本聯合國人力資源培訓機構的規則條例後，再拿給他檢查。」

「親手……那需要我幫你嗎？」

「如果筆跡不一樣的話，不只我還要再抄十本，幫我的人也要抄十本給他檢查。」

「嗯……那你自己加油吧。我的心與你同在。」源浩投以同情的眼神說道。

鄭泰義沒有回話，只是輕輕朝對方揮了個手後便走出了對練室。

雖然他也很想馬上回到房間裡好好睡一覺，但叔叔在下達這項懲罰的同時還親切地訂定了一個截止日期。最晚三天後的早上就必須把十本規則條例抄好拿給他檢查。

所以鄭泰義必須得犧牲自己珍貴的自由時間去完成這項懲罰。

值得慶幸的是聯合國人力資源培訓機構的規則條例並不難找。他不需要在讀書室裡那眾多的書櫃中一一尋找分類號，因為所有跟UNHRDO有關的書籍都被放在大門旁邊獨立出來的書櫃裡頭。

鄭泰義從中抽出了一本跟普通筆記本差不多大的規則條例後，不禁深深嘆了口氣。那本規則條例無論是大小抑或是厚度全都跟正常的筆記本無異。所以要他罰抄這本也算不上是多強人所難的懲罰。

只不過在他翻開規則條例，看見裡頭密密麻麻的條文後，又不由自主地開始嘆氣。三天後就得交了……我該慶幸至少我還有時間可以睡覺嗎？

雖然肯定得犧牲掉午餐時間跟表定行程間短暫的休息時間來抄寫這些條文，但至少還不至於到得犧牲睡眠時間才抄得完的程度。

鄭泰義舉起手中的書，把它當作扇子似的左右晃動了起來。同時他也準備朝借書櫃檯的方向走去。然而正當他要邁開步伐的剎那，他突然看見了書本側面貼著的字條：禁止外借。

「這是怎樣？」鄭泰義停下手中晃動的動作，啞然地喃喃道。

如果這不能外借的話，那他是要在哪裡抄寫這本規則條例？除了這裡之外，還有哪個地方會有這種毫無任何用處的書籍？

只不過無論他怎麼掃這本書的條碼，自助借書機上都無法成功辨別這本書的資訊。雖然鄭泰義也有想過乾脆直接拿著這本書逃跑算了，但門口聳立的防盜器肯定會馬上警鈴大作，搞到整層樓的人都知道他偷書。

「跟機構有關的書都不能外借喔，因為那是內部資料。如果你真的想看的話就在讀書室裡面看吧，要不然你也可以徵得教官的許可再借出。」站在鄭泰義身後等著借書的男子看他一直無法成功，緩緩解釋道。

「這樣啊，謝謝你。」鄭泰義馬上讓開位置，茫然地看著自己手中的書。

只要獲得教官的許可就可以外借的書……叔叔是絕對不可能會不知道這件事的。看來對方擺明了就是要鄭泰義一有空閒時間，就乖乖來讀書室抄這本書。

鄭泰義再次舉起手中的書開始搧風。他無奈地咂了咂嘴後，便轉身離開借書櫃檯。既然不能外借的話，那他也只能把空白筆記本帶來這裡抄了。

仔細一想，被困在這裡罰抄的期間，一定能大幅減少與其他傢伙起衝突的機率。或許這反倒是件好事也說不定。

回去寢室拿完書寫用具的鄭泰義，隨便選了讀書室裡的一張書桌坐了下來。雖然他很想隨便抓一個路人過來幫他一起抄這本規則條例，但叔叔那句「筆跡不一樣的話就再罰抄個十本」怎麼聽都不像玩笑話。更何況叔叔也不可能笨到會分不出來這是不是同一個人的字跡。

還是我先抄完一本，其中一些部分用印的，另一部分再用手寫的話……鄭泰義才剛想到一半便又搖頭作罷。如果要小聰明被叔叔抓到，到時候的下場肯定比現在還要更慘。

不想再浪費時間的鄭泰義馬上捲起袖子開始罰抄了起來。

其實他也曾經對於罰寫這個處罰感到很困惑。他又不是小學生了，抄這種毫無意義的條文真的有用嗎？但仔細一想，叔叔給的這種懲罰已經算是相當輕微的了。

「其中關於禁止攜帶個人武器的部分，記得給我寫漂亮一點啊！」回想起叔叔這句叮嚀的鄭泰義開始責怪自己當初的愚蠢。

然而在他開始罰抄兩個小時後。

「早知道就直接讓那個不認識的傢伙被對方殺死、早知道就直接讓那個不認識的傢伙被對方殺死……」鄭泰義的嘴中開始無意識地重複著這一句話。

明明自己也不是什麼正義使者，當初幹嘛還特地從他人身上搶走別人的手槍——裡面甚至還沒有裝子彈，他是真的差點就死在那個現場了——去救一個他根本就不認識的傢伙，甚至最後還加碼賭上自己這為期半個月的生命安全。

就是因為當初在軍隊裡養成的陋習，我才會突然發瘋吧。

鄭泰義咬牙切齒地拚命抄寫著條文。他的手腕跟手臂也漸漸開始痠痛了起來。雖然他很想衝去醫務室拿一片痠痛貼布來貼，但一想到今天下午對練時的那副慘況，他就不禁懷疑起醫務室裡是否真的還有多餘的痠痛貼布可以給他用。

然而鄭泰義他們那組的對練其實還不算打得特別嚴重。

在鄭泰義結束表定行程跑來讀書室之前，有先去醫務室裡治療自己在對練時被對方用手肘打到肋骨所留下的傷口。當雜務官在幫他找可以擦的藥膏時，鄭泰義環視了一下醫務室。而他的視線馬上就被床上躺著的幾具活屍嚇到。

「呃啊，這是什麼啊……」

鄭泰義的旁邊剛好就躺著一副連人形都快看不出來的肉塊。對方的四肢被夾板固定，其他地方則大多都被繃帶纏著，而唯一露出的肌膚上也全是結痂。

對方的臉不知道被打得有多慘，看上去十分駭人。鄭泰義見狀不禁懷疑地伸出自己的手指，想要確定對方是否真的還在呼吸。然而在他碰到那人之前，一道呼喊聲突然出現。

「藥膏在這。喂——你不要碰他！他可是今天這群傢伙裡被打得最慘的人。」身兼醫官身分的雜務官在看見鄭泰義的動作後，連忙揮手制止。

鄭泰義接過對方手中的藥膏，點了點頭問道：「他看上去好像真的傷得很嚴重耶……當初到底是被打得有多嚴重，才會變成這副慘樣？跟這傢伙對練的人是誰啊？該不會是躺在那裡的那個人吧？」鄭泰義指著看起來第二嚴重的活屍發問。

然而雜務官只是搖了搖頭，「那傢伙不在這裡。他現在應該毫髮無傷地在某個地方遊玩吧。」

「什麼？他的對手都被打成這樣了，那個人居然毫髮無傷嗎？怎麼可能會有這種傢伙——」鄭泰義瞠目結舌地說到一半，突然閉上了嘴。因為他的腦海頓時浮現了一個人的身影。

雜務官似乎已經猜到鄭泰義腦海裡的那個人是誰，他默默地點了點頭。

「對，就是他。」

「……」

那名患者的模樣瞬間就變得十分不一樣。畢竟當初若是出了一點差錯，現在躺在這裡的人說不定就是鄭泰義了。

鄭泰義有些膽怯地再看了一眼躺在病床上的那名活屍，隨即便打開了雜務官遞給他的藥膏。轉開藥膏上蓋的剎那，一股熟悉的味道就這樣湧入鄭泰義的鼻腔內，使他不禁皺起了眉頭。

「這是什麼……虎標萬金油？」

「對呀，你沒有看過嗎？這外面到處都有在賣耶。等集訓結束，你們可以去香港的話，記得去買一罐回來放啊！這罐萬用到很多部員都會買一堆放在房間裡以備不時之需呢！畢竟你們時不時就會受傷嘛。」

鄭泰義露出有些不情願的表情盯著那罐藥膏看。其實早在他小的時候，他的外婆就曾經拿出這罐藥膏替他擦過藥。雖然次數並不多，但那股特有的味道使鄭泰義至今仍舊無法忘懷。

只不過這裡好歹也是醫務室，難道就沒有一些比較正統的藥膏可以擦嗎？

而雜務官似乎是從鄭泰義的表情中猜出了對方的想法，他嚴肅地開口：「你啊，可不要小看這罐藥膏！你自己看這裡的說明書，肌肉痠痛、腳踝扭傷、被蚊蟲叮咬，甚至連頭痛都可以用！它絕對比你想得還要更萬用呢！」

「不對啊，頭痛跟藥膏有什麼關係……該不會是要我擦在頭上吧？還是這也可以吃？」

「反正說明書上都有寫啦，你就自己慢慢研究。」

還真的就像雜務官說的那樣。藥品說明書上的治療範疇還提到了頭痛兩字。

「不過……看完這張說明書後，我的頭反倒開始痛了……」鄭泰義苦惱地接著碎念道：「所以這個藥膏是要擦在頭的哪裡啊？」

在他還研究著虎標萬金油的時候，又有一群受傷的傢伙擠進了醫務室。雜務官一邊喊著「我快忙死了」，一邊挖了一大坨藥膏擦在鄭泰義的腰上。

當雜務官擦完之後，馬上就把鄭泰義推到門邊，示意要他滾蛋。同時還不忘叮嚀不要再因為這種小傷而跑來醫務室。

被趕出來的鄭泰義在確認完湧進醫務室裡的人群之中，都沒有人傷得比病床上那名活屍還嚴重後，才跑來了讀書室。

「……」

即便是抄寫著條文的現在，他也能聞到虎標萬金油的味道隔著衣服從腰際附近飄出來。縱使他的手已經痠痛到需要將藥膏從手腕一路擦到整隻手臂才夠的程度，但一想到那個刺鼻的味道肯定會比現在還要濃烈個好幾倍後，他就不禁嘆氣作罷。

「早知道在叔叔找上門之前，我就跟哥哥一起逃跑了。早知道在叔叔出現之前，我就先溜走了……」

不知不覺，鄭泰義口中的咒語已經換了不同的內容。

雖然此刻的他後悔的可不只有一、兩件事而已，但最令他感到後悔的莫過於還是整起事件的源頭。縱使那個源頭後來也延伸出了很多令他感到懊悔的選擇，但其中最令他掛心的果然還是剛剛看見的那具活屍。

他原本認為從今以後只要不要再經過里格勞的周遭就足夠了。然而現在看來，唯一的上策似乎就只有躲得遠遠的才不會遭殃。

既然事情都發展成這樣了，鄭泰義也只能盡力讓自己不要出現在對方的視線範圍之內；如果是一定得出現在對方面前的全體集訓，那他也只能躲在同伴裡，想辦法讓自己不要太過顯眼。

鄭泰義一邊嘆氣，一邊將好不容易抄完的第一本規則條例放到旁邊，緩緩地伸了個懶腰。

現在讀書室裡一個人都沒有。雖然這裡本來就不是個多熱鬧的地方，但或許是因為今天是集訓的第一天，大家實在是忙到沒有時間來這裡看書才使讀書室顯得格外冷清。

縱使有人會進來，也只有寥寥一兩名而已。更何況他們都是拿完想要借閱的書籍後，馬上就又離開了這裡。

鄭泰義捶打起自己緊繃的肩膀，隨後又開始晃動脖子放鬆僵硬的頸椎。才抄完第一本就累成這樣，他還真不知道什麼時候才能把剩下的九本規則條例都抄完。

雖然未來渺茫到使他不自覺地又開始嘆氣，但該做的還是得做。他馬上又翻開了新的筆記本，開始抄寫起第一個句子。

聯合國人力資源培訓機構的規則條例。第一條，組織體系……

「還真是辛苦呢。我看旁邊擺著的筆記本，看來你還要再抄九本？」

鄭泰義一聽見身後傳來的緩慢低語，手不小心就抖了一下。端正的手寫字上霎時就出現了一條歪斜的線條。

鄭泰義死命地盯著那條過於突兀的線，嘴裡下意識地咒罵了起來，「媽的。」

他背對著對方，而這正是再危險不過的動作。如果男子突然將刀刃插進他的脖子裡，想躲也躲不掉。更何況男子都已經走到他的正後方了，他卻絲毫都沒有察覺到對方的氣息，更別提是要提前防範男子的攻擊。

一想到這，原先還緊繃著身子的鄭泰義也漸漸地放鬆了。

現在的他唯一能做的也就只有舉起雙手投降。要是他仍舊執意要逃跑的話，肯定瞬間就會被男子用利刀給刺死。

好啦，你想殺我就殺吧……

鄭泰義在不小心手抖畫歪的線條旁繼續抄寫起條文，同時有些生硬地開口道：「這裡應該沒有什麼值得一看的書吧。」

雖然跟傳聞裡的形象很不搭，但男子在看書方面的喜好的確十分刁鑽。鄭泰義不禁思考起這間讀書室裡真的會有對方想看的書嗎？

「也對，跟你房間的書比起來，這裡的確遜色了許多呢。」

雖然男子表面上這樣答道，但對方似乎已經找到了想看的書。他手中拿起了一本書，在與鄭泰義相隔兩個位置的座位上坐下。

鄭泰義見狀馬上露出十分訝異的表情看著對方。因為他從沒想過男子會如此輕易地就放過他。

縱使他也不希望發生砍人事件，但他真的以為下次再見到對方時，男子肯定會毫不留情地直接與他大打出手。

此刻的里格勞看上去就跟早上一模一樣；甚至也跟昨晚在鄭泰義房間偶遇時一模一樣。他身上唯一的不同就只有服裝而已。

無論是沉著又游刃有餘的動作，又或者是乾淨白皙的臉龐，都找不著絲毫疲憊的神色與徵兆。

里格勞就這樣忽視鄭泰義的存在，泰然地就坐翻開書讀了起來。對方戴上眼鏡的視線直勾勾地鎖定在書本的文字上。

那傢伙該不會忘記了吧……？他是不是已經忘了我早上才把槍抵在他脖子上的事啊？

鄭泰義滿腹狐疑地緊盯著里格勞看。而對方似乎也察覺到鄭泰義的視線，他翻著書頁的手停了下來，抬起頭望向了鄭泰義的方向。

兩人四目相交。

里格勞默默地看著眼神沒有閃躲，依舊直直盯著他看的鄭泰義。突然間，他像是想起什麼似的闔上了書頁。

「怎樣，你要我幫你嗎？」里格勞伸出了手，像是在示意鄭泰義把筆記本跟筆給他。

「看來這就是你違反持有武器所受的懲罰？還真是輕微啊。鄭教官應該多少有看在你是他姪子的分上偷給你放水吧。」

聽到對方一點也不像在開玩笑的語氣後，鄭泰義皺起了眉頭，「你是在暗指我享有特權嗎？如果我因為是教官的姪子所以才有特權的話，那你呢？你是跟誰有什麼關係，才可以把其他人打成一副鬼樣還不用受罰啊？」

聽完鄭泰義的話後，里格勞先是笑了起來。隨後他又擺了擺手解釋道：「你不需要那麼生氣，我單純想表達鄭教官很疼你的這件事罷了。就算你真的沒有受到任何懲罰，我也不在意啊。我只是想講出我看見的事實，你就別生氣啦！」

「……看來我跟叔叔的關係也傳到歐洲分部去了啊？」

「難得有勇者敢把槍抵在我的脖子上，關於你的消息當然早就傳得沸沸揚揚了。鄭泰義，被叔叔抓來亞洲分部還不到一個月的正義使者。我沒說錯吧？」

看來他沒有忘記那件事。那這個瘋子怎麼還沒做出任何動作？鄭泰義歪著頭，直勾勾地瞪著對方。

里格勞見狀像是覺得很可笑般地挑眉說道，「你幹嘛露出那種表情？真正要瞪人的人反倒是我吧？」

「……」

「還是你覺得我下一秒就會衝上去把你給掐死？」

「對啊。」鄭泰義不滿地撇嘴回答。而里格勞只是輕笑了幾聲。

「雖然我有可能會這樣做，但至少不是現在。就麻煩你再稍等一下囉。」語畢，里格勞再次翻開書頁。他像是不想再被打擾似的低下頭，將精神全都集中在書本上。

而鄭泰義則是過了好一會兒後才收回自己的視線，重新抄起條文。

在他猶如機器般奮筆疾書的同時，他慢慢回味起男子剛剛說過的話。而其中最令他印象深刻的莫過於是對方的最後一句話。

——但至少不是現在。就麻煩你再稍等一下囉。

不需要思考太多次，鄭泰義馬上就能聽懂對方的意思。那句話代表著：我只是現在不想殺你罷了。只要我想，我隨時隨地都能把你弄死。

那個時間點有可能是一分鐘後。也有可能是集訓結束，他們要回去歐洲的那一天。但鄭泰義還寧願對方趁現在趕快下手。畢竟這種沒有期限的威脅，只會讓他在這半個月裡天天都坐如針氈罷了。

一想到這，突然有些惱火的鄭泰義加重了手中握筆的力道。

唧咿——。筆記本就這樣被他劃破，出現了一個洞。

鄭泰義猛然想起了軍隊裡的那個金少尉。那個傢伙也是這樣。當鄭泰義因為去了充滿著同性戀的店裡而被捲入亂砍事件的事傳回軍校後，好死不死第一個得知這消息的人就是金少尉。

當時的金少尉先是露出嘲諷的表情看著鄭泰義。隨後又像是故意要講給他聽似的碎念起：「反正這件事也沒有必要馬上就告訴大家嘛。」

或許惹人厭的傢伙們都有共通點吧。不對，金少尉頂多只是很惹人厭罷了，他再怎麼樣也不像里格勞一樣危險。這麼一看，金少尉似乎還比里格勞好一點呢。

可能是因為內心太過憤恨不平，間接加速了鄭泰義的寫字速度。不知不覺他已經抄完了第二本的規則條例，隨手翻開第三本筆記本了。

他再次在筆記本的第一頁寫上了：聯合國人力資源培訓機構的規則條例。第一條，組織體系。

這種單純勞動的優點跟缺點就是手雖然一直在動，但腦中卻會不斷去想其他的事情。若是平常的話，鄭泰義可能會回想起周遭的人事物抑或者是過去的往事；但現在的他卻無心回味這些小事。

或許是因為足以威脅他生命安全的人就坐在他旁邊，他的腦海裡現在只剩下慘淡無比的未來。

「不會有什麼改變的。反正我就想辦法不要出現在他的面前，如果真的得出現在他周遭的話，就無條件地跟在同伴們身邊就好。只要這樣，我肯定就能活下來了……」

就算會被說卑鄙無恥，為了保存自己的性命，鄭泰義早就已經做好未來半個月要跟在教官身後的決心了。里格勞再怎麼瘋，也不可能直接當著教官的面殺人吧？

口中不斷碎念著什麼的鄭泰義猛然感覺到了一股視線，他抬頭看向視線的源頭。明明他的嘟噥聲是絕對不可能讓對方聽見的，但不知道從什麼時候開始里格勞一臉很感興趣地直勾勾盯著他看。

「……如果在教官面前殺人會怎麼樣？」既然都與對方四目相覷了，鄭泰義一不做二不休地停下手中的動作問道。就算這個提問會透露出自己正在想些什麼，但現在的他早已顧不得那麼多。

里格勞笑著指了指鄭泰義的手下，「當你在抄那些條文的時候難道沒有看到嗎？處罰準則項目上應該寫得很詳細吧？」

「雖然上面有寫到殺死人會受到什麼樣的懲罰，但裡面沒有提及如果是在教官面前殺人又會有什麼樣的處分。」鄭泰義不滿地嘟噥道。

其實裡頭對於殺死人的懲罰也寫得相當模糊。基本上每起案例都會被當作特例來對待。換句話說，就是依照狀況的不同而有不一樣的懲處。

里格勞像是在思考般地歪起了頭，「這個嗎……因為我不曾在教官面前殺過人，所以我也不太清楚。我只知道若是殺死教官的話，會被關在地牢裡八個月而已。」

唧咿——。鄭泰義的手再次抖了一下。他看著筆記本上歪斜的線條陷入了沉思之中。

對於一個連教官都敢殺的人，就算鄭泰義死命地躲在同伴們之中，里格勞肯定也會把他從人群裡揪出來直接殺掉。

鄭泰義費盡心機所想到的妙招霎時就變得毫無意義。

「順帶一提，我當時是正當防衛。就跟今天早上一樣。」里格勞補充道。

鄭泰義轉起了手中的筆。他的心情陷入前所未有的低谷之中。

究竟是他搞錯了「正當防衛」的含義，還是男子單純誤會了這個詞彙的意思？思索許久，鄭泰義認為搞錯的絕對是對方。

「我再補充一下。所謂的『正當防衛』指的是我受到他人的迫害，為了阻止對方急切又無理的舉動，基於無奈下而被迫做出的加害行為。」

看來這個男人也清楚知道著正當防衛的含義。但鄭泰義對里格勞將自己的行為視作一種「基於無奈下而被迫做出的行為」感到十分可笑。

他拚了老命才總算忍住想要直接嗆回去的衝動。

「如果要拿今天早上的事來舉例的話，你難道就不覺得自己的『加害行為』有點過頭了嗎？」鄭泰義選了一句相較之下比較和善一點的吐槽。

里格勞搖了搖頭，「你不是也有聽到嗎？他當時還有叫你開槍耶。就算我隨隨便便放過了他，但他可不是個會隨隨便便就放過我的人。我是顧及到未來的安危，才做出這種不得已的選擇。更何況那個傢伙現在不是還活得好好的嗎？雖然他被關到地牢裡就是了。」

「那你真的殺了那個教官嗎？」

聽完鄭泰義的提問後，里格勞輕輕地笑了起來。他像是有些為難似的沉默了一下，隨後開口答道：「基本上是那樣沒錯，但我當時也在鬼門關前走了一遭呢。要不是我快被對方打死了，我也不會真的把教官殺掉。天知道我殺掉他之後有多後悔啊。」

鄭泰義看對方滿臉遺憾地盡講一些歪理，差點又忍不住吐槽「就你最多不得已的苦衷」。

縱使鄭泰義依舊不知道里格勞是因為什麼理由而殺了教官，但凡是惹里格勞不爽的人，無論對方的身分是教官、次長還是總管，鄭泰義相信對方都能泰然自若地殺掉對方。

也就是說，鄭泰義想藉由躲進人海逃離男子視線範圍的這個計畫已經宣告失敗了。他現在唯一能做的就只剩下躲得遠遠的這個選項而已。

雖然是否真的能辦到也是個未知數就是了。

「最近是怎樣啊，怎麼能衰成這樣。」鄭泰義將筆丟在筆記本上咕噥道。即便他本來就不是個多幸運的人，但自從來到這座島上後，他基本上就與好運兩字絕緣了。

「聽說鄭在一是個超幸運的人，身為他弟弟的你難道不是嗎？」聽見碎念內容的里格勞好奇發問。

鄭泰義抬眼看向對方，嘀咕了一句：「消息傳得還真快啊。」隨後又意識到反正這件事在亞洲分部裡早就已經是公開的祕密，他才接著說道：「即便我們是兄弟，但這也不代表我跟他會一樣幸運。我的運氣就很平凡……雖然現在應該是降到了平凡以下吧。」

「啊哈。」里格勞露出一個微妙的笑容後，就沒有再接話。

而鄭泰義則是想起了許久未見的哥哥。如果是哥哥遇到現在這種情況的話——雖然對方肯定幸運到不會碰上這種情形——里格勞肯定會因為一些意外而被迫要離開這座島上，要不然就是被突然出現的十幾隻毒蛇給咬死。

鄭泰義滿臉嚴肅地指著里格勞，「你應該要慶幸你遇到的是我，而不是我哥哥。要不然你現在可就無法這麼容光煥發了。」

聽到這句話的里格勞猛然大笑了起來。

其實鄭泰義一直很懷疑對方究竟有沒有聽懂自己想表達的意思，但這次里格勞似乎也完美理解了鄭泰義的弦外之音。

「對啊，還真是謝謝你呢。為了要報答這份感謝，我今天是不會對你下手的。所以你就不要再板著一張臉，放輕鬆點吧。」

「如果你真的想報答我的話，就把期限延長到未來的這半個月吧。」

「這個嗎……由於我不是個很能控制自己情緒的人，所以我無法做出沒辦法達成的約定。」

鄭泰義怎麼聽都覺得對方的這一段話就是在警告他，在未來的這半個月內，他總有一天會來找鄭泰義報仇的。而里格勞明顯變冷的眼神似乎也在印證著鄭泰義的這個想法。

苦澀咂著嘴的鄭泰義再次拿起被他丟在桌上的筆。他現在唯一能做到的消極反抗就只剩下想辦法減少與里格勞見面的次數了。

突然，鄭泰義停下手中的動作。他看向了再次看起書的里格勞問道：「你剛剛不是說要幫我嗎？」

里格勞疑惑地挑了挑眉。在他看見鄭泰義手邊的筆記本跟筆之後才想起自己不久前曾經講過的話。他似乎是沒料到鄭泰義會提出這個請求，聳了聳肩說：「你想要我幫你的話，我就幫啊。反正罰抄也不是什麼很困難的事……但是鄭教官應該會馬上看出我們兩個的字跡不一樣吧？」

里格勞明明知道這件事，卻還是豪爽地答應了鄭泰義的要求。看來對方是真心想要幫鄭泰義這個忙。

「沒差啦，沒事的！我也不求多，你簡單幫我抄個一本就夠了。」鄭泰義笑著遞出了空白的筆記本跟原子筆。

「嗯……好吧。」里格勞爽快接過書寫用具後，馬上抄寫起規則條例。

看著對方飛快揮動的手，鄭泰義的腦海中浮現出了叔叔的那句「幫你的人也要再抄十本給我」即便未來的自己肯定會深陷罰抄地獄之中，但此刻的他已經找到了能與對方同歸於盡的方法。

你這次總逃不掉了吧。祝你被罰抄到再也沒有時間出來亂晃。

＊　＊　＊

鄭泰義現在總算能理解為什麼同伴們在他剛抵達這座島上時，就不斷叮嚀他一定得先培養體力、一定得先鍛鍊好的原因。雖然集訓第一天並沒有累到度日如年的程度，但絕對比平常的訓練還要辛苦個十幾倍。

跟同個分部的同伴們一起訓練時，你會因為知道對方並沒有真的要將你置於死地而多少有些鬆懈。但是集訓開始後，無論是再怎麼瑣碎的對練，鄭泰義都不得不繃緊神經來面對。

畢竟有太多傢伙擺明就是要拿對練中的失誤當藉口，想趁機把你的手臂折斷。

甚至就連休息時也不能放鬆戒備。由於休息空間是彼此共用的，你永遠都猜不到會不會下一秒突然就有一顆石頭朝你飛過來。如果再衰一點的話，或許還會有人突然掏出一把空氣槍也說不定。

唯一能夠真正放輕鬆的時刻就只有結束表定行程，進到房間並鎖上門的那一段時間而已。偶爾為了要去浴室或廁所而不得不出房門時，也會有一堆人站在走廊上故意要找架吵。若是不能想辦法避開的話，就只剩下正面迎戰這個選擇了。

而懶得去避開也不想正面迎戰的鄭泰義在表定行程一結束後，往往都會先順路去上廁所，接著馬上躲進房間癱倒在自己的床上。但其實他就連躲進房間後也無法真正的放鬆。

因為他還得無時無刻接收莫洛埋怨的眼神。

「對啦、對，都是我的錯。就算會花光我戶頭裡的錢，我也會買好幾百隻柯爾特手槍來還你，這樣可以了嗎……」躺在床上的鄭泰義低聲咕噥道。他現在已經累到連正常講話的力氣都沒了。

前一秒還怒瞪著鄭泰義的莫洛，下一秒馬上又開始埋頭於他心愛的猜謎雜誌裡；而說要去廁所的托尤，卻到現在都還沒回來。依照對方的個性，他不是捲入了他人的鬥爭之中，要不然就是自己發起了一場戰鬥。

鄭泰義不禁讚嘆起對方居然能夠這樣不分晝夜地加入各種大大小小的鬥爭中，卻還樂此不疲。

「喂，有人找你。」莫洛那不是很情願的嗓音就這樣傳入了躺在床上快要睡著的鄭泰義耳中。

鄭泰義先是抬頭看向了被他丟在書桌上的對講機，隨後又馬上將臉埋進了枕頭之中。他已經沒有力氣去確認到底是誰在找他了。

只不過沒過多久，莫洛的嗓音又再次響起，「喂，他又打來了。」

「……是哪裡的號碼啊？」鄭泰義惱火地碎念道：「到底是哪個瘋子在別人累到不行的時候，還一直呼叫啊。媽的。」

莫洛拿起了對方的對講機，漫不經心地開口：「是一一四號。」

「一一四……查號臺為什麼要找我……」

「你是還沒睡醒嗎？對方好像還傳了訊息，你就自己看吧。」莫洛將對講機朝鄭泰義的方向丟了過去。對講機就這樣不偏不移地落在鄭泰義的枕邊。

趴在床上的鄭泰義半瞇著眼，看了一眼旁邊的機器。就像莫洛說的那樣，對講機的指示燈不斷地閃爍著，像是在提醒主人還有未讀的訊息。

但鄭泰義卻沒有想點開來確認的心情。反正肯定又是要叫他交什麼資料，又或者是要提醒部員們該注意些什麼的群發訊息。

一一四到底是哪裡啊？鄭泰義開始思考起這個號碼的主人究竟會是誰。

難道是地下一樓的第十四間房間嗎？但地下一樓住的不都是教官嗎？啊、還有雜務官。十四號的話，應該是所有雜務官中最年輕的……

鄭泰義突然瞪大眼睛從床上跳了起來。

隔著一段距離卻仍舊被對方突如其來的舉動嚇到的莫洛連忙轉過頭看向了鄭泰義。

「雜務官中最年輕的人，那不就是心路嗎？」

「什麼？對、對啊。但你幹嘛突然提這個？」莫洛一邊安撫著自己被嚇到的心，一邊疑惑問道。

但鄭泰義根本懶得回答，他馬上打開對講機確認了裡頭的未讀訊息。

而那個頻頻聯絡他的人還真的就是心路。

對方傳來的第一則訊息裡並沒有講什麼太重要的內容，大致上就是在叮嚀鄭泰義要注意身體。但光是這種再平凡不過的內容就足以讓鄭泰義看到笑呵呵了。

只不過在鄭泰義點開第二則訊息時，他的臉馬上又暗淡了下來。

那我們就週末見囉。祝你今晚有個好眠。

週末。看到這個詞鄭泰義才總算想了起來，他還沒把週末不能去赴約這件事告訴心路。畢竟他既沒有時間可以去辦公室一趟，也沒有機會能在日常中偶遇對方。

「我應該要跟他講的才對……跟他講我不能去的這件事……」鄭泰義沉悶地嘟噥道。

他看向了放在床邊的內線電話。雖然他也很希望突然發生件大事，導致週末的訓練直接取消，讓他們這群人有自由時間可以好好休息。但如果真的發生了這種程度的大事的話，他應該也無法寬心地與心路一起散步。

「……嘖。」鄭泰義咂了咂嘴後，猛然地起身。而一旁握著猜謎雜誌的莫洛則是露出了一個奇怪的眼神緊盯著對方看。

「我去找心路一下，馬上就回來了。」鄭泰義將對講機收進口袋裡後，一邊往房門的方向走去，一邊說道。

雖然他大可直接用電話告知對方這件事，但不能赴約這種事果然還是要親自見到對方當面再講會比較恰當。

「心路？現在那麼晚了，他應該早就不在辦公室裡了耶？」

「那我就去他的房間找他啊。」

「集訓期間部員不能跟教官間有私下接觸，所以這段期間我們不能進出地下一樓。雜務官不也是住在地下一樓嗎？」莫洛的話就這樣打醒了鄭泰義。

他先是停頓了一下，隨後又瞪大眼睛盯著莫洛。

「難道你不知道這件事嗎？」莫洛皺起了眉頭。

「沒有，我知道啊……但我忘了……」如果鄭泰義真的想要單獨見心路一面的話，就必須先提前跟對方約好地點與時間。

陷入沉思之中的鄭泰義在猶豫了一下後，還是決定要先去見對方一面。如果再繼續拖下去，最後說不定會搞成是他單方面爽約的局面。

鄭泰義簡單朝莫洛揮了個手後，便無視掉對方的呼喊聲，徑直地走出了房間。

在踏出門外的剎那，他馬上就感受到了一股危險的氣息朝他襲來。只不過情況並沒有他原先預想的那麼糟。雖然走廊上的氛圍依舊十分緊繃，但歐洲分部的人一看到鄭泰義懶得做出任何反應後便悻悻然地放過他。

縱使對方的口中不斷傳來「嘖，膽小鬼」之類的嘲諷，但只要他們不要主動挑起紛爭的話，這種程度的嘲笑要鄭泰義再聽個幾百次他也願意。

鄭泰義習慣性地停在了電梯前。然而在他意識到搭電梯有可能會留下證據後，馬上又朝著電梯旁的樓梯間走去。

由於他平常實在是太常爬上爬下了，這也使得他現在都能臉不紅氣不喘地走完這六、七樓高的階梯。但即便如此，階梯間的高度還是高到很不可思議。

樓梯間的每個階梯都是普通階梯的兩倍高，這也間接導致分部內的層高比起一般建築物還要來得特別高，天花板總是跟地面離得很遠。

他也曾經跟叔叔抱怨過這個設計，而當時叔叔只是泰然地笑著回答：「就是為了要讓你們多多運動啊。」

「叔叔，不用靠這個，我們平常的生活就已經是種訓練了吧。」鄭泰義一邊向根本就不在現場的叔叔抱怨，一邊快速地踩著階梯上樓。

每當他遇到想抱怨的事時，無論叔叔到底在不在場，他都會下意識地向叔叔發牢騷。而往往在他碎念完這些糟心的事後，他的心就能馬上冷靜下來。

當鄭泰義抵達地下一樓的時候，通往走道的鐵門上貼著一張他從沒看過的告示牌。上頭寫著：除了住在這層樓的人以外，其餘閒雜人等一率禁止進出；而這裡的閒雜人等指的就是所有的部員們。

鄭泰義故意裝作沒看見這張告示牌，硬生生地打開鐵門走了進去。雖然他也一度擔心會不會門被上鎖，還是在他打開門的瞬間會有人站在門後拿著槍指著他說：「告示牌上就已經說禁止閒雜人等進出了。」

但這一切都沒有發生。

看來他們就只有在門上貼了個告示牌，至於遵守與否則是要看部員們自己的良心。鄭泰義站在地下一樓的走廊上撓了撓頭，這裡難道是學校嗎，長官們居然這麼相信部員們的為人。

由於本來就很少有人會出現在地下一樓，所以鄭泰義基本上也不太擔心會在這裡撞見其他的人。正當他準備要悠哉地晃去心路房間時，他突然想到這層樓——其實並不只有這層樓，而是整棟建築物都是——的四處都安裝著監視器。

「……如果我被拍到的話，他們之後會不會來秋後算帳啊。」鄭泰義不禁嘆了口氣。

但轉念一想，他其實知道每隻監視器大致上的位置。如果連他都知道的話，那其他部員們肯定也都知道。只要他們踩在監視器拍不到的死角區域的話，監視器也無法起到嚇阻作用。

只不過他若是要去雜務官房間的話，最終肯定還是會離開死角區域被監視器拍到。更何況說不定還有鄭泰義不知道的監視器暗藏在四周。

鄭泰義就這樣陷入了苦惱之中。他是要直接原路折返嗎？畢竟這件事其實用電話講就可以了。

雖然鄭泰義的大腦也清楚地知道這才是最正確的選擇，但還沒等他反應過來，他的腳就已經踏在走廊上了。

哎唷，算了啦！被他們抓到後，直接關進地牢裡反倒是件好事。反正那裡就是監獄啊，就算設備再怎麼差是還能差到哪裡去啊？

鄭泰義朝著心路的房間前進。除了第一次來到地下一樓的那次之外，他就不曾在這層樓迷路過了。而這都要歸功於他絕佳的方向感，只要是走過的路他就不會忘記。

心路的房間離樓梯間並不遠。只要沿著走廊一直直走，再轉一個彎馬上就到了。在前往心路房間的路上，鄭泰義一直思考著若是不小心撞見其他人的話要拿什麼理由來當藉口。但值得慶幸的是這一路上他都沒有遇見任何一個人。

咚咚，鄭泰義輕輕地敲了敲門。然而過了好一會兒卻都沒有人來應門。

是敲門聲太小嗎？還是心路根本就不在房間裡啊？

一想到這，鄭泰義連忙加重了力道再次敲起對方的房間門。

「如果他不在房間而我又被監視器拍到的話，那還真的是得不償失耶……」鄭泰義咂起嘴自言自語道。早知道剛剛就先打通電話再來了。

而像是要消除鄭泰義的擔憂般，沒過多久門就被打開了。

「請問是哪位？」心路先是探頭出來，在他看見敲門的人是誰後馬上瞪大了雙眼，「泰一哥，怎麼了嗎？但你現在不能來這裡耶……你先進來吧！」

心路環顧了一下周遭，接著便把鄭泰義拉進自己的房間裡。直到這個瞬間，鄭泰義才意識到自己突如其來的拜訪說不定會對心路造成困擾。只不過他都已經跑來這裡了，現在才來後悔也毫無意義。

更何況這是他第一次來到心路的房間。

雖然房間本身沒有什麼太特別的地方，但鄭泰義還是露出了十分新奇的表情環視起四周。這是一間既整齊又樸素的房間。雖然沒有放什麼不必要的東西，但看上去也不會太過空蕩。

「如果被其他人看到的話，對哥來說也不是件好事耶。哥是為了什麼事才突然跑來這裡的呢？」心路從冰箱裡拿出兩罐啤酒擔心問道。

當鄭泰義看見對方手中的啤酒罐時，不免覺得有些意外。一直以來他都把對方當作還沒成年的男孩子來看待，但對方早就是個喝點小酒也沒什麼大不了的成年人了。

鄭泰義接過對方遞來的啤酒順口道了聲謝後，又再度猶豫了起來。畢竟這是心路自己一個人住的房間，所以自然不會放專門給客人坐的沙發。最終鄭泰義只好坐在心路的床上，而心路則是將書桌前的椅子搬到鄭泰義的對面坐下，靜靜等待對方開口。

「那個、週末……」

「啊，我看氣象預報聽說週末會是好天氣呢！」鄭泰義才剛講出關鍵字，心路馬上興奮地答道。

眼看對方是如此期待週末的約會，鄭泰義不禁暗自摀住了那顆隱隱發痛的心。如果是平常聽到這句話，他肯定會開心到升天；然而現在的他聽到這句話只覺得相當心虛。

「那個……」

心路一看見鄭泰義講話開始支支吾吾，臉色也變得不對勁後，他似乎也察覺到了有哪裡怪怪的。他歪起頭，默默地等鄭泰義開口。

「那個、我原本不知道，但我們好像週末也要訓練耶。而且……好像一定得參加，所以說……」鄭泰義躊躇著，講不出最重要的那句話。

而心路卻意外地沒有什麼反應，只是簡單說了句：「啊，果然。」他點了點頭，接著像釋懷般地笑了起來，「果然是這樣呢。我才在想明明之前集訓都是整整半個月不停歇地訓練，怎麼這次週末會突然放假……」

心路隨即又露出惋惜的笑容，撇嘴說道：「虧我超想跟哥一起去散步的說……好可惜喔。」

「啊，抱歉……」鄭泰義低頭向對方賠罪。

與此同時他也不禁覺得有些放心。原來對方早就知道這件事了。

但心路本來就比鄭泰義還要資深，會知道也是理所當然的。鄭泰義只能怪自己當初實在是擔心太多。

然而無論如何，這都不能改變鄭泰義毀約的事實。他有些愧疚地抬頭看向心路。對方先是搖了下頭，接著便又笑著說：「沒關係啦，畢竟這也是為了要訓練嘛。至少集訓結束後的那週就可以休息了，我們可以等到那個時候再一起去散步啊！反正海邊也不會不見。」

「嗯……集訓結束後，我們再一起去散步吧。」

聽完鄭泰義的答覆後，心路開心地點了點頭。他猶豫了一下又開口說道：「集訓結束後就可以離開這座島了，我們到時候也可以一起去香港玩呀！我剛好也有一些東西要買。」

「啊，好啊！我正好也欠托尤幾條香菸要還！」鄭泰義又驚又喜地答道。

原本他是要來取消這個週末的約會，沒想到轉眼間他就多了兩個新的約會邀約——除了原本延期的散步外，還要一起去香港——他現在滿足到彷彿就要飛上天似的。

雖然他還是對這個週末的約會不得不取消的事耿耿於懷，但往好處想，至少他馬上又增加兩個新的機會可以跟心路單獨相處。

「但是……真的好可惜喔。我很期待的說。」坐在鄭泰義面前的心路有些有氣無力地垂下頭嘟噥道。

而聽見這句話的鄭泰義瞬間滿臉漲紅。

其實這是一件很奇怪的事。鄭泰義每次只要出現在心路面前，就會找不回自己的理智，但他明明就相當熟悉談戀愛的步驟。

要說些什麼話來誘惑對方、要怎麼將對方擁入自己的懷中，這些事不需要別人來教，光靠他跑過幾次夜店的經驗就足以讓他學會這些技巧了。所以他一直以來都覺得跟他人交往、跟他人上床並不是件多麼困難的事。

然而這樣的他卻偏偏無法對眼前的這名男孩下手。或許鄭泰義的行為剛好應證了那句「越是喜歡的人，就越無法隨意對待」也說不定。

雖然他也覺得這樣的自己很可笑，但他並不討厭這種感覺。鄭泰義紅著臉羞澀地笑了起來。

此時，心路緩緩地伸出自己的手，似碰非碰地觸摸著鄭泰義的指尖。對方小巧的指甲就這樣搔著鄭泰義的手指。他明顯能感受到心路正在悄悄地觀察自己的臉色。

鄭泰義見狀差點就要笑出來。這是多麼幼稚又可愛的誘惑啊。他從來沒有見過如此露骨卻又迷人的勾引。

面對這種程度的誘惑，他只要輕笑著回牽起對方的手。接著再緩慢地吻上對方的指尖，就可以完美地回應對方向他發出的邀請。

但是……鄭泰義的手卻完全動彈不得。

他通紅的臉開始發燙了起來。他看向心路，而對方纖細的手指正在輕輕地觸碰著鄭泰義的指尖。

他頓時感到口乾舌燥，他的大腦不斷大喊著：「現在！就是現在！」

鄭泰義先是握緊拳頭，接著又急忙伸出自己猶豫不決的手搭在心路的肩膀上。他不敢看向心路，因為他怕對方看到自己會情不自禁地笑出來。

一想到自己的臉或許就像煮熟的章魚般紅到很可笑，鄭泰義就暗自希望著心路現在絕對不要注意自己的臉。

鄭泰義稍微起身，一把將心路摟進自己的懷中，隨即不分青紅皂白地將嘴唇貼到對方的臉上。原本他是打算要直接吻上對方的雙唇，但由於他實在是太緊張了，最終不小心瞄錯地方，親到了對方的臉頰上。

然而此刻的鄭泰義根本無心去管自己到底親到了哪裡，因為這是他第一次吻到心路。他能感受到自己的雙唇貼上對方那柔軟肌膚的觸感。

在他結束猶如蜻蜓點水般的親吻後，發覺心路有些驚訝地盯著他看。因為不敢與對方對視，所以鄭泰義馬上紅著臉退回原位，還用手背擦了擦自己的嘴唇。

「……」

「……」

兩人就這樣沉默了好一陣子。鄭泰義低著頭，故意一直摸自己的手指來裝忙。在他偷偷抬眼望向對方的剎那，他才發現心路同樣害羞到低下頭，而那白皙的臉龐早已染上了明顯的紅暈。

心路該不會生氣了吧？鄭泰義的心臟狂跳到就像要蹦出來似的。

雖然他慌張到有些手足無措，但嘴角卻不由自主地不斷上揚。鄭泰義偷偷伸手擋住自己的嘴巴，接著又小心翼翼地看向心路的方向。而心路不知從何時起，早已抬起頭盯著他看了。

心路在與尷尬遮住自己嘴巴的鄭泰義對視後，馬上紅著臉大笑了起來。雖然他的笑聲並不大，但聽上去卻如銀鈴般悅耳。原本還有些困惑的鄭泰義沒過多久也跟著笑了起來。

他因為心底有些癢癢的，才情不自禁地笑了出來。而或許心路也是因為同樣的理由才發笑的也說不定。

兩人笑了好一會兒，待笑聲越來越小之後，彼此間的氛圍又再次被難為情與尷尬環繞著。

「那、那我就先走了哦！等集訓結束後再見吧……啊，還有謝謝你傳的那些訊息。」

「不客氣……那我順便送哥回去吧。」眼看鄭泰義準備要起身離開，心路也跟著站起來跟在對方的身後。

鄭泰義見狀又不禁笑了出來。跟在自己身後的心路看上去就像小狗狗一樣，既可愛又乖巧。

當兩人走到房門口時，鄭泰義馬上勸對方待在房間裡，不用硬是送他到樓梯間。然而心路卻搖了搖頭，執意要陪他。

雙方不發一語地走在走廊上。鄭泰義除了沒有什麼特別的話想說之外，彼此若有似無交握在一起的手所傳遞的那份溫暖就已經使他滿足到說不出話了。

兩個人紅著臉，默默牽起彼此的手走在走廊上。鄭泰義不禁在想，若是被叔叔看到這個場景的話，他肯定又會露出那個「你們還真會玩啊」的眼神吧。

但是那又如何，他如果那麼想看的話就盡情看吧。畢竟鄭泰義跟心路已經進展到連手都可以說牽就牽的程度了！

鄭泰義偷偷瞄了一眼只矮自己一點點的男孩。對方飄逸的秀髮上似乎還散發著隱隱約約的肥皂香味。在他湧上想把自己的臉埋進對方秀髮中的衝動時，他再次紅起臉尷尬地笑了出來。

此時。

就在他們快抵達樓梯間，正依依不捨地準備鬆開彼此緊握雙手的瞬間。有人剛好從轉角處走了過來。

鄭泰義不禁加重了手中握住心路的力道。不管對方是誰，鄭泰義出現在這層樓的事被其他人知道的話絕對不會是件好事。就算他早就被監視器拍到了，但這跟當場直接被其他人抓包還是不太一樣。

如果對方是雜務官的話，那我應該比較能應付吧。當鄭泰義咂嘴思考對策的同時，他的動作在發現對方是誰的瞬間也一併停住了。

來人是他從未想過會在這層樓遇見的對象，同時也是絕對不能撞見的人，里格勞。

男子似乎也察覺到鄭泰義的存在。他先是看向鄭泰義，接著又緩慢地將自己的視線移到了一旁心路的身上，最後再垂下眼眸看向他倆交握的手。

對方不知道在想些什麼，黝黑的眼眸變得細長。他看上去像是很感興趣、覺得很有趣般，同時又像對哪個部分很不滿意，漸漸起了貪念似的。

鄭泰義一想到對方起貪念的對象或許是心路，臉上的表情就不自覺地凝重了起來。

他回想起了在剛抵達這座島上時，托尤跟他說過的話。

——不管是哪個分部，只要跟歐洲分部集訓完之後，裡頭稍微年輕以及漂亮的部員全都會被他玷污。

鄭泰義的心底一涼。他再次加重手中的力道，擋在心路的面前。雖然他能感受到心路在他身後慌張地動來動去，但鄭泰義依舊死死地擋在他的前方。

太危險了。鄭泰義的腦中本能地閃過這個念頭。

這跟他這些日子以來所感受到會危及性命或生存方面的「危險」不同；這是一種重要的東西有可能會被搶走，遠比生存還要更急迫與令人焦躁的「危險」。

里格勞默默看著鄭泰義。像是將內心的想法原封不動顯現在臉上似的，他揚起了嘴角，露出一個令人摸不著頭緒的表情問道：「你幹嘛……？」

對方的聲音並不大，但足以讓鄭泰義清楚聽見男子話語中所摻雜的笑意。

鄭泰義見狀不禁在心底咂起了嘴。本來就不該將自己的弱點展現給他人看，而他偏偏還讓一個既危險又殘暴的男人掌握了自己的致命弱點。

「心路，你先走吧。」鄭泰義朝著自己身後的男孩小聲說道。

而心路看上去似乎相當猶豫。他抬起眼看向了里格勞，雙方的視線霎時交織在一起。心路小心翼翼地打量起站在他對面的那個男人。

「哥……」

「沒事的，你就先回去吧。我們下次見。」眼見心路抓著自己的衣角輕聲咕噥道，鄭泰義很有耐心地安撫起對方。

雖然心路仍舊有些遲疑，但他還是乖乖地向鄭泰義道別，轉身準備離開。在走回自己房間的路上，心路不斷回頭看向了兩人的方向。

當心路將視線停在里格勞身上時，里格勞也露出了微妙的眼神看著對方。沒過多久，鄭泰義聽見身後傳來了關門聲。而死命盯著心路背影看的里格勞也再次將自己的目光轉移到鄭泰義的身上。

鄭泰義生硬地看著站在自己面前的男人。

他在最不想見到其他人的情況下，撞見了最不該看見的人。這還真的是衰到徹底。縱使心路早就消失在這條走廊上了，但鄭泰義心中的那股不安感卻沒有因此而消散。因為他清楚看見了里格勞的視線一直緊緊地盯著他身後的心路看。

直到心路關上門之前，里格勞的視線都沒有離開過對方一秒。而對方那雙細長的眼眸中似乎還摻雜著一絲感興趣的神情。

「他還真漂亮啊。」過了一會兒，里格勞開口道。他的嗓音中突然出現了一絲愉悅的欲望。這也使鄭泰義的表情更加僵硬了。

鄭泰義直視著對方的雙眼不悅地說道：「對一個男人講什麼漂亮啊。」

里格勞一聽見鄭泰義的這句話，像是覺得很可笑般地笑彎了眼，「啊哈，男人嗎？

對，也是。只要是我喜歡的人，我才不在乎對方是男是女。但看來你不是？還真意外呢——」里格勞耐人尋味地拉長尾音後，再次笑了出來。

鄭泰義苦澀地咂了咂嘴。他也意識到自己的這句話有多荒謬。

如果是里格勞的話，他肯定早在一看見他倆的瞬間就意識到他們之間是什麼關係，以及鄭泰義究竟是怎麼看待心路的了。

說不定他剛剛不要嘴硬，乖乖承認他們之間的關係反倒還好一點。

鄭泰義的心中湧上了一股不安的預感。里格勞看心路的那個微妙眼神一直在他的腦海裡重播著，揮之不去。

這種感覺就像好不容易才握在手中的玻璃珠，正在搖搖欲墜地晃動著。

鄭泰義頓時不想再跟對方深聊下去。更何況像現在這樣隻身一人和里格勞僵持的局面對他來說自然也不是件好事。

「你為什麼會出現在這裡，這裡不是禁止進出嗎？」雖然鄭泰義也明白他自己根本就沒有資格問這個問題，但他還是下意識地問出口了。與此同時，他看向男子剛剛走來的方向。

那邊是教官們居住的區域。雖然帶領歐洲部員一起來到這裡的歐洲分部教官們同樣也住在這一層樓，但他們房間的位置並不在里格勞剛剛走過來的那個地方。

鄭泰義有些疑惑地歪起了頭。他眼前的這名男子究竟是為了什麼原因才來找亞洲分部的教官？該不會對方正在祕密搜查著這整座建築物吧？

然而這個理由基本上也站不住腳。因為UNHRDO並沒有與其他機構或組織結怨，鄭泰義實在是想不到會有哪個敵人派里格勞來這裡搜查情報。

所以里格勞是間諜的這個假說馬上就被鄭泰義自己否決掉了。

或許是猜到鄭泰義正在想些什麼，里格勞露出了淺淺的微笑。他沒有正面回答對方的問題，只是給出了一個模稜兩可的回答：「這裡應該不是只有我不能隨意出入吧？那你又為什麼會出現在這裡呢？——我甚至都不用問這個問題，馬上就能猜到答案了呢。」里格勞緩慢地咕噥道。

他隨即又歪起頭笑著說：「不過你剛剛是跟那位漂亮的男孩在做什麼？我看你的臉紅到不行呢。」

一聽見對方低語的內容，鄭泰義的表情再次僵硬了起來。對方微妙的語氣使他想起了自己雙唇貼在心路臉上的觸感。他瞬間又紅起了臉。

鄭泰義下意識地抬手摸摸看自己雙頰的溫度。然而在他意識到自己的舉動間接透露出內心的想法後，他的臉再次變得漲紅。

一旁的里格勞發出低沉的笑聲。

鄭泰義頓時有些惱火。他並不認為有任何人可以嘲笑他跟心路間的感情。

「我們做了什麼事關你屁事啊。」

「因為我很好奇呀，如果我對那名漂亮的男孩下手，他會有什麼反應呢？他的鼻息究竟有多溫暖，哭喊聲又會有多可愛？」里格勞輕聲說道。

而此刻鄭泰義唯一能做的也就只有惡狠狠地瞪著對方罷了。

媽的，難怪我從剛剛開始就一直有股不祥的預感，原來就是這個啊。

鄭泰義焦躁了起來，由於過度不安讓他開始有些口乾舌燥。不管是誰想對心路下手，他的心情自然都好不到哪裡去；更何況如果那個情敵偏偏還是他眼前這個男人的話。

他現在的狀態已經不能簡單用一句「心情不好」來帶過。他感受到了強烈的不安感正朝自己襲來，這是一股極其猛烈的危機感。

雖然里格勞的個性與嗜好都糟到不行，但單從外表來看的話，他看上去就與一般人無異。甚至他一個人的戰鬥力就足以抵過一打受過正規訓練的男人。

就算鄭泰義再怎麼不想承認，他也明白自己唯一贏得過對方的優點僅僅就只有比較有人性的這點而已。無論是臉蛋、身材，還是力氣，鄭泰義都沒有一項是優於對方的。

而他唯一能夠拿來說嘴的「人性」，也不是因為他是個多有人性的人，而是里格勞的人性實在是糟到誰來跟他比都能贏過他的程度。

「所以你想表達的是，你喜歡上了心路，是嗎？」

「心路？啊哈，原來那個男孩的名字叫心路啊。還真是不錯呢。不對，是非常棒，如果是他那種程度的話。」里格勞邊說邊往鄭泰義的方向往前走了一步，接著又前進一步。

在鄭泰義意識到對方正踏著沉著的步伐朝自己緩緩走來時，他馬上皺起了眉頭。他不小心就忘記自己只要遇見這個男人，就一定會發生糟心事的事實。他本該在百里之外，一看到對方髮尾的瞬間就該閃人了。

鄭泰義始終無法忘懷自己將手槍抵在男子脖子上的那股觸感。

差點下意識往後退的鄭泰義馬上咬緊牙關地硬撐在原地。仔細一想，他現在早就已經來不及逃跑，無謂地後退只會讓他看起來更可笑罷了。

況且對方總不可能直接在走廊上殺人吧……不，如果是里格勞的話，那他或許真的敢這麼做也說不定。

「你幹嘛？」里格勞看著僵在原地的鄭泰義，聳了聳肩笑著問道。然而他的這個笑容看上去反倒更加嚇人。

不曾停下腳步的里格勞在不知不覺中，已經離鄭泰義只剩下短短幾步路的距離了。但他依舊朝著鄭泰義的方向走去。

一步、兩步，再一步。

鄭泰義直視著對方那深不見底的眼眸，全身都被緊張感籠罩。

兩人之間的距離已經近到里格勞伸手就能碰到鄭泰義的程度。只不過里格勞依舊沒有停下自己的步伐，他又往前走了一步，最終才像滿意般地停在原地。

他們僅僅只隔著兩、三步左右的距離。而里格勞就這樣低頭看著鄭泰義。他的眼神猶如冰塊般寒冷，明明對方的眼角與嘴角都帶著淺淺的笑意，但眼神卻寒氣逼人。

現在這個位置太危險了。不對，這已經不是簡單危險兩字就可以形容的了。鄭泰義開始責怪起自己的愚蠢。如果是現在這個位置的話，里格勞隨便伸手就能輕鬆殺了他。這距離近得連鄭泰義想要靠耍小聰明來偷偷逃跑都沒辦法成功逃脫。

「還真是奇怪……你前幾天的那股膽識是跑去哪了啊？嗯？」里格勞靜靜問道。而他的語氣中似乎還摻雜著些許愉快的哼歌聲。

鄭泰義正面直視著對方。他從沒看過有人的眼神可以冰冷成這種樣子，里格勞看上去簡直就不像人類。鄭泰義全身起了雞皮疙瘩，他無法相信居然會有這種人存在於這個世界上。

「鄭泰義。」

緩緩呼喊著他名字的那個嗓音，以及那清楚又正確的發音。看上去就像在強調著「我很了解你，就連你名字的發音我也能清楚掌握」似的。

里格勞歪著頭，他將自己的手抬了起來，輕輕碰觸愣在原地無法動彈的鄭泰義的手腕。接著像是在撫摸般地緩緩將自己的指尖往上帶，從手肘、肩膀，再到脖子。

對方冷冰冰的皮手套就像蛇皮般既光滑又柔軟。雖然那雙藍到發黑的手套看上去十分乾淨，但鄭泰義總覺得自己依稀聞到了上頭傳來的血腥味。那隻手就這樣滑過鄭泰義的臉頰、耳朵，再到他的頭髮。對方的動作輕巧又溫柔。然而男子隨時都能用他的那雙手折斷鄭泰義的脖子。

里格勞的手就這樣停在鄭泰義的後腦杓上。那隻大到足以握住整個後腦杓的手稍稍使力，鄭泰義瞬間就跌入里格勞的懷中。里格勞以一種像是要抱住鄭泰義的姿勢，將對方的額頭靠在自己的肩膀上。

他用著低沉又溫柔的嗓音在鄭泰義耳邊低語道：「他……難道是你的嗎？」

鄭泰義不由自主地微微痙攣了起來。

里格勞殘忍的眼眸就這樣直直地盯著心路的房門看。又或者對方真正在看的其實是那扇門後頭的心路也說不定。

「看來也不是嘛？」里格勞主動替語塞的鄭泰義講出答案。他像是很開心般地笑了起來。

里格勞在輕撫過鄭泰義的頭髮後，乖乖地鬆開了手。而被他困在懷中的鄭泰義馬上後退一步，凶狠地怒瞪著對方。

「幹嘛這樣瞪我？我也沒有要完全搶走他啊。我只不過是打算偶爾去品嚐一下他的滋味罷了。」里格勞笑著答道。

男子從容不迫的語氣反倒使鄭泰義的心中湧上了一股更強烈的不安。

「里格勞，你不准碰他。」鄭泰義緊繃地說道。然而對方卻沒有回話，只是再次看了一眼心路的房門後，便轉身準備要離開。

「里格勞！」鄭泰義氣急敗壞地大喊。

往前走了幾步的里格勞似乎在猶豫要不要回頭。只不過他最終依舊沒有停下腳步，而是徑直往前邁進，同時語帶嘲諷地開口：「你如果想要保護好自己的東西，那你得先有那個資格吧？當你光著身子被丟進地獄時，你還有信心能保全自己的命嗎？」

語畢，他輕輕揮了一下手，身影就這樣消失在樓梯間。

而鄭泰義則是愣在原地，死命地瞪著空無一人的走廊。

＊　＊　＊

「這天氣是怎樣？氣象局那群傢伙不是說今天晚上就會放晴了嗎？媽的，他們全都給我辭職謝罪啦！」

鄭泰義聽見了前方傳來的碎念聲。而這個嗓音八成是托尤。

雖然他們彼此才間隔幾公尺而已，但現在卻只能靠聲音來認人。除了天色太暗，樹林裡的障礙物太多之外，最主要還是因為一入夜就籠罩在四周的大濃霧害得他們看不見彼此。

這個霧氣嚴重到鄭泰義才走到一半，他的衣領不知不覺就已經被浸溼了。

「比起氣象局那群傢伙，我更想叫明明都這種天氣了，還硬是逼我們出來夜間行軍的教官們全都辭職謝罪。」走在托尤身後的慶仁焦不滿地嘟噥道。而慶仁焦身旁的卡洛聽到也跟著笑了起來。

「夜間行軍就算了。我最無法接受的是一整個下午都叫我們對練，把我們操到沒力了才突然宣布馬上就要出發的這個行為。」鄭泰義對這個人的嗓音沒印象，看來對方應該是其他組的組員。從對方還有力氣可以抱怨就可以看出那人肯定還沒被操夠。

如果這句話被叔叔聽到，他肯定又會幽幽地說：「我看你們還不夠累嘛？」鄭泰義一邊想著這種情景，一邊被那名陌生男子的話逗笑。

走在鄭泰義身旁的莫洛見狀馬上抱怨道：「你還笑得出來啊？我的腳都快腿軟了。」

「反正偶爾一天被這樣操一下又不會怎樣。」

「什麼偶爾一天？行軍結束後，一回去馬上又是魔鬼訓練。他們根本就不打算讓我們好好休息啊。」莫洛咬牙切齒地說道。

看來這傢伙應該也不急著要休息吧，明明還那麼有活力。鄭泰義默默地笑了出來，然而沒過多久，他臉上的笑容馬上就消失了。

畢竟對方說得也沒錯，他們這陣子是真的沒有時間好好休息。每天除了得繃緊神經防範時不時就會出現的紛爭之外，下午還得進行團體對練。在連續好幾天都跟歐洲分部的部員來上一場近似於群架般的對練後，要不累也很難。

像今天早上上完分析討論課後——由於彼此相處的時間變長了，現在即便只是分析討論課，雙方也能從原本的唇槍舌戰瞬間就晉升為鬥毆場面——一整個下午都在上武道的對練。而這種情形自然不會是鄭泰義這組的特例，而是每一組的共同日常。

所謂的武道對練就是不斷地打倒他人，一直到把其他人全都打倒為止。如果彼此同樣是亞洲分部部員的話，那或許還可以意思意思先打個幾下再假裝被打倒；但如果對方是歐洲分部那群不共戴天的仇人的話，這招就完全行不通了。

因為有很多人即便自己累到快死了，也想要帥氣地將對手給甩出去。至少得讓對方身上受點傷才願意收手。

由於鄭泰義對歐洲分部沒有什麼怨恨，他自然想要隨便打個馬虎就草草結束。殊不知他的對手們卻完全不這麼想。

眼見歐洲部員們各個都以想要生吞活剝自己的氣勢朝他飛奔過來，鄭泰義最終也只能認真地跟他們對練了起來。

正當他為表定行程總算結束而感到慶幸的同時，教官突然叫住了他們。同時告知今天晚上要進行長達二十公里的夜間行軍，要他們現在馬上去餐廳裡吃晚餐，三十分鐘後再次整隊集合的消息。

鄭泰義相信那個瞬間想要把手中頭盔往教官方向砸過去的人絕對不會只有他一人。因為原先好不容易有些舒緩的氛圍，在教官講出那句話後再次變得殺氣騰騰。

其實二十公里並不長。大概就是繞完半座島的距離，簡單五個小時就能完成了。如果是平時的話，他們說不定還能以一種要出遊的心情輕鬆上路。但重點是現在每個人早就已經累到不行了。

甚至他們途中還趁這三十分鐘不到的晚餐時間，跑去找教官理論了一番，最後搞到只能狼吞虎嚥地吃完晚餐。而最慘的莫過於是行軍時必須得全副武裝，該穿、該戴的一個都不能少。

叔叔，你不是說這裡不是軍隊嗎。那現在這是怎樣？為什麼要行軍？又為什麼要身穿軍裝啊？鄭泰義用身體撐起壓在肩膀上的沉重行囊，同時默默地在心底痛罵著叔叔。

「如果不能讓教官們辭職謝罪的話，那我乾脆自己先辭職離開這座島算了。」走在前面的某個人突然說道。

此時。

「你想辭職就辭啊，但前提是先等到集訓結束後再離開。還有那些想要叫我辭職謝罪的人，等行軍結束後，歡迎隨時來找我挑戰。你們若是能打得贏我，我就乖乖辭職。」一道沒有絲毫疲憊神色的嗓音就這樣在鄭泰義的背後響起。

霎時間，樹林裡只剩下一片寂靜。

除了剛剛在前面大聲嚷嚷的男子們之外，走在後頭的人也全都嚇了好一大跳。畢竟大家都沒有想到，教官居然會混在他們之中。

而鄭泰義則是被近在咫尺的熟悉嗓音嚇到抖了一下。明明對方不可能會聽見他剛剛在心中咒罵的內容，但鄭泰義就是莫名覺得很心虛。

「叔……鄭教官也要跟我們一起行軍嗎？」

「當然啊。我怎麼可能有那個閒情逸致坐在教官室裡等你們回來，誰知道你們會不會鬧出什麼事。更何況再過一、兩個小時，你們應該就會碰上其他組的人了吧。」不知道什麼時候出現在這裡的叔叔——明明出發時，他還不在隊伍裡——有些不耐煩地說道。

不過的確就像叔叔說的那樣，雖然起初每個小組都是各自從不同入口走進樹林裡的，但經過這麼長一段時間，他們似乎也差不多該遇上其他小組的組員了。如果對方同樣也是亞洲分部的人的話，那自然是沒什麼問題；但如果對方不是的話，那想必又將會是一場腥風血雨。

「今天的霧這麼大，如果繼續往樹林深處走，途中偷偷把一個人殺掉再埋起來的話應該也不會被發現吧。畢竟我們的腳下肯定早就埋了好幾具屍體了呢。」叔叔總是喜歡把玩笑話講得跟真的一樣。然而鄭泰義仔細一想，或許對方根本就沒有在開玩笑也說不定。

鄭泰義抬起手看了一眼手上的手錶。他們已經行軍一個多小時了。

「我們大概也才走了三、四公里。如果我們用最快的速度把二十公里走完，回去分部時應該也超過十二點了吧？」鄭泰義撓了撓自己的後頸碎念道，「重點是這麼晚了，不知道能不能順利找到正確的路線耶。」

四周早已暗到伸手不見五指的程度。由於這個樹林相當茂盛，縱使是白天進來也會嫌太暗，更何況現在不僅僅是晚上，甚至還飄起了大濃霧。鄭泰義不禁心想，再這樣下去大家走到迷路肯定也只是遲早的事。

「雖然這座島那麼小，要迷路也迷路不到哪裡去就是了啦。」

聽完鄭泰義嘟噥的內容後，叔叔露出一副你在說什麼的表情答道：「我們當然不可能在午夜前回去啊，因為我們今天要睡在樹林裡。」

「什麼？」

「大概再走個十公里，我就打算讓你們找個地方就地入睡了。剛剛不是有叫你們要帶睡袋嗎？難道你沒有帶來？」

「有是有啦。畢竟之前就整理好了，所以裡面自然會有睡袋。哎唷，這不是重點！所以你剛剛的意思是要我們露宿在這座樹林裡嗎？」

「對啊，你們偶爾也得鍛鍊一下睡在野外的能力。除此之外，你們還得輪流站夜哨來守著篝火。」

「你不是說這裡有蛇嗎？甚至還是毒蛇耶！」

「所以我才叫你們要輪流站夜哨啊。你們還得培養相信同伴並且入睡的能力。」

「不是耶！哪有人會帶著一群人睡在有毒蛇的樹林裡啦！」

「雖然那的確是毒蛇，但牠的毒性沒有你想得那麼強。被咬到只要馬上急救就不會死了啦！我記得這些我都有跟你講過吧？」

「叔叔，但這不是重點啊。重點是還有一個比毒蛇更危險的……」

雖然鄭泰義氣得直跳腳，但其他人卻沒有什麼太大的反應，彷彿這種事他們早就經歷過好幾次似的。直到這個瞬間，鄭泰義才意識到原來這一切都不是在開玩笑，而是他不得不面對的殘酷現實。

其實鄭泰義早就露宿過好幾次了。看著星空入睡的夜晚、淋著露水入睡的清晨，甚至他也曾經在有蛇出沒的地方入睡過。但是那些蛇並不是毒蛇，而當時跟他一起露宿的人們也不是時時刻刻就想把他給殺了的敵人。

「啊，也對啦。你的確有不得不活下去的理由呢。不過……看完你給我的筆記後，裡面好像有一些陌生的筆跡。那是誰的字啊？」叔叔突然笑著問道。

而鄭泰義卻閉上嘴，不發一語。雖然他得拱出里格勞，才能讓對方因為要罰抄十本規則條例而沒時間來找他麻煩。但一想到要這麼大刺刺地向叔叔打小報告，鄭泰義不禁就覺得有些難為情。

然而難為情歸難為情，再怎麼說還是命最重要。當鄭泰義正準備要開口時，叔叔搶先一步地出聲了。

「不過泰義啊，那個傢伙有沒有空閒時間與你的生命安全有著一定的關聯。但從結果來看的話，你不覺得這樣做只會讓你自己變得更危險嗎？」

鄭泰義再次閉上了嘴。對於叔叔早就發現筆跡主人是誰的這件事，他其實並不覺得太意外。畢竟對方是個能在轉眼間就將堆積如山的公文分類並處理好的人，像查出筆跡主人是誰的這種小事，叔叔肯定兩三下就能找出來了。

只不過在聽完叔叔的話後，鄭泰義的確變得有些遲疑。如果里格勞知道自己付出的好意被鄭泰義當作報復他的工具的話，說不定反倒會引發一場更加無法收拾的慘劇。

「你自己好好想一想，明天回到分部後再回答我啊。」叔叔笑著說道。

鄭泰義有些苦澀地咂了咂嘴。他現在只剩下硬拗那些字都是他自己寫的，又或者是默默地再罰抄十本規則條例這兩個選擇而已。

樹林變得越來越茂密。鄭泰義甚至全都能聽見走在前面的同伴們一邊大喊著：「該死，好想直接放火把這片樹林給燒掉喔。」一邊把樹枝折斷的聲音。由於他們逐漸踏進了平常沒有人會走進來的區域裡，茂盛的樹枝就這樣擋在了隊伍前頭同伴們的面前。

鄭泰義一邊慶幸自己走在最後面，一邊悄聲問道：「聽說那個男人還殺過教官啊？」

走在鄭泰義身後的叔叔若無其事地回答：「對啊，這應該是前年年初的事了。那名教官的弟弟剛好也是歐洲分部的部員，只不過偏偏就被里格搞到必須得在醫院裡度過下半生。由於是在訓練中發生的事，所以也找不到理由懲罰他，最終歐洲分部就這樣草草結束了這件事。但或許那名教官對這個決定很不滿吧，所以才會去找對方單挑……雖然那名教官本來也沒有打算殺了里格，殊不知他最終卻——」叔叔沒有把話講完，但鄭泰義多少也猜到了後面的發展。他不禁撇起了嘴。

雖然法律跟規定本來就有一些可以鑽漏洞的地方，但他從沒想過那個男人居然可以鑽成這樣。

與此同時，鄭泰義也想起了歐洲部員們對待里格勞的態度。他們並沒有把對方視為是自己親密的同伴。比起正面的情感，他們更多的是敬畏、害怕，以及不安。依照里格勞的個性以及這些事蹟來推斷的話，想必他在歐洲分部裡也樹立了很多敵人。

鄭泰義一想到對方根本就不在乎這件事，反倒還十分快活地繼續把其他人打成重傷，他的表情就不由自主地變得僵硬。

「里格勞的背景究竟是有多硬，才能逍遙到現在啊……」在鄭泰義喃喃自語時，行進的隊伍猛然停了下來。

走在最前面的人群像是遇到障礙物般地停下步伐，並且發出了相當不悅的抱怨聲。過了一會兒，那股抱怨聲非但沒有絲毫消停的跡象，反倒還變得越來越響亮。

「哎呀，雖然我多少有猜到，但沒想到居然真的發生了啊。」走在鄭泰義身後的叔叔一邊碎念一邊往隊伍的前端走去。

而鄭泰義多少也能從同伴們的謾罵聲中猜出現在是什麼情形。

他們肯定是遇上了同樣在行軍的歐洲部員。

其實在他們出發的時候，教官們就訂下了一個規則。如果在行軍途中遇見其他小組的話，大家就必須一起行軍下去。正因如此，所有人才會拚命地祈求遇到的是同個分部的部員。

畢竟當時就有人明目張膽地直接挑明說：「如果真的跟歐洲分部那群傢伙們一起行軍的話，那他們最好做好一個晚上至少要斷四、五顆人頭的決心。」

眼見他們還會在這裡僵持好一陣子，鄭泰義馬上跑到一旁，將自己的身體靠在樹幹上。他先是把行囊抵在樹身，接著再緩緩地壓低身子，好讓樹幹替他分擔一些行囊的重量。

就這樣過了好一會兒，前方的吵雜聲突然變小。由於這片寂靜太過不自然與突兀，鄭泰義連忙轉過頭看向了前方。雖然因為濃霧與大大小小的障礙物阻擋了視線，導致他看不太清楚發生了什麼事，但他總有一種鬧出大事的感覺。

又過了幾分鐘，大聲嚷嚷的咒罵消失後，取而代之的是比較小聲但內容卻一樣凶狠的碎嘴聲。

「怎麼了？有人打起來了嗎？」鄭泰義朝著比他前面一點的慶仁焦問道。

對方往前幾步查看完情況後，再次走回原來的位置，皺著眉搖頭答道：「那傢伙也在。」

「嗯？」

「那個臭傢伙也在，我們居然要跟他一起行軍。媽的！教官們到底是想看到多駭人的場景，才會讓那個狂人也一起行軍啊……」

一聽到慶仁焦的話，鄭泰義的臉馬上就皺了起來。

「看來今晚不用睡了。」

「只派一個人來站夜哨好像不太夠呢。」

鄭泰義聽著同伴們的抱怨聲，眉頭緊皺地看向前方。或許是已經談好了，隊伍開始騷動了起來。與此同時，有一堆陌生的面孔就這樣往後走，分批摻雜在鄭泰義這一組的隊伍之中。而那群人的表情自然也是相當難看。

「我寧願進到蛇窩裡，也不想遇到這群臭小子……」

「哎唷，跟一群比蛇還要更狠毒的傢伙們走在一起，我想就連毒蛇也不敢靠近了吧。」

四處霎時傳出了此起彼落的嘲諷聲。混雜在歐洲部員之間的鄭泰義頓時壓低帽簷，立起了衣領，低著頭想要降低自己的存在感。

隊伍再次往前移動。而走在後頭的鄭泰義稍稍環顧了一下四周，雖然霧氣遮擋住他的視線，但他隱約能看見隊伍前方那令人不寒而慄的後腦杓。

在他看見那遠比他人都還高出一顆頭的背影時，馬上就感受到了一股永無止盡的恐懼感籠罩著他的全身。他甚至不用看臉就能猜到那個人是誰。

離他遠一點，離他遠一點。

由於不斷放慢腳步，鄭泰義在不知不覺間就成為了隊伍的最尾端。雖然歐洲分部的人剛剛是分段混雜在隊伍之中，但走著走著，隊伍前面就被亞洲部員占據，而後面則都是歐洲部員。

雖然鄭泰義也意識到了自己身旁的全都是歐洲分部的人，但由於他更不想靠近里格勞，所以只好繼續跟在這群陌生面孔的後頭。反正他們之中也沒有任何人注意到孤零零走在隊伍尾端的他。

鄭泰義現在所處的位置也因為霧氣的遮擋，使他總算不用看見那顆帶有殺氣的後腦杓。只不過對方籠罩在濃霧之中的身影，看上去反倒多了幾分陰森的感覺。

仔細一想，現在這個情況對里格勞來說是再絕妙不過的時機了。

濃到快看不見彼此的霧氣、樹林裡的最深處、所有人都得在這個地方露宿一晚，甚至這裡也不比分部內還要更戒備森嚴。只要他一下定決心，要神不知鬼不覺地殺掉一個人並埋在樹林裡絕對不成問題。

「真是的，居然偏偏遇見了亞洲分部。甚至我們還得跟這群噁心的垃圾們一起過夜？」

「別開玩笑了，教官肯定會先劃分好區域讓我們分開睡吧。如果真的得跟那群傢伙們睡在一起的話，那我乾脆不要睡。現在光是這種距離我就已經反胃到快要吐了。」

「我們還真衰。唉，自從來到這該死的亞洲分部後，還真的沒有一件事是順利的啊。」

周遭的歐洲部員們發出了抱怨聲。然而在鄭泰義聽完內容之後，不禁就笑了出來。只要把裡頭的「亞洲分部」換成「歐洲分部」的話，這種程度的咒罵基本上就與他平時聽到的內容無異。看來大家在罵人這方面都沒有什麼太特別的罵法，聽來聽去都是那幾套說法在不斷地重複著。

「不過比起亞洲分部的那群傢伙，我更在意西蒙……他還好嗎？」歐洲部員中，突然有人開口問道。而這人的語氣裡還摻雜著些許的不安與擔憂。

「對耶，不過他跑去哪了啊？怎麼沒看到他。」

「他剛剛好像往狂人里格的方向走去了。但我們真的可以這樣放任他嗎？總覺得有股不祥的預感耶。」

「嗯……可是他再怎麼蠢，也不可能蠢到去做些不自量力的事吧？」

「誰知道啊。人只要瘋起來的話，還有什麼事是不敢做的？再這樣放任下去，他會不會突然發瘋去砍狂人里格啊？」

「哎唷，就算他真的突襲，但狂人里格也不是省油的燈啊！不要說砍他，光是能夠順利劃傷對方就已經很不容易了。」

「只不過刀鋒真的刺得進去嗎？就算真的刺進去了，說不定他根本就不會流血呢。有哪個人看過狂人里格流血的嗎？」

「我敢打包票，那個人絕對沒血沒淚啦！」

雖然談話的內容聽上去像在開玩笑，但卻沒有一個人笑得出來。他們最多也就只有苦澀地扯開自己的嘴角罷了。

每個人講起話來都小心翼翼又充滿著不安，彷彿只要談論到里格勞就會招來不幸似的。而跟歐洲部員們保持著一定距離的鄭泰義，在聽見他們的這段對話後，心中也湧上了同樣的不安與微妙的焦躁感。

原來里格勞的存在不僅僅震懾到了其他分部的人，就連同樣身為歐洲分部的同伴們也對他產生了敬畏與不安的情感。

「媽的，我才不管西蒙到底要不要捅狂人里格。我唯一的要求就是不要在亞洲分部這群傢伙面前做這件事就好。我們幹嘛自曝彼此關係很差的這件事啊，丟臉死了。」

「你說的沒錯。但如果我是西蒙的話，我肯定也想殺了狂人里格。」

「雖然我沒有討厭那個傢伙討厭到像西蒙這樣，但跟那個傢伙同組到底有什麼好處？只是每天都會看見一些很駭人的場景罷了。操，到底什麼時候可以換組啊。」

「自從跟那個傢伙同一組之後，我現在看到肉塊都會有些反胃。因為那個傢伙，我莫名其妙就變成了素食者。」

「雖然我們跟他同個分部、同一組，但說實話，他到底跟神經病、殺人魔差在哪？」

「唉，跟他同一組多少還是有一些好處啦。你想想看，如果不小心成為了那傢伙的對練對象，又或者是在集訓中成為他敵人的話……」

聽著他們竊竊私語討論的內容，鄭泰義霎時感受到了一股微妙的苦澀感。他有種一窺到里格勞真面目的感覺。原來對方是個連自己的小組都無法融入，被大家排擠在外的人。

同一組的組員們對於他跟自己同組的這件事是既感到安心，同時又覺得害怕。他們雖然不想跟里格勞深交，卻又無法將他視為自己的敵人。

鄭泰義不懂自己為什麼會湧上這股苦澀感。他相信里格勞本人肯定也不在乎其他人是否拒他於門外，但鄭泰義就是莫名地覺得很心酸。

然而他也能懂里格勞組員們的心情。遇到這種瘋子，不會害怕反倒更奇怪吧。

由於不想再聽他們聊這個話題，鄭泰義稍微加快了腳步。等他遠離隊伍的最尾端後，他再次看見了前方不遠處的里格勞。男子的周遭就像聳立著一道看不見的高牆般，沒有人走在他的身旁。

一看見這個情形，鄭泰義不禁苦笑了起來。畢竟里格勞就連在歐洲分部內都樹立了不少敵人，如果他還讓一堆人若無其事地圍繞在他的周遭，這反倒是件更奇怪的事。

就算現在有人衝上前要賭命找里格勞單挑，鄭泰義也不打算再出手營救了。每當他想起里格勞看向心路那個冷酷又滿溢著欲望的眼神，就令他打消了想跟對方產生任何交集的念頭。

危險、具威脅性、充滿著壓迫感，這是他對里格勞的想法。

只要出現在里格勞的周遭，鄭泰義將永遠無法放下那顆懸著的心。更何況里格勞除了鄙視他跟心路間的感情之外，甚至還打算要對心路出手。

此時，里格勞突然停下腳步。緊盯著對方背影看的鄭泰義也下意識地放緩了步伐。

里格勞轉身看向後方，鄭泰義見狀連忙低下頭。而對方簡單地與他身後的人傳達幾句話後，又再次轉了回去。

鄭泰義默默嘆口氣，接著死命地把帽簷往下拉。

當他們再次停下來，已經是三、四個小時後的事了。從隱約可以聽到海浪聲的這點來看，他們應該離大海不遠。

鄭泰義一聽見這個聲音，馬上就想起了心路。而他臉上的表情也瞬間變得柔和許多。

「除了大濃霧之外，現在還加上了水聲。這未免也太不真實了吧。」

「你的不真實指的是棒到不真實，還是陰森到不真實啊？」

總算停下步伐的部員們開始找起了適當的區域來當今晚露宿的床。雖然樹林中有許多沒有被樹幹盤繞的空地，但那些空地除了相當狹窄之外，上頭還布滿著大大小小的樹叢與石塊。光是要找到一塊適合入睡的區域就得花上不少的時間。

而教官們似乎也不想增加無謂的衝突，有一位教官直接帶著歐洲部員前往距離他們好幾棵樹之外的空地。雖然簡單轉個頭就能看見彼此，但至少明確劃分出了各自的地盤。

「我要選最角落的位置……好，就選岩石下好了！」鄭泰義朝著距離歐洲部員最遠的角落走去。龐大的岩石形成了一個不小的陰影，而這道陰影正好能完整地遮擋住鄭泰義。

「那麼角落的話，裡面應該會躲著蛇跟蟲耶。」忙著扒開樹叢的托尤見狀馬上給了個忠告，然而鄭泰義卻搖頭執意要睡在這裡。

比起蛇跟蟲，他更不想碰上遠在幾顆大樹外的那個男人。而托尤似乎也猜到了鄭泰義的擔憂，他沒有再多說些什麼。

趕走躲在岩石陰影底下的蜥蜴後，鄭泰義豎起耳朵聽著遠方傳來的海浪聲。漆黑的夜色配上伸手不見五指的濃霧，以及遠處那隱隱約約的水聲，這一切都令鄭泰義湧上了一股奇妙的感受。

在鄭泰義沉醉於水聲的同時，他的同伴們已經撿了不少的樹枝放在空地的中間，生起了篝火。六、七名男子圍繞著篝火坐成一圈，開始商討起站夜哨的順序。只不過沒過多久，他們就開始低聲閒聊起了今天似乎會累到睡不著的話題。

幾棵大樹之外的歐洲部員們也是一樣。雖然他們並沒有融洽到開始閒聊起來，但彼此依舊在篝火的周遭各自找了個位置坐了下來。

其實兩方多少都有些擔心大半夜會不會突然爆發鬥毆，又或者是有人會趁深夜神不知鬼不覺地對他人下手。然而雙方的部員中，似乎沒有人想當那個領頭羊來點燃這場戰火。

縱使自己最討厭的一群人就坐在旁邊，但對此刻的他們來說，沒有什麼比讓自己疲憊不堪的身體休息還要更重要的事了。

雖然鄭泰義並不認為現在的情況有嚴重到必須站夜哨，只不過他也懶得跟組員們抱怨這件事。反正他們十之八九會拿「難道你沒看見旁邊那群虎視眈眈盯著你看的傢伙們嗎？」來當理由。

比起故意去討罵，還是閉嘴先休息，等到輪到他站夜哨時再乖乖去站哨就好了。

突然感受到一股視線的鄭泰義抬起了頭。叔叔正坐在表面凹凸不平的岩石上。對方先是緩緩地環顧了一圈周遭的情形後，再低頭看向隱身在岩石陰影之中的他。

「坐在那裡難道不會不舒服嗎？」

「身為你們的老大，當然要坐在一眼就能看見大家的地方呀。」叔叔半真半假地笑著答道。而距離叔叔幾步遠的空地上還能看見姜校尉站在那裡守著他。

鄭泰義輕笑一聲後，便躺進了睡袋裡。他是第三輪站夜哨的人。一想到自己得在凌晨一、兩點醒來站一個小時的哨，接著又要在含糊的時間點再次入睡，他就不自覺地嘆了口氣。由於閉上眼睛也無法立即入睡，鄭泰義只好聽著依稀的水聲，以及同伴們低聲閒聊的聲音。

「不知道其他小組現在走到哪了，也不知道他們各自遇上了哪一組的人。」這懶洋洋嗓音的主人應該是卡洛。

他像是在跟叔叔搭話，叔叔馬上就回了一句：「對啊……」接著又笑著嘀咕起，「但大家的情況應該都差不多吧。差別只在於我們遇見了最險惡的那一組。」

聽見叔叔的玩笑話後，周遭頓時冒出了此起彼落的笑聲。或許是因為真的太累了，大家的笑聲聽上去都有點有氣無力。而快要進入夢鄉的鄭泰義也忍不住地跟著笑了出來。

「我看克里姆森他們那組好像還挺活躍的呢。感覺他們這週的對練成績應該會很高哦！」有人突然開口。

「雖然這週的成績的確是他們比較高，但一切都還很難說啦。畢竟還剩下一個禮拜嘛。」叔叔答道。

鄭泰義閉著眼睛歪起了頭。成績嗎？看來集訓中還會比哪一組獲得的分數比較高呢。仔細回想，他好像之前就耳聞過這件事了。

「上次集訓的獎品不是整整一個禮拜的假期嗎？不知道這次又會是什麼獎品耶。」

「話說上上次的獎品是整組獲得三萬美元的獎金。這次應該也是這種等級的吧。」

「比起獎金我更想要放假。我現在累到什麼事都不想管，只想躺在床上休息個整整三天。」

「但前提是要成為成績最好的那一組啊，你以為想要就會有喔……唉，我們下個禮拜再繼續加油吧。」

每個人都用著細微的聲音在閒聊著。而躺在一旁聽大家聊天的鄭泰義則是點頭認同起「比起錢，放假更重要」的想法。按照大家的話來推斷，集訓結束後成績最好的那一組似乎能得到分部所頒發的獎勵。

「我不求你們成為第一名，但至少不要比輸克里姆森他們那組吧。」叔叔裝模作樣地嘆了口氣後，又忍不住輕笑了幾聲。

「難怪克里姆森教官最近看起來特別緊張……想必教官們的升遷考核日快到了啊？」卡洛半開玩笑似的笑著問道。

而叔叔也跟著笑了起來，「這個玩笑從你口中說出來，反倒變得不像玩笑了呢。」

升遷嗎？這麼說來，雖然差點忘了，但這為期半年生活的結局就是這件事。鄭泰義開始好奇起究竟會發生什麼事。叔叔的直屬長官是魯道夫讓蒂。叔叔必須得讓對方順利當上亞洲分部的總管，這段期間的努力與付出才有意義。

然而鄭泰義依舊不懂為什麼叔叔硬是要把他帶來這裡。

畢竟分部內的氛圍也沒有想像中的那麼險惡，基本上只要不要衰到莫名捲入一些紛爭裡的話，就不至於會喪命。

那該不會是因為叔叔周遭的人太少，所以才不得不來拜託他吧？

但是鄭泰義轉念一想，當初叔叔要帶走的人其實是哥哥。如果叔叔真的順利把哥哥帶來這裡的話，那或許哥哥的好運也能分一點給叔叔。

只不過真正被帶來的卻是「以雞代雉」的鄭泰義⋯⋯

他決定不要再多想了。反正他唯一要做的事就是在不斷變化的局勢中，想辦法安然度過這半年就可以了。如果叔叔主動開口要他幫忙的話，那他就盡力去幫。或許在某些不經意的瞬間裡，他也能默默地助叔叔一臂之力也說不定。

他現在只需要把發生在自己面前的事給處理好就夠了。

一想到這，鄭泰義不禁深深地嘆了口氣。潮溼的青草味與土味混雜在一起，被他一同吸入了肺裡。除此之外，還有一股淡淡的海水鹹味飄散在其中。

青草味、土味、海味，以及海浪的拍打聲；昆蟲爬在樹葉上的沙沙聲、葉子碰上微風時的簌簌聲。靠著五感感受著大自然的鄭泰義，不知不覺就被勾起了心中那股陌生的懷念感以及有些令人鬱悶的安逸感。

正當他嫌太過死寂時，一道風聲劃破了寧靜。靜悄悄的樹林中，一股夜晚的味道就這樣湧進了他的鼻腔裡。而這一切莫名地使他心臟的左半邊緊張了起來，同時卻也令他心臟的右半邊放鬆了戒備。

好險這份孤寂與冷清感，剛好處在一個可以接受的邊緣。

此時，突然有人抓住了鄭泰義的肩膀輕輕晃了起來。被對方搖醒後，他睜開了還充滿睏意的雙眼。慶仁焦站在他的面前，同時指了指手上的手錶。

當鄭泰義起身時，他才發現大家全都躺在了自己的睡袋中沉沉睡去。只剩下篝火依舊待在原地，盡責地燃燒著自己。

他接著轉過身，看向了岩石的頂端。不久前還坐在上面低聲與大家閒聊著的叔叔也不知道跑去哪裡，徒留下空無一人的岩石。

他原本只是打算稍微閉目養神，殊不知後來卻直接睡著了。

「沒想到居然已經這麼晚了，我原本只打算休息一下的說……哎唷，我的腰啊！」鄭泰義揉著自己的肩膀碎念道。或許是抵擋不住夜晚的冷空氣，他忍不住抖了幾下。

身為前一位站哨者的慶仁焦睡眼惺忪地躺進了自己的睡袋中，「未來一個小時就拜託你啦，那我就先睡了哦，早上見！」

慶仁焦先將睡袋拉鏈拉到額頭的位置，在他伸出手朝對方晃了幾下後，便直接把拉鍊整個拉到底。

「好喔，晚安。」鄭泰義搓揉著冷到起雞皮疙瘩的手臂，靠著身後的岩石坐了下來。

整片樹林都很安靜。唯一晃動著的就只有篝火上的火花、被風吹動的草叢與樹葉，以及偶爾快速飛奔而過的小動物罷了。

鄭泰義轉頭看向了另一側。隔著幾棵樹之外的歐洲分部同樣枕著樹林裡的寂靜入睡了。而他們站夜哨的部員似乎還很睏，只見他不停揉著自己的眼睛，同時還頻頻打起了呵欠。

然而當他感受到鄭泰義的視線後，馬上就露出了嚴肅的神情，抬頭挺胸地坐直。大家總說相遇就是緣，鄭泰義猶豫著到底要不要伸手跟對方打聲招呼。只不過在他看見對方那充滿戒備的反應後，最終還是笑著作罷。

鄭泰義抬頭望向了天空。由於樹葉太過茂盛，使他無法看清上頭的星空。然而樹葉間若隱若現的縫隙中，他看見了天空正散發著淡淡的紅光。

香港的夜景將天空的顏色給染紅了。

仔細一想，這座位於不夜城旁邊的小島上居然會有如此孤寂的自然環境，著實是一件相當罕見的事。

他接著看向了手錶。夜深了。環視周遭，全都是睡得正熟的人們。雖然有些人將臉埋進了睡袋之中，導致他無法確認誰是誰。但靠著他們身旁的行囊，他多少還是可以猜出每個人的身分。

這個人是慶仁焦、那個是卡洛，而最旁邊的則是源浩……

霎時，鄭泰義聽見了遠方傳來的海浪聲。

他之前曾經在大半夜跑去看海過。黑暗無光的海面上僅僅只有幾艘正在抓魷魚的船隻閃著略微刺眼的亮光。每當海浪撞上海岸邊的岩石與小石子時，就像被人撒上亮粉般散發出微弱的光芒，隨即又馬上消失。

他開始好奇起這裡的大海究竟長怎樣。

鄭泰義朝海聲傳來的方向看了過去，原先濃厚的睡意早在不知不覺間就完全消散。他接著轉身望向跟他一起站夜哨的另一名組員，而對方正靠在樹幹上打瞌睡。

「我要不要偷偷去散個步啊。」鄭泰義輕笑了幾聲。

雖然沒有堅守在崗位上，還剛好被途中睡醒的組員發現的話，肯定免不了被他們碎念一番。但其實他有沒有在站哨根本就沒差。

只要幾棵樹之外的那群傢伙不要突然群起拔刀朝他們衝過來亂砍的話，這群熟睡的組員們就不至於會遇上什麼太過危急的狀況。

鄭泰義小聲講了一句「晚安」後，便邁開步伐準備朝海邊走去。只不過樹林中並沒有一條明確可以通往海邊的道路。地面上全被雜草、樹枝，以及尖銳的碎石遮蓋，這也導致他不太確定哪一條才是正確的路。

唯一值得慶幸的是他的方向感很好，只要是曾經走過的路就不會忘記。所以等一下要走回露宿地點絕對不成問題；但對於還不曾從樹林深處往海邊走去的他來說，最終也就只能土法煉鋼地聽著海浪聲的清晰與否來推斷自己有沒有走錯路。

沙沙。

鄭泰義停下了動作，他察覺到周遭出現了不太尋常的動靜。他站在原地看向剛剛發出聲音的方向。然而視線的盡頭僅僅只是一片黑漆漆的樹林。

「……」

他已經快要走到海邊了。只要再往前走個十幾步，就能穿越這片樹林看見大海。但此刻這片黑到深不見底的樹林中卻突然出現了其他動靜。

鄭泰義屏住呼吸，一動也不動地等著對方現身。只不過好幾分鐘過去了，他卻再也沒有聽見任何的聲響與動靜。

此時，距離他好幾步之外的樹叢中似乎有東西正在移動。對方近在咫尺。

鄭泰義連忙把手伸進懷中，轉身看向了樹叢的方向。當他的指尖握熱了冰冷的刀柄時，他也意識到了對方的真實身分。

那是一條蛇。

他頓時就像洩氣的皮球，緊繃的身體瞬間放鬆了下來。

那條蛇是深山中很常見到的種類，既沒有什麼毒性個性也很溫順。雖然還是存在著微量的毒素，但頂多只能毒死老鼠這種小動物罷了，人類被咬到還不至於危及性命。

剛剛那個動靜就是牠發出來的嗎？

鄭泰義將抽到一半的刀子收回懷中的口袋裡，同時深深地嘆了口氣。就在此刻，他真的看到了遠處有個朦朧的人影正穿梭在樹林中。

對方躡手躡腳地朝著某個方向快速前進著。雖然看不太清楚那個人的長相，但鄭泰義很確定那人絕對不是他認識的人。想必對方應該是歐洲部員。

而男子似乎並沒有察覺到鄭泰義的存在，徑直地往另一個方向走去了。他看上去就像在跟蹤其他人，一舉一動間散發出了小心翼翼又不安的氛圍。

鄭泰義不禁陷入了沉思之中。無論他怎麼想，這都不正常。男子躡手躡腳跟蹤的對象絕對不可能只是個單純要去小解，又或者是去散步的人。

他開始猶豫起要不要跟蹤眼前的這名男子。只不過他們之間的距離似乎有些尷尬。

要是草率跟上去的話，很有可能會直接被對方發現；但如果等一會兒再上前，似乎又會直接跟丟對方。若只是因為那人看上去很詭異就貿然跟蹤的話，很容易就會深陷於險境之中。

而且鄭泰義的正義感與好奇心並沒有強烈到讓他非得做這件事不可。畢竟這陣子他實在是太常因為插手他人的事，導致自己吃虧了。

但他看上去真的很詭異耶……

當他還在猶豫著要不要跟上前的同時，男子直接走進了茂密的樹叢裡，消失在他的視野之中。

鄭泰義躊躇了一下，隨後便直接聳肩放棄。反正對方又不是要陷害自己，看上去也不像要對亞洲部員做什麼壞事——至少男子前進的方向剛好與亞洲部員們露宿的方向相反——那他最好還是不要亂插手他人的私事比較好。

鄭泰義拋開腦中雜亂的想法，繼續朝原本的方向走去。沒過多久，視野霎時變得遼闊，而大海就這樣出現在他的面前。

凌晨的大海盡是一片漆黑。如果不是陣陣海浪聲的話，甚至會讓人搞不清楚前方到底是一望無際的海洋還是異世界空間。

深不見底的黑暗、海浪聲、海味、潮溼的海風，霎時就籠罩在鄭泰義的眼睛、耳朵、鼻子以及皮膚上。而這正是他為什麼會喜歡晚上來看海的原因。

呼嗚。他深深地吐出了一口氣。而呼吸聲馬上就與海浪聲結合在一起。

心情大好的鄭泰義，嘴角不自覺地就染上了爽快的笑容。

下次要不要約心路晚上一起來看海？雖然晚上很容易會有蛇，但今天實際走過之後，只要做好準備，似乎也不需要太過擔心呢。

如果能在這遼闊的黑暗之中，牽起他人的手，感受著來自另一個人的體溫那該有多好啊……即便那個對象不是心路也罷。

鄭泰義的腳步有些不穩。由於島上沒有沙灘，而是由一顆顆巨大的岩石所堆積起來，所以很難平穩地在海岸邊散步。甚至岩石間還暗藏著許多碩大的坑洞，只要一不小心的話很容易就會踩空。

但鄭泰義並不在意。他用腳後跟輕敲幾下岩石後，便笑了起來。

在他小的時候，因為雙親太忙碌的緣故，他常常會被送去外婆家給外婆照顧。而外婆家的旁邊剛好就有一片漫無邊際的大海。他三不五時就會跑去海邊的岩石上跳來跳去消磨時間。仔細一想，從那個時候起，哥哥就已經開始把海水是如何腐蝕岩石等的話題掛在嘴邊了。

鄭泰義就像走在平地般自在地穿梭於岩石上頭，而口中也開始哼起歌。無論是這片黑到深不見底的大海，抑或者是潮溼的海風都令他雀躍不已。

或許是因為回想起了小時候的往事，他突然有些想念鄭在義。如果他們真的能一起漫步在海岸邊的話，想必哥哥一定也會很開心吧。

鄭泰義露出有些惋惜的微笑，同時停下了腳步。

他看見了不遠處的燈塔。燈塔的附近還有幾盞路燈照亮著周遭的道路，雖然那些燈光無法照到鄭泰義現在所站的這個位置，但已經足以使他隱隱約約地看清四周的一切。

要回去了嗎？

如果再繼續往前走的話，這股令人心情愉悅的黑暗將會被打破。而現在散步回去，剛好還能跟下一個站夜哨的人交接。

鄭泰義靜靜地望向漆黑的大海，過了好一會兒後，他才又邁開步伐準備要往回走。他看著來時的路，開始思考起要怎麼走才會比較節省時間。

而最快的路程似乎是要往右邊斜著的岩石走上去最為省時。

由於他對自己的方向感很有信心，所以他馬上就往原路稍微偏右的岩石上走去。一步、兩步，因為途中時不時會出現比較巨大的岩石，所以他一邊修正自己的方向，一邊踏上歸途。

然而就在那個瞬間，他聽見了一道小到可能直接被風聲蓋過的聲音。

鄭泰義開始放緩腳步。他疑惑地歪著頭，步伐也越走越慢。最終，他乾脆直接停了下來。因為他明確地聽見了有道斷斷續續的聲音迴盪在此處。

那道聲音是從岩石下方傳來的，龐大的岩石剛好擋住了鄭泰義的去路。岩石的側邊往內凹陷了進去，看上去就像一個簡陋的洞穴。而那道細微的聲音正不斷地從洞穴裡傳出來。

霎時，鄭泰義察覺到了其他人的氣息。有人正躲在那個洞穴裡。如果他剛剛再繼續往前走個幾步的話，說不定就會直接撞見裡面的人。

鄭泰義不禁在想，或許有人因為還沒睡醒，所以才不小心跑到海岸邊的角落裡小解一下。然而他自己也明白這個可能性低到不能再低。畢竟露宿的地點離海岸邊有著一段不小的距離。

也或許洞穴裡的人其實是他剛剛在樹林裡撞見的那名男子。

一想到剛剛那個舉止怪異的男人，鄭泰義暗自咂起了嘴。雖然不知道那個男人到底想幹嘛，但他已經不想再捲入麻煩事。

還是我乾脆直接往回走啊？

鄭泰義一邊思索著對策，一邊專注地聽著對方的一舉一動。此時，他猛然發現洞穴裡並不只有一個人。雖然裡頭沒有任何的對話聲，但從一些簡短的呻吟以及動靜中能夠聽出洞穴裡絕對不只有一個人，應該至少有兩個人待在裡面。

一道水聲混雜著海浪的聲音傳進了他的耳裡。

過了半晌，鄭泰義才意識到那並不只是單純的水聲。雖然這道聲響乍聽之下與水聲很類似，但仔細一聽就能聽出它跟海浪聲與滴落在水坑上的水滴聲並不一樣。

它遠比那些聲音都還要黏稠與厚重。

「……」

鄭泰義疑惑地歪起了頭，搓揉著下巴。隨後，他突然慌張地伸手遮住了自己的嘴巴。不知所措的神色頓時在他臉上閃過。因為那道聲響是他再熟悉不過的聲音。

那是舔食、吸吮著溼潤肌膚的聲音。而其中還摻雜著些許帶有哭腔的喘息聲，以及低吼聲。甚至時不時還會傳出歡愉的呻吟聲。

……真是的，居然偏偏遇上了這種事。

鄭泰義做夢也沒有想過居然會有人精力旺盛到大半夜跑來海邊解決生理需求。明明這裡也不是什麼海灘度假村，怎麼會有人想在這充滿著一堆男人的島上做這種事。

他有些窘迫地撓了撓自己的脖子。看來現在就只能繞路走回露宿地點了。就算得繞一大圈，但至少不會發生不小心與洞穴裡的人對視的窘境。

只不過若是要繞路的話，就只能從那顆岩石的後頭爬上去。然而那個坡度太過陡峭，如果沒有用具輔助的話，要爬上去簡直就是難若登天；但走原路回去，又會花上太多時間。

陷入沉思中的鄭泰義看向自己眼前的路。由於燈塔的光照不到這個位置，所以岩石的縫隙全都被深不見底的黑暗給籠罩住。而其中有顆岩石因為被海水侵蝕，形成了一個凹陷進去的溝槽。

如果將身體躲在溝槽裡往前走的話，說不定就不會被發現了。更何況洞穴裡的人正沉迷於性欲所帶來的歡愉之中，應該是不可能會察覺到躲在黑暗裡的他吧？

說不定……他還能藉這個機會偷看一下其他人的活春宮呢。雖然洞穴裡應該也暗到看不清楚就是了。

鄭泰義輕手輕腳地躲進了岩石的縫隙中。啪嗒。他的腳尖不小心撞到了石塊。但好險那道聲音小到馬上就被海浪聲蓋過。

沒事的，這種程度絕對不會被發現。

轉念一想，就算他真的被對方抓包了也沒必要感到心虛。畢竟真正該感到不安與害怕的反倒是那兩個偷偷躲在這個地方紓解欲望的人吧？更何況他也不是故意要偷看，何必搞到如此卑微呢。

鄭泰義輕輕拍打完自己的胸膛後，便邁開了步伐。他將身體躲進溝槽裡，直接經過了洞穴的正前方。與此同時，還不忘偷偷地瞄了一眼洞穴內部。

而他之所以會這麼做，絕對不是為了要偷看。他只是想確認對方有沒有察覺到自己而已。

岩石內部散發出些微的光芒。看來是裡面的人打開了像隨身手電筒之類的照明設備。然而那道亮光並不明顯，頂多只能依稀照亮人形的輪廓罷了。

洞穴裡總共有兩個人。

其中一名男子坐在地板上，身體緊靠著背後的岩石。而另外一個人則是蹲在對方的兩腿之間，雙手緊握著那人的性器，緩緩地輕舔起陽具頂端。

沒過多久，蹲在對方兩腿之間的男子開始由上往下地吸舔著整根陽具，以及兩側的睪丸。霎時，一陣黏膩溼潤的聲音不斷從洞穴裡傳出。

將臉埋進對方胯下的男子似乎相當興奮，開始前後晃起了自己的腰及屁股。偶爾抵擋不住情欲時，還會騰出另外一隻手搓揉起自己的陰莖。時不時也會因為太過刺激而發出短暫的呻吟聲。

而坐在他面前，依靠在岩石上的男子則是淡然地低頭看著蜷縮在自己兩腿間發情的人。男子雖然面無表情，但依舊能從他的臉上看出滿溢的欲望。當鄭泰義看見對方表情的那個瞬間，心底不自覺地顫抖了一下。這是源自衝擊與驚恐而出現的生理反應。

男子的眼神十分冰冷，同時卻又炙熱無比。

他對自己最原始的欲望產生了極大的快感，但這份熱情與快感卻跟趴在他雙腿間的那個人無關。男子絲毫不在意是誰跟他發生了關係，他只是單純沉浸於口交這件事而已。

與此同時，鄭泰義終於認出了那名男子的身分。雖然對方的輪廓快被黑暗吞噬，但那細微的光芒所映照出的臉龐是鄭泰義一輩子也不可能認錯的。

而那個人正是里格勞。

……媽的。為什麼我去到哪裡都能遇到他？而且都這麼晚了，他為什麼不好好睡覺，要把其他人拉來海邊做這檔事啊？

鄭泰義暗自咂起了嘴。而他早在認出對方的那一刹那，全身就像被施咒般地動彈不得。似乎只要輕輕動了一根手指，對方就會察覺到他的存在似的；又或許里格勞其實早就已經發現了他的存在。

鄭泰義僵在原地，用力屏住了自己的氣息。他滿腦子只剩下該怎麼安全逃離這裡。

里格勞依舊將心思放在口交上，也不知道他究竟有沒有發現鄭泰義的存在。他低頭看著仿若餓死鬼般不停吸吮著自己陰莖的青年，霎時，他猛然地伸出手抓起了對方的頭髮，粗魯地把對方的臉壓進自己的胯下。

「含深一點，大力一點……你再不好好含？」里格勞輕輕握住對方的下巴說道。

隨後，他咂了咂嘴，直接抓住青年的頭晃動了起來。對方像是喘不過氣般，呼吸逐漸變得紊亂。

然而里格勞卻不在意，手中的動作越來越粗暴。就在鄭泰義開始擔心起那個人會不會就此窒息時，青年大力掙扎了起來，里格勞最終不得已地將陽具從對方的口中抽出，同時打了那人一巴掌。

那個巴掌聲響亮到遠在彼端的鄭泰義都能聽得一清二楚。

「我叫你好好含。每一處都要舔到，用力地吸。我才會給你想要的。一個滿臉寫著『我小穴癢到不行』的傢伙，做事還那麼隨便？」里格勞的嗓音中帶著一絲隱藏不住的興奮感。沾染著欲望的氣息就這樣隨著他的話語一起流露了出來。

青年再次撲進了對方的胯下。瞬間，一道激烈又火急的聲音就這樣從洞穴內傳出。

鄭泰義明顯能感覺到自己的臉變得生硬，而心底彷彿有股火在燒，令他快要窒息。

他之所以會有這種反應不是因為看見了他人的活春宮、遇上了這種一點也不正常的狀況，更不是因為他太久沒有發洩自己的欲望。而是里格勞，這個具有壓倒性魄力的男人，正在散發著跟他氣勢不相上下的強烈氣息。

那股氣息濃厚到所有的男人看見都會夾著尾巴逃跑的程度。

此刻的里格勞就是雄性之王。只要是遵從著自己本能的女人，就會向他獻出自己的肉體；只要是男人，就只能在他面前甘拜下風。

這不能簡單用「性魅力」一詞來帶過。里格勞的全身上下都散發著足以吸引所有人的男性賀爾蒙，只要是被他咬中的對象，就別想從他的手中逃脫。

鄭泰義的臉漸漸變得蒼白。同樣身為男人，他能深刻地感受到眼前這個男人的威脅性有多高又有多危險。

絕對不能靠近。

就像小動物不小心闖進比自己還要強悍的雄性領域時，會下意識逃跑一樣；鄭泰義本能地從里格勞身上感受到了足以令他窒息的威脅與恐懼。

此時，原本垂著眼看向青年的里格勞抬起了頭，黝黑的眼眸直直地朝鄭泰義的方向看了過來。這個動作流暢到彷彿對方早就知道鄭泰義躲在這裡似的。

鄭泰義一動也不能動地僵在原地。明明他只是跟里格勞對視而已，卻莫名地出現被猛獸盯上的感覺。

照理來說，里格勞是不可能看見鄭泰義的。就算對方真的察覺到了些許不尋常的動靜，那他最多也只能猜到這裡躲著一個人，而猜不到究竟是誰躲在這裡。畢竟洞穴裡的微弱燈光完全照不到鄭泰義所躲藏的位置。

里格勞冷冰冰的視線就這樣朝著鄭泰義的方向射了過來。霎時，對方的嘴角揚起了一個細微的弧度。那個笑容看上去就像在嘲笑鄭泰義，又或者是一種威脅。

對方似乎在暗示著「你這種只敢躲在角落的傢伙，還不快滾啊」。

鄭泰義的指尖抖動了一下。他就像個剛結束鬼壓床的人，身體總算能夠緩慢地動了起來。而他的心臟彷彿是感受到了那股威脅，正飛快地跳動著。

我得趕快走，趕快離開這個地方。

鄭泰義沒有信心能夠繼續承受著這股令人窒息的熱氣。如果他現在靜靜消失的話，或許那頭猛獸還不至於會追上來。眼下，他唯一能做的就只有馬上離開這裡。

里格勞，這該死的傢伙。他都不會累嗎？白天才剛對練完，晚上立刻又馬不停蹄地進行行軍，照理來說現在不是應該要累到乖乖地躺在被窩裡嗎？他到底為什麼要跑到海邊搞這一齣啊？

就在鄭泰義氣到怒不可遏的同時，有股不安感從他的腳底湧了上來。

雖然他看不太清楚洞穴裡那名青年的臉，但他卻突然浮現了或許對方長得跟心路很像的念頭。那窄小的肩膀、細長的四肢，以及滑順的身體曲線。就算兩人的長相找不到任何的共通點，但眼前這名青年給人的感覺就與心路十分類似。

「媽的。既然都已經有砲友了，那幹嘛還眼饞心路啊？這沒有節操又放蕩的瘋子。」鄭泰義一邊輕聲咒罵著，一邊躡手躡腳地邁開了步伐。

一直到走了幾十步，多少已經遠離對方後，他才又回頭看向了隱藏在岩石之中的洞穴。他們的身影被岩石的陰影遮掩，鄭泰義只能依稀看見兩人的影子正在微微晃動著。

「最近的運氣還真糟啊……」鄭泰義小聲地嘟噥完後，重重地嘆了口氣。正當他準備移步時，發現有個人影出現在里格勞那顆岩石的上方。

這也害得原本都打算要離開的鄭泰義連忙轉過了身。

他沒有看錯，真的有個人趴在那顆岩石上匍匐前進著。而對方似乎沒有發現鄭泰義，他將注意力全都集中在岩石下的人——八成是里格勞——身上。

鄭泰義從洞穴裡映照出的微弱光芒中看見了一個不尋常的東西。那名男子的手中正舉著一把厚重的十字弓。

他頓時屏住了呼吸。

雖然夜色太黑，他也看不清楚，但男子手中的那把十字弓絕對是能夠輕鬆殺死一個人的致命武器。更別論對方現在正精準地瞄準著里格勞的腦袋。

鄭泰義此刻才認出來，原來那名男子就是他剛剛在樹林裡遇到的那個人。而那名舉止怪異的男人正趴在岩石上方緊盯著里格勞。

他將食指放到了板機上。只要一扣下板機，就會射出厚實又尖銳的箭矢，瞬間射穿里格勞的腦袋。

鄭泰義沒有時間顧慮太多，他下意識地舉起手邊的石塊朝男子的方向砸了過去。一道重物飛過的聲音就這樣劃破了夜晚的寧靜。與此同時，男子的手腕因為被石塊砸中而發出了撞擊聲。

「啊！」由於沒有料想到會突然遭受攻擊，男子發出痛苦的哀嚎聲，一邊下意識地扣下了板機。霎時，箭矢離開了弩，筆直朝鄭泰義的方向飛了過來。

「天啊……！」鄭泰義發出驚呼。

雖然他早在石塊砸中男子而導致十字弓方向發生改變的瞬間就下意識地側身，但他還是趕不上箭矢飛過來的速度。箭矢劃過鄭泰義的手肘，直直地射中他剛剛站的那個位置。

鄭泰義冒起了冷汗。如果他沒有下意識躲開的話，或許現在就得直接去找閻羅王報到了。沒想到他居然會為了救一個人而落得差點喪命的下場。

他看著插在地板上的箭矢，現在才總算有餘力為剛剛那個情形感到惋惜。如果他裝作沒看到的話，或許那個凶惡又危險的男人就能直接從這個世界上消失了。更何況那名拿著十字弓的男子說不定是為了某些正當的理由來找里格勞復仇的，他居然就這樣壞了別人的好事……

只不過就算這件事再發生一次，即便換了不同的對象，鄭泰義依舊會做出同樣的選擇。無論如何，他都不能眼睜睜地看著有人死在他的面前。

當鄭泰義還深陷於後悔與苦惱中時，里格勞已經做出了反擊。

他一把推開埋在自己胯下的青年，隨手從地上撿起了一顆石頭。接著半蹲著將手中的石頭朝岩石上正緊抓著自己手腕哀嚎的男子頭上砸去。

石頭不偏不移地砸中了男子的腦袋，沒過多久，鮮血就布滿了對方的整張臉。男子在發出一聲低沉的哀嚎聲後，馬上暈了過去。

里格勞無視現在才被嚇到瘋狂尖叫的青年，撿起了從男子手中掉落的十字弓。他的視線從十字弓移到了被箭矢射中的岩石上，最後才又看向了站在岩石旁的鄭泰義。

在與里格勞四目相交的剎那，鄭泰義馬上舉起自己的雙手以示清白。而里格勞的視線接著落在了鄭泰義的手邊。

「這件事跟我無關……不對，我反倒是救你的那個人耶！你不要用那種冷酷的表情瞪著我。」鄭泰義有些委屈地碎念著。

「我知道。」里格勞簡單答道。隨後，他像是很不滿似的咂起了嘴，徑直地朝鄭泰義的方向走去。

眼見對方大步流星地朝自己靠過來，鄭泰義下意識地就想往後退。然而他的身後全是尖銳又危險的岩石，在無法確認自己能不能踩穩的情況下，他實在不敢貿然亂動。

「這件事真的跟我無關啦！更何況我連那個傢伙是誰都不知道，我絕對沒有私下跟他串通好。」

「我剛剛就說過我知道了。」里格勞看對方不斷強調著自己的清白，有些無奈地嘟噥道。

而鄭泰義依舊用著戒備的眼神盯著眼前的男人看。

里格勞應該不至於狠心到對救命恩人痛下毒手吧？那他到底為什麼要走過來啊？不對，就算真的要走過來，那至少也穿件衣服吧！

眼看對方赤裸著身子毫不猶豫地朝自己走來，鄭泰義頓時覺得有些不自在。

只不過里格勞卻絲毫不在意，淡然地走到了鄭泰義的面前。兩人之間的距離霎時只剩下四、五步而已。里格勞撿起了插在岩石上的箭矢，在他伸手碰了箭矢前端上尖銳的部分後，不禁噗哧一聲地笑了出來。

「無論我再怎麼厲害，被這種東西射中腦袋的話，肯定也無法全身而退。」

「什麼『全身而退』，被這根箭射中，沒死就算奇蹟了吧！」鄭泰義皺著眉頭更正了對方的發言。

而里格勞的視線也從箭矢，再次轉移到了鄭泰義的臉上。鄭泰義見狀連忙撇起嘴，展開了第三輪辯解。

「我跟他沒有任何關係……我是說真的啦！你不要再瞪我了。沒想到救你一命，還要被你這樣怒瞪。」一想到自己好心幫人，卻得接收對方冰冷無比的視線，鄭泰義不禁有些委屈地抱怨道。

聽到這句話的里格勞像是很訝異般地挑起了眉，微微笑著說：「但我沒有在瞪你耶。原來在你眼裡，我看上去像在瞪你啊？我認識那個男人，他是我的組員。我也知道那個男人為什麼想殺我，以及這件事絕對跟你無關。所以你不需要這麼緊張——就算我再怎麼想殺你，我也不可能在你救了我一命的情況下，直接動手吧？」

似乎是覺得有些可笑，里格勞講完後又輕笑了幾聲。緊接著，他就像轉筆般地輕鬆轉起了殺傷力極高的箭矢。

鄭泰義咂了咂嘴，「但你好像很見怪不怪，看來這種事很常發生啊？」

「這個嘛，我一個月至少會被暗殺個兩次吧。」里格勞就像在閒話家常般地泰然答道。隨後，他再次伸手碰觸了箭矢的前端，漫不經心碎念著：「看來那傢伙也得嚐嚐被這根箭矢射中腦袋瓜的滋味，才會打起精神吧。」

「隨便你想怎麼報復他都行，但拜託不要在我的面前下手。如果可以的話，也不要在這座島上下手……我希望你回到歐洲後，再去解決你們兩人之間的恩怨。」鄭泰義的表情就像剛剛不小心吞下了一隻昆蟲般難看。

他再也不想再捲入麻煩的紛爭裡了。無論現在或未來，他都不想成為命案現場的第一目擊者。

媽的，為什麼每次都會跟這傢伙扯上關係啊。早知道剛剛就裝沒事，直接離開就好了。

不知道是因為寒冷的海風，還是因為站在他面前的這個男人，鄭泰義的手臂頓時冒起了雞皮疙瘩。當他伸手搓揉起自己手臂的同時，一陣刺痛襲來，他垂眼看向了自己的手肘。

手肘再往下一點點的位置上，有著一條狹長的傷痕。由於皮膚被劃開，鮮血正不斷地從傷口上滴落下來。直到此刻，鄭泰義才總算意識到原來自己受傷了。

「哦……」鄭泰義不明所以地看著手上的傷口。霎時，箭矢劃過他的手肘，徑直射中他身後岩石的畫面再次浮上腦海。「哇……這也太誇張了吧！我只是輕輕被劃過而已就傷成這樣，如果是直接被射中的話，那不就死定了嗎……那個傢伙也要因為『違反持有武器』的規定，罰抄十本聯合國人力資源培訓機構的規則條例吧？」

鄭泰義一邊咂嘴，一邊咕噥道。但或許是傷得太深，他無法輕易地止住不斷湧出的鮮血。

聽完對方的抱怨後，里格勞忍不住笑了出來。那道低沉卻很愉快的笑聲就這樣迴盪在海岸邊好一陣子。一直到鄭泰義不滿地盯著他看時，里格勞才漸漸收起了笑容。

「啊哈哈，也對。那我等他抄完十本規則條例後再處理掉他好了。我答應你，我會等回到歐洲後再下手。畢竟救命恩人都這樣開口了，我總不能拒絕吧？」語畢，里格勞又笑了好一會兒。隨後，他馬上舉起了鄭泰義的手臂，開始打量起對方的傷口。

「雖然傷得很深，但並不嚴重。只要能順利止血的話，就不至於有大礙……這個給你，你就用這個擦吧。」里格勞脫下手上的手套，遞給了對方。

而鄭泰義見狀馬上驚呼了一聲，膽怯地皺起了眉頭。

他該不會是要我用那沾了不知道多少人鮮血的手套來擦傷口吧？如果我真的擦了的話，會不會被那群人詛咒啊？

「不過你跟你哥真的差好多喔。就算你們是異卵雙胞胎，但個性差那麼多的雙胞胎也很少見呢。不過這樣也好啦，這也不錯。」里格勞用著充滿笑意的語氣低聲說道。

有些不情願地從對方手中接過手套的鄭泰義霎時停下了動作。他好像在哪裡聽過這段話。雖然內容可能不太一樣，但語意大致上十分類似。而這剛好也是最近才發生過的事，說出這句話的那個人就是——

里格勞看鄭泰義手中緊握著手套，卻又一動也不動地緊盯著自己，他先是疑惑地歪起了頭，隨後直接搶過對方手中的手套，開始輕拭起鄭泰義手臂上的傷口。

那隻拿著沾血手套的手十分白皙。濃霧開始退去，繁星的光芒微微地照亮了里格勞的手。比起白皙，蒼白這個詞似乎更精準一些。

猶如玻璃碎片般整齊好看的指甲、細長又精緻的手指，這是一隻除了雪白之外還很優美的手；同時也是鄭泰義再熟悉不過的手。

幫鄭泰義擦完傷口周遭的血漬後，里格勞這時才意識到對方一直緊盯著自己的手。

他頓時挑起了眉，有些為難地說了一句：「哎呀。」

隨後，他先是緩慢地攤開了自己的掌心，接著又再次握拳。然而就連這個動作鄭泰義也相當熟悉。

「你就那麼喜歡我的手啊？」里格勞朝著視線無法從自己手上移開的鄭泰義問道。

鄭泰義猛然地抬起了頭。他直勾勾地看著站在自己面前，從容露出淺淺微笑的男人。該死，現在是怎樣。他滿腦子只剩下了這一句話。

鄭泰義怒火中燒地問道：「如果我說喜歡的話，你就要把你的手摘下來給我是嗎？」

聽見這句話，里格勞情不自禁地放聲大笑。

鄭泰義豎起耳朵，這個笑聲與當時那個機械人聲十分類似。仔細一想，其實不僅僅是笑聲，兩人就連語氣也異常地相像。

「你要的話，那就給你啊。雖然你現在的這雙手更適合你一點，但如果你真的想要的話，我就摘下來給你吧。不過這個前提是要先等我死了之後，我才能給你。」

「不用。我記得我上次就已經告訴過你我不需要了。」鄭泰義的語氣中充滿著不快的情緒，心情也越發越糟糕。

里格勞笑得很開心。他眼帶笑意地垂眼看著鄭泰義。

鄭泰義的視線再次落在對方的手上。這個世界總不可能會出現第二雙這麼好看的手吧？

「所以哪個是姓，哪個是名？」鄭泰義不悅地問道。他從沒想過自己居然還會遇上這種事。

里格勞露出微妙的笑容，緊盯著鄭泰義好一會兒後才緩緩答道：「里格勞是我的姓氏。」

「這樣啊……那你想要我怎麼叫你？」

「你想怎麼叫就怎麼叫吧。」

「雖然我兩個名字都不太想叫……但我知道了，伊萊里格勞。」鄭泰義直白地表達出了內心的不悅。

而里格勞則是沒有多說些什麼，只是淡淡地笑著。

鄭泰義頓時又多了一個可以憎恨叔叔的理由。

＊　＊　＊

雖然叔叔有警告過他不准來自己的房間，但這並不代表叔叔會狠下心直接把門鎖換掉。

鄭泰義躺在床上，同時把鑰匙圈掛在食指上，哐啷哐啷地搖晃了起來。

現在回想，他真的是太天真了。即便叔叔再三叮嚀過他不准來，但這句話並不具有強制力。如果他先斬後奏地闖入了叔叔的房間，對方最終肯定也會睜一隻眼閉一隻眼地放過他吧。

但若是叔叔真的不想讓鄭泰義跑來自己房間的話，他就會想辦法捏造出一些「事件」，好讓鄭泰義再也沒時間跑來串門子。

在歐洲分部那群目露凶光的傢伙們闖入這裡的瞬間，唯一安全的地方就只剩下禁止閒雜人等出入的教官房間了。胡亂地逃跑、走在沒人出現的陰暗處，都不如直接躲進這間房間還要有用。

「看來我太死腦筋了啊……就算叔叔真的不讓我來，我也可以偷偷躲在床底下啊。」鄭泰義搖了搖頭，自言自語道。

雖然他也有想過從現在開始實行這個計畫，但一切都已經太遲了。他早就被最危險的人給盯上，情況也糟到無法再更糟了。

「唉。」鄭泰義無奈地咂嘴。閒閒沒事的他拋起手中的鑰匙後，又馬上順手接住。

此時，房間門被打開，叔叔從外面走了進來。

對方一邊解開襯衫最上端的鈕扣，一邊環視了房間。此刻，他才發現了躺在床上的鄭泰義。叔叔瞬間就露出了有些詫異的表情。

「你怎麼會出現在這裡？我不是說過集訓結束前都不能過來嗎？」

「因為我剛好把書看完了，想說順路來還個書。」鄭泰義舉起手中的書，輕輕晃了起來。

叔叔先是脫下制服外套放在椅背上，接著又直勾勾地盯著鄭泰義看。他似乎已經猜到了自己的姪子是不可能單純因為這種小事來找他。叔叔霎時瞇起眼睛，開始思考起鄭泰義的真正目的。

「我就叫你慢慢看。但既然你都來了，那就順便把你還想看的書借走吧。記得集訓結束前都不准再過來還書或借書了。你要喝綠茶嗎？」

叔叔脫下襯衫後，開始在快煮壺上煮起了熱水。鄭泰義搖了搖頭示意不用後，叔叔拿出自己要用的杯子。或許是因為身體太過緊繃，他轉了轉僵硬的肩頸，隨後又深深地嘆了口氣。

鄭泰義將借來的書放回原本的位置後，開始掃視起整個書櫃。雖然他也才幾天沒來而已，但書櫃上已經多了好幾本他沒見過的書。鄭泰義伸出手輕輕地滑過了書櫃上的書。霎時，他看見了一個熟悉的書名，手中的動作也跟著停了下來。

「這本書……我記得它是走海運過來的，沒想到那麼快就到了。《神話論》。」

「啊，這本書昨天才剛到。雖然我還沒看過，但如果你想看的話，你就先借去看吧。反正我這幾天沒空看書，手邊也還有好幾本正在看的書。」

「嗯……好吧，那我就借走囉。集訓結束後，我再拿來還你。」

叔叔揮了揮手表示同意後，便拿起手中的杯子，開始品嚐清香的綠茶。在他吞下口中碧綠的液體後，又重重地吐出了一口氣。

雖然鄭泰義不曾看過叔叔顯露出疲倦的神色，但對方畢竟不是機器人，在經過這幾天密集的集訓後，身為教官的他自然也累到不行。

叔叔一意識到鄭泰義直勾勾地盯著自己看之後，馬上又露出平常那種毫無破綻的表情。

「叔叔最近應該很累吧，居然會忙到連看書的時間都沒有。甚至這本還是你期待超久的書耶！」鄭泰義用手掌輕拍著《神話論》的書皮說道。

叔叔笑著聳了聳肩，「其實這本書本來是下個週末才會抵達。我原本打算等集訓結束後，比較有時間、有餘力了，再來讀這本書的……誰知道它那麼快就送來了。」

「啊，原來如此。」鄭泰義像是總算想通似的點頭說道：「你之所以會叫對方寄海運，就是為了等集訓結束後再看這本書啊？我才在想明明伊萊都要來亞洲分部了，你為什麼不直接叫他帶過來，還大費周章地叫他用寄的。」

拿起杯子正準備要喝茶的叔叔停下手中的動作，看向了鄭泰義。過了一會兒，他才又笑了起來。他終於釐清鄭泰義為什麼會突然跑過來了。

叔叔先是喝了一口綠茶，接著一邊放下茶杯一邊問道，「這是那傢伙跟你說的嗎？……看來他真的很欣賞你啊，畢竟你們第一次見面時，他就直接告訴你他的名字了呢。」

怎麼可能啊……如果他真的欣賞我的話，我還需要每天活在不安裡嗎？鄭泰義暗自在心底碎念道。

由於直接向叔叔坦白「里格勞很討厭我」反倒更可笑，所以他並不打算反駁叔叔的話。

更何況就算里格勞真的很欣賞他，這也無法改變既有的事實。畢竟那個男人對於「欣賞」一詞的定義，絕對跟正常人不同。

里格勞欣賞一個人，只不過是把對方視為一個有趣的對象；但一般大眾欣賞一個人，則是會把對方視為有好感、想要好好珍惜的對象。

里格勞就是如此不正常的人。而叔叔絕對不可能會不知道這件事。

一想到這，鄭泰義不禁就覺得有些惆悵。無論他的真實身分是住在德國的武器仲介商，還是歐洲分部裡的狂人里格，一切都不會改變。

鄭泰義坐在床邊，咂了咂嘴問道：「叔叔，雖然我也不想過問他人的私事。但為了這半年內的人身安全，我只要察覺到一點點詭異的部分，就會變得很不安。」

「這很正常啊，所以呢？」

「你跟那個瘋子是怎麼認識的？」

鄭泰義的提問相當簡短。而那個「瘋子」是指誰，兩人都心知肚明。

叔叔靜靜地看著鄭泰義，他的嘴角帶著一抹微妙的笑容，看上去就像在思考著什麼似的。

「這個嗎……我們之間的關係應該算書友吧。」

好不容易等到叔叔開口，鄭泰義卻不悅地皺起了眉頭。過了一會兒，他才又釋然地聳肩。如果對方不想說的話就算了。

「好吧，那我也只能自己想辦法在這險惡的世界裡活下去了。」

「講得更精準一點的話，我認識的其實是他的哥哥。」叔叔接著說道。

而鄭泰義卻再次安靜了下來。

叔叔的表情看上去不像在說謊。當鄭泰義直視著對方眼睛時，叔叔只是輕輕地揚起嘴角，眼神中沒有絲毫的閃爍與心虛。但鄭泰義知道，對方依舊語帶保留。

「……好吧，雖然我想不透那種傢伙到底為什麼要來UNHRDO，但反正世事總是難料嘛。」鄭泰義的肩膀抖了一下。其實他更想問的是：為什麼一個家業是販賣武器的人，還能進到UNHRDO？

就算叔叔當初有提前告訴鄭泰義伊萊就是里格勞，現況也不會改變多少。頂多只會增加一些模稜兩可的成見，導致鄭泰義誤以為里格勞就跟畫面裡的伊萊一樣正常也說不定。

鄭泰義撓了撓頭，「好吧，那我就先走了……但因為我跟你一樣沒有什麼時間可以好好看書，所以我至少得拖到集訓結束後過好一陣子才能看完喔！」

「嗯……好啦。但你也不要太晚才還我，畢竟我還沒看過。」

「你剛剛不是才叫我慢慢看嗎？」

「我指的又不是那本書。我剛剛是說，如果你想看的話那我就先讓給你看。」

「這算什麼啊，你不是說你手邊還有一堆書要看嗎？」鄭泰義一邊抱怨，一邊朝著房門口走去。

唉，明天明明是珍貴到不行的週末，但我唯一能做的事卻只有訓練。不知道所謂的魔鬼訓練又會有多可怕……鄭泰義在心底嘆了口氣。

當他打開房門，正準備要走出去的那個瞬間，叔叔在他的身後叫住了他。

「泰義啊。」

「怎麼了？」鄭泰義手握門把，回頭問道。

而叔叔則是露出了一個微妙的表情看著鄭泰義。他這次不再是以教官的表情，而是單純以「叔叔」的表情看著對方。

「不管那傢伙的本業是什麼，這些都不重要。如果你把伊萊跟里格勞視為兩個人的話，你看走眼的絕對是伊萊，而不是里格勞。」

鄭泰義靜靜地看著叔叔。他聽得出叔叔的弦外之音。

叔叔想表達的是，比起那個偶爾打來跟他閒話家常的伊萊，站在自己面前的里格勞更接近「伊萊里格勞」這個人的本質。

鄭泰義沉默了幾秒後，笑著搖頭說道：「叔叔，但我也不了解伊萊啊。」他攤開自己的雙手，「從他只願意讓我看他的手的那刻起，我就猜到了我是絕對不可能讀懂這傢伙到底在想些什麼的。」

叔叔輕聲笑了起來，「好啦，那你快走吧，不要被其他人發現了喔！」

「嗯——但我應該早就被發現了吧。畢竟這附近不是都裝著監視器嗎？」

「……我居然忘了這件事。看來你又多了十本規則條例要抄了呢。」

鄭泰義瞬間露出猙獰的表情。

叔叔同情地補充道：「誰叫你要被監視器拍到呢，以後記得要小心一點啊！」

然而一切都已經太遲了。

鄭泰義對里格勞這個人一無所知。如果硬要說的話，那他唯一知道的就只有里格勞很危險，他必須竭盡所能地遠離這個人而已。

話雖如此，但他同樣對於里格勞的另一個身分，「伊萊」很陌生。他們的交集僅僅只有少數幾次的通話罷了。雖然鄭泰義自認自己能夠輕易地透過幾次談話就推敲出眼前的人大致會是個怎麼樣的人，但他非但不曾看著伊萊的臉聊天過，而且他們之間的閒聊次數還少之又少，所以這個能力無法在伊萊身上發揮作用。

只不過在這短短幾次的聊天過程中，他還是對伊萊這個人產生了一些想法與感受。

他與伊萊在某些方面上意外地很聊得來，雖然聊著聊著有時候會聊到心情沉重，但聊得愉快的經驗也不在少數。偶爾的偶爾，他也會猛然地在對話過程中感受到一股刺骨的涼意。

這麼一看，無論對方是哪個身分，鄭泰義都能從伊萊里格勞這個人的身上感受到十分類似的感覺。

鄭泰義看著頭頂上的監視器，現在的他早就已經不在意會不會被拍到了。他一邊搓揉著自己的後頸，一邊苦澀地咂起了嘴。

「真是的，這根本就是詐欺嘛。這麼漂亮的手為什麼偏偏長在那種傢伙的手上啊？」

伊萊的手是真的好看到目光會不由自主就被吸引過去的程度。即便是在海岸邊的那天，鄭泰義實際見過那雙手之後，這個想法也不曾動搖過。

不對，甚至活生生出現在他面前的那雙手還遠比螢幕上的更加漂亮。

但鄭泰義清楚地知道，伊萊無論何時都能泰然自若地揮動那雙美麗的手打向他。只要他想，他隨時都能輕易地殺死鄭泰義。

早在鄭泰義接起伊萊最後一通電話的那個時候，他就感受到了。無論他跟對方通了幾十次、幾百次的電話，伊萊自始自終都只把鄭泰義當作一個與自己無關的「他人」。

現在回過頭看，歐洲分部的狂人里格「里格勞」，以及電話裡那個看似聊得來卻始終與自己隔著一道牆的「伊萊」還真的是同一個人。

「這真的是詐欺吧……早知道在他說要把手摘下來給我時，不要去管適不適合，直接答應就好了。那雙手對那個傢伙來說實在是太浪費！」

雖然伊萊那張潔白精緻的臉跟那雙漂亮的手比起來一點也不會遜色，但問題本來就不是出在手跟臉，而是出在他那糟糕到不行的個性上。

鄭泰義突然放緩了腳步。因為他想起了早上發生的那件事。

今天早上，昨晚拿著十字弓想要暗殺伊萊的那個男人死掉了。

伊萊曾經答應過鄭泰義會在回歐洲之後再對那個男人下手，而他也真的遵守了這個諾言。但一切卻在那個男人再次找伊萊單挑之後變了調。

當大家結束行軍，回到分部時已經是早上的事了。為了要讓他們一吃完早餐就能直接進行上午的表定行程，部員們凌晨就得起床往分部的方向出發。

「他們是真的想把我們操死啊。」當鄭泰義一邊碎念，一邊準備背起地板上的行囊時，他猛然地發現了一個人。

在歐洲分部那群壯碩又粗魯的男人堆裡頭，有一個特別矮小——但跟一般男生相比的話，他其實也算不上有多嬌小——的青年映入了他的眼簾。

正當他疑惑著為什麼眼前的這名青年會如此眼熟時，鄭泰義的腦中突然閃過一個畫面。

這個人就是昨天晚上的那名青年。雖然沒有看得很清晰，但他清楚記得那個跟伊萊交織在一起的身影。尤其是當他確認過對方的側臉與下顎線條後，他更加確定眼前的這個人正是昨晚的那名青年。

鄭泰義有些尷尬地乾咳了幾聲。雖然他沒有跟對方四目交接，也沒有正面撞見昨天那幅「奇景」，但他就是莫名地覺得十分尷尬。

原來這種既嬌小又漂亮的男生就是伊萊喜歡的類型啊。

鄭泰義再次陷入憂鬱之中。因為他回想起了伊萊看心路的那個眼神。

看來得再更小心一點才行啊。縱使他自己也不知道該如何防範起，但就是默默地在心底下定了決心。

要是可以的話，他恨不得把心路摺得小小的，放進口袋裡不讓任何人看見。但現實除了無法這麼做之外，要是心路打算離開他奔向其他人的身旁，他也束手無策。

雖然伊萊的氣場強到足以威脅生命，但這同時也代表著他的魅力是如此鮮明與強烈。就連昨晚在場的鄭泰義也清晰地感受到了。

鄭泰義的心底突然有些慌亂，但更多的卻是憂鬱。如果伊萊打定主意要對心路下手的話，他真的有辦法比得過對方嗎？

就在鄭泰義深陷於悲傷與苦惱中的瞬間，頭上纏著沾血繃帶的男子就這樣朝伊萊的方向飛奔過去。與此同時，男子還抽出暗藏的尖銳小刀，瞄準了對方的肋骨。

而距離伊萊只有幾十步的鄭泰義茫然地看著眼前的突發狀況。

男子手中的那把利刃要劃破皮肉，砍傷骨頭絕對不成問題。就在小刀即將碰上伊萊肋骨的瞬間，伊萊轉身瞥了一眼眼前的男子，隨即又把視線放在鄭泰義的身上。

雖然時間很短，短到鄭泰義都懷疑對方到底有沒有看見自己。但就在那個剎那，伊萊淡淡地笑了。

「看見了吧？我也不是故意要毀約喔，是那個人逼我的」，他的笑容就像在說著這句話。

伊萊從男子手中奪走那把朝他揮砍過來的利刃，接著反手直接在男子脖子上劃出了一道深可見骨的傷口。對方的脖子被砍斷了一半，鮮血猶如瀑布般不斷湧出。

沐浴在鮮血之中的伊萊隨手將刀刃丟在了地板上。他接著伸出手，用手背擦掉了沾在眼皮上的鮮血。被血淋溼的臉龐上，僅僅只有眼角是白皙的。

鄭泰義一動也不動地呆愣在原地。他從沒想過這種事居然會在自己的面前上演。由於距離兩人太近，他的臉頰以及衣領上也沾到了幾滴血漬。

在場的所有部員們都瞬間沉默了下來。大家靜靜地看著失血過多緩緩倒下的男子，還有一旁面無表情低頭看著對方的伊萊。

霎時，伊萊抬起頭，視線再度掠過了鄭泰義。

而鄭泰義則是看著早已變成屍體的男子輕聲說道：「這又是『正當防衛』了嗎。」

伊萊微微地揚起了嘴角。他肯定有聽見剛剛的那句話，也一定聽得出對方話語中的嘲諷，但他卻沒有什麼反應，依舊似笑非笑地看著鄭泰義。

鄭泰義伸出大拇指擦掉了沾在臉頰上的血漬後，便邁開步伐直接經過伊萊的身旁，走進了分部裡。沒過多久，聽聞消息的教官也趕到了現場。

「雖然我們找不到一個正當的名分來處罰你。但你要是再這樣目中無人的話，我們也不可能繼續坐視不管。如果再發生一次這種事，你就真的得接受懲處了。」教官有些難堪地嚴肅叮囑道。

然而這個警告別說是伊萊了，就連鄭泰義聽到也嗤之以鼻。

鄭泰義再次搓揉起冒出雞皮疙瘩的手臂。明明分部裡的冷暖氣調節得十分恰當，但只要一想起早上發生的那件事，他就開始反胃，背脊不自覺地發冷。

在那種情況下，伊萊卻表現得跟平常一模一樣，連眼睛也不眨一下。看著對方那淡然的反應，鄭泰義實在無法理解也難以接受。

「那個傢伙就是看準這裡殺了人也不會被處罰，所以才進來的吧？」鄭泰義有些不悅地嘟囔道。

雖然他也不想這麼想，但或許伊萊天生就是個殺人魔，又或者有著一些難以啟齒的怪僻也說不定。

「泰一哥是指誰呀？」

當鄭泰義靠在牆上，低頭看著自己的腳邊發呆時，猛然出現的一道聲音嚇得他連忙抬起頭。心路正站在鄭泰義的面前，呆呆地望著他。

隨著兩人的視線交織在一起，心路馬上又露出猶如棉花糖般甜膩的笑容。

「心路！你是什麼時候來的啊？」

「從『那雙手對那個傢伙來說實在是太浪費』那句開始。是誰的手那麼好看啊？」心路歪起頭疑惑問道。

一聽到這個問題，鄭泰義連忙揮了揮手，「沒有啦，那個人不是很重要。更何況知道那個人是誰，對你來說也沒有任何好處。」

「嗯……」心路目不轉睛地盯著鄭泰義，笑著點了點頭，「雖然不知道哥說的是誰，但希望你不要太在意就好了。才幾天沒見到而已，你就變得好憔悴喔……不過哥剛剛是去鄭教官的房間嗎？如果被抓到的話，那可就不好了。」心路擔心地說道。

兩人現在所處的這個樓層本來就不是鄭泰義想來就能來的地方。但早就做好準備要罰抄十本規則條例的鄭泰義已經無所畏懼了。既然都已經被監視器拍到，拍一次跟拍十次對他來說都差不多。

鄭泰義靜靜地垂下眼看著心路。光是這樣看著對方，就能令他不由自主地發笑。心路是如此美麗又可愛，單單看著他那清純又潔淨的樣貌就足以令鄭泰義雜亂的心平靜下來。

「心路。」

「怎麼了嗎？」

「……沒有啦，就想喊喊看你的名字。」

喊完對方的名字後，鄭泰義開始傻笑了起來。

心路先是疑惑地歪起了頭，但隨即又露出那個令鄭泰義魂牽夢縈的可愛笑容。霎時，鄭泰義的心底馬上湧上一股酸楚。

他從來沒有感受過如此純粹的快樂，或許這正是人們口中所說的「戀愛」吧。雖然鄭泰義不知道他們現在的關係稱不稱得上是戀愛，但他喜歡著心路，而心路在知道他心意的情況下還主動表現了好感。若這還不算戀愛的話，那什麼是戀愛呢？

甚至仔細一想，兩人也接吻過了。雖然只是親到對方的臉頰而已，但這也足以讓鄭泰義樂得笑呵呵了。

「不過你要去哪啊？」

「啊，我正好要回房間。因為今天的工作比較多，所以才忙到現在。」

「這樣啊……好吧，那你先回去休息吧。下次見！」鄭泰義拚命隱藏住內心的惋惜，輕輕拍了拍對方的肩膀說道。

心路似乎也覺得有些可惜，沉默了幾秒後才緩緩開口：「好的，那哥要好好照顧身體，不能忘記集訓結束後我們要一起出去玩的事喔！」

對方那半開玩笑的撒嬌語氣再次令鄭泰義的心底一酸。原來這就是談戀愛的快樂啊。

「嗯，那我們之後……」

鄭泰義伸出手壓住了不斷揚起的嘴角，但下一刻，他的臉卻頓時垮了下來。

因為他看見了一個男人正從他的面前、心路身後的樓梯間走了出來。而那個男人不是別人，正是伊萊里格勞。

或許是察覺到鄭泰義的表情明顯變得怪異，心路疑惑地轉過身。朝著他們方向走來的伊萊也總算發現到了兩人的存在，他的視線先是停在鄭泰義的臉上，隨後又看向了心路。

「……」

「……」

一陣微妙的沉默籠罩在三人之間。

伊萊看著心路，而心路也看著伊萊。霎時變身成局外人的鄭泰義只能不安地看著兩人。

每當鄭泰義當著伊萊的面想起心路時，心底總會湧上一股隱隱約約的不安。彷彿自己所珍視的東西下一秒就會被對方搶走似的。

「……泰一哥，那我就先走了。哥路上小心。」心路率先打破了這短暫卻又格外沉重的寂靜。

由於心路已經背過身，使得鄭泰義看不見他的表情，但鄭泰義依舊能從心路的嗓音中聽出他的戒備心有多重。而這也讓鄭泰義懸著的心稍稍放了下來。

至少在這個瞬間，心路不但沒有對伊萊產生絲毫的好感或好奇心，反而還警惕著對方。

雖然無論心路的反應是好是壞，只要被那個猶如怪物般的男人喜歡上的話，他就會毫不猶豫地靠蠻力把心路給搶過來。但鄭泰義在看見心路的反應後，還是不免感到安心。

畢竟他這陣子最擔心的就是伊萊那深具威脅的魅力，說不定會吸引到心路。

「嗯，下次見。」

「好，我會再聯絡哥的。」

心路轉過身，朝著鄭泰義甜甜一笑。雖然他的表情有些生硬，但看在鄭泰義眼底仍舊十分可愛。

一想到伊萊或許看見了這個笑容，鄭泰義便覺得有些不悅。只不過在他看見心路笑靨的剎那，還是下意識地傻笑了起來。

伊萊靠在一旁的門上，饒有趣味地看著你儂我儂捨不得分開的兩人。

心路向鄭泰義道別完後，便轉過身準備朝自己的房間走去。然而在走回房間的路途中卻偏偏得經過伊萊。越是接近對方，心路的步伐就越顯僵硬。

他看上去就像一隻弱小的動物，在猛獸面前警戒地豎起了毛髮。

一步，又一步。心路跟伊萊間的距離逐漸拉近。伊萊雙手抱胸靠在門上，眼帶笑意地看著對方。

突然，鄭泰義的心一沉，「心——」

鄭泰義的話還來不及講完，伊萊馬上站直，伸出手將回頭看向鄭泰義的心路攬進懷中。

當伊萊把無處可躲的心路壓在門上後，身體倏地靠了上去。那雙細長的手指一把抓住了心路的下巴，伊萊就像要將心路給生吞活剝似的咬上對方的雙唇。

在心路被他的動作嚇到張開嘴巴的瞬間，伊萊的舌頭趁機伸進了對方的口中。

「伊萊！夠了！」鄭泰義憤慨地大喊，朝著兩人的方向跑了過去。

而伊萊像是沒有聽見那句話般，伸出另外一隻手大力地抓住了心路的胯下。心路的嘴裡馬上發出短促的呻吟聲。

那雙粗壯的大手就這樣緩慢又粗魯地搓揉起心路的陰莖。過了一會兒，那雙手開始摸向了連接屁股與胯下的那條線，同時還有意無意地刺激著對方的後穴。

隔著一層衣料，觸碰在心路性器上的那雙手看起來既淫亂又情色。

「伊萊！」

鄭泰義大力地扯過伊萊的肩膀。而對方似乎本來就打算就此收手，並沒有做出激烈的反抗，乖乖地被鄭泰義甩在牆上。

「夠了！不准碰他！」鄭泰義死命地瞪著伊萊怒吼道。

他的滿腦子就像被霧氣籠罩般只剩下一片死白。無論是伊萊吻上心路雙唇的瞬間，還是那雙優美的手伸進心路雙腿間的剎那，都令鄭泰義像是窒息般地難受。

伊萊垂下眼看著站在自己面前的鄭泰義，眼底盡是滿滿的嘲諷。隨後，他的視線又移到了心路身上。

眼見伊萊絲毫不把自己當作一回事，鄭泰義更加用力地抓住了對方的衣領，「伊萊……！」

「哥……！我沒事，你不要這樣。」心路慌張地拉著鄭泰義的袖子。

雖然鄭泰義的雙手依舊緊握著伊萊的衣領不放，但眼睛卻凝視著身邊的心路。

心路不安地來回看著伊萊與鄭泰義，嘴裡還不斷念叨著：「哥，不要這樣！你們不要吵架！」語氣中盡是滿滿的焦躁與擔憂。

一聽見對方那著急的嗓音，鄭泰義的心頓時陣陣抽痛。他先是不滿地怒視著伊萊好一陣子，隨後才又緩緩地鬆開了手。

而伊萊見狀只是笑著整理起自己的衣領，「他滿不錯的嘛，比看起來可口多了。」

「……！」

當伊萊那帶著笑意的嘟噥聲傳進耳裡的剎那，鄭泰義好不容易平息的怒火又再次被點燃。心路急忙抓住了鄭泰義的手臂，深怕他下一秒就會直接把拳頭打在伊萊臉上。

氣到臉色鐵青的鄭泰義不滿地瞥了一眼身旁的心路，眼見對方就像快要哭出來似的拚命搖著頭，他只好深吸一口氣，主動朝伊萊後退了一步。

他接著小聲地對心路說道：「進去吧……沒事的，你就先回去吧。」

而心路依舊不安地觀察著鄭泰義的臉色。緊接著，他又看向了──雖然那個眼神冰冷到稱不上是「看」──站在一旁的伊萊。

鄭泰義為了不要再讓伊萊有機會可以繼續打量心路，他再次催促著心路回去房間。心路似乎也猜到了鄭泰義在擔心什麼，他沒有多說，輕輕點了個頭後便邁開步子離開了。

一直到對方走進房間，關上房門為止，鄭泰義都沒有做出任何動作，也沒有說任何一句話；而站在他旁邊的伊萊也是如此。

鄭泰義就這樣等心路消失在自己的視野裡，等對方的殘像也跟著消失後，才緩緩地將視線移到伊萊的身上。伊萊雙手抱胸，像是在思考著什麼般出神地看著對面的牆壁發呆。在他感受到鄭泰義炙熱的視線後，才又垂下眼簾與對方四目交接。

鄭泰義慢慢地鬆開一直緊握著的拳頭。他深深地嘆了口氣，把剛剛湧上的怒氣也一起吐了出來。他本來就不是個很常發脾氣的人，也不喜歡沉浸在負面情緒中太久。縱使他也看不慣這樣馬上就釋懷的自己，但鄭泰義還是決定要主動退讓一步。

「你想怎樣……你想要得到他嗎？」鄭泰義的語氣中充滿著不悅與鬱悶。

而伊萊則是興味濃厚地看著對方。眼底的興致看上去與欲望無異。

「但他也不是你的啊？」

「是嗎，但我認為心路喜歡我。」

語音剛落，伊萊馬上就笑了出來。他似乎是覺得這句話十分可笑。

「泰一啊，你搞錯方向了。我不在乎他喜歡的到底是誰，你要就給你，反正我也不稀罕他的喜歡。我真正要的是短暫又強烈的歡愉罷了。」

「——所以呢？」

鄭泰義的心底滿溢著不安與焦躁，甚至還有一層濃厚的不快籠罩著他。

他直直地看著伊萊。而對方不知道在想些什麼，那雙冷漠又深邃的眼眸令鄭泰義摸不著頭緒。

伊萊是個要什麼就一定得得到的男人。要他放棄自己所追求的東西，簡直比登天還難。但越是如此，鄭泰義就越不能輕言放棄。他絕對無法放任伊萊肆意地對自己最珍惜的對象下手。

無論如何，他都不會退縮。就算他的力量根本不足以對抗伊萊，他也得死命地堅持到底。

霎時，伊萊猶如嘆氣般地笑了起來。他無奈地搖了搖頭，一副「我投降了」的表情。

「好，反正我現在也不想跟你吵。就算我們總有一天得認真爭執這些日子以來所發生的總總，但那也不是現在。所以我們就各退一步吧。」

聽完伊萊的話後，鄭泰義下意識地皺起眉頭。他猜不透眼前這個對心路散發出滿滿欲望的男人究竟會講出什麼話。

鄭泰義靜靜看著對方，有些焦躁地咂嘴。

真是的，果真叔叔說的一點也沒錯。無論是好是壞，都不該出現在這個人的面前，也不該跟他扯上關係的。

他沮喪開口：「我先聽聽看你『各退一步』的條件是什麼，我再考慮要不要答應……雖然我也不知道我到底有沒有選擇權就是了。」鄭泰義語帶不滿地說道。

而伊萊聽完只是輕笑了幾聲，接著便假裝大方地說：「你不是喜歡那個人嗎？但我一看到他，下體也會馬上硬起來。雖然我是個要什麼就一定得得到的人，但就像我剛剛所說的，我現在並不想跟你吵。所以——你不要干涉我跟他的關係。作為交換，我可以答應你，我絕對不會靠蠻力來逼他跟我做愛。」

「你說什麼？」

「你聽不懂嗎？既然他還不屬於你，那不管我要不要接近他、要怎麼誘惑他、要怎麼把他騙到床上，這些全都與你無關。但這個前提是，我不會威脅或強迫他跟我發生關係。」

鄭泰義無言以對地看著伊萊。他的後腦杓就像剛被人打過，正火辣辣地發疼。

「不是……但是……」

「既然他還沒有正式地跟你交往，那我要對他做什麼，你也沒權利說三道四吧？」

鄭泰義閉上了嘴。

伊萊說的沒錯。單就現在這個情形而言，他的確無法用任何詞彙來定義自己與心路間的關係。如果硬要說的話，那他只不過是個努力想把心路騙到手的人，而心路也剛好默許著他的這份努力罷了。

他確實沒有任何權利與身分叫伊萊不准靠近心路。但即便如此，他也不可能爽快地說出：「好啊，那就這樣吧。」這種示弱的回答。

就在鄭泰義猶豫不決地思考著要怎麼反駁這項提議時，伊萊像是已經把想說的話都說完似的轉過身。

「伊萊！」

眼看對方打算直接離開，鄭泰義馬上叫住了伊萊。而男子則是挑起了眉，稍稍回頭看向鄭泰義。

鄭泰義沉重地凝視著對方一會兒後，鬱悶地說道：「如果你強迫他的話……我是絕對不會放過你的。」

伊萊愉快地笑了起來，「當然囉。」

語畢，伊萊便頭也不回地邁開了步伐。一直到對方繞過轉角，再也看不見那個身影後，鄭泰義才靠著牆無力地癱坐在地板上。他的身體就像湧上了累積數十年的勞累感般疲倦。

事情不小心就發展成最糟的情況。雖然他想不到任何可以拒絕那個提議的理由——更何況如果他一直堅持說不的話，或許伊萊會以更粗暴的方式接近心路也說不定——也沒有權利可以拒絕，但他真的不樂見事情發展成這個樣子。

「『我是絕對不會放過你的』這種話就只有有那個力量去抗衡對手的人說出來才有嚇阻作用吧。」鄭泰義自嘲般地嘟噥道。

自從進來這裡之後，他不僅變得異常倒楣，還盡是做了一堆蠢事。

——《PASSION 02 待續》

高寶書版集團
gobooks.com.tw

CRS045
PASSION 01

作　　者　YUUJI
譯　　者　皮皮
封面繪圖　NJ
編　　輯　賴芯葳
美術編輯　彭裕芳
排　　版　彭立瑋
企　　劃　黃子晏

發 行 人　朱凱蕾
出　　版　朧月書版股份有限公司
　　　　　Hazy Moon Publishing Co., Ltd.
地　　址　臺北市內湖區洲子街 88 號 3 樓
網　　址　www.gobooks.com.tw
電　　話　(02) 27992788
電　　郵　readers@gobooks.com.tw（讀者服務部）
傳　　真　出版部　(02) 27990909　行銷部 (02) 27993088
郵政劃撥　19394552
戶　　名　英屬維京群島商高寶國際有限公司臺灣分公司
發　　行　英屬維京群島商高寶國際有限公司臺灣分公司
初版日期　2024 年 2 月

國家圖書館出版品預行編目 (CIP) 資料

PASSION / YUUJI 著 ; 皮皮譯 . -- 初版 . -- 臺北市 : 朧月書版股份有限公司出版 : 英屬維京群島商高寶國際有限公司台灣分公司發行 , 2024.02
面 ;　公分 . --

譯自 : 패션 PASSION 1

ISBN 978-626-7362-33-4 (第 1 冊 : 平裝)

862.57　　112021056